翠码珠密

林小染 作品

线装书局

图书在版编目（CIP）数据

珠翠密码 / 林小染著 . -- 北京 : 线装书局，
2015.8
ISBN 978-7-5120-1889-1

Ⅰ . ①珠… Ⅱ . ①林… Ⅲ . ①长篇小说 – 中国 – 当代
Ⅳ . ① I247.5

中国版本图书馆 CIP 数据核字 (2015) 第 191374 号

珠翠密码

作　　者：林小染
责任编辑：曹胜利
装帧设计：鲁艺斯
出版发行：线装书局
　　地　址：北京市西城区鼓楼西大街 41 号（100009）
　　电　话：010-64045283（发行部）64045583（总编室）
　　网　址：www.xzhbc.com
经　　销：新华书店
印　　制：廊坊市华昌印务有限公司
开　　本：787mm × 1092mm 1/16
印　　张：14.5
字　　数：209 千字
版　　次：2015 年 8 月第 1 版第 1 次印刷
印　　数：00001—10000 册

定　　价：31.60 元

目录

楔子

人间四月天并非都很美，至少是南方人最怕的回南天。明明艳阳高照，室内却潮得人发霉衣长毛木头生蘑菇，空气湿得人始终有个无法干爽的鼻腔。即使是覆盖着玻璃幕墙的明珠大厦也不例外，从墙壁到地板到处都淌着汗，像个正在桑拿的大冰墩子，一不留神就能让人摔个大马趴。

和每一个寻常的早晨一样，这栋 80 层的银灰色大厦静静耸立在城市中央。在珠宝行业，明珠集团是一个闪亮的名字，明珠大厦是一个象征成功和幸运的标志，但从这天起，它不可复制的传奇被改写了。

最早发现出事的是路过明珠广场一个举着气球的小朋友，他被妈妈牵着，一直仰着脖看着头顶刚买的气球。不过他的视线很快被天上两个迅速降落的黑点吸引：“妈妈你看！超人！”

妈妈抬头一看，上方的明珠大厦正飞下两个黑影，而且从小到大越来越近……妈妈下意识地捂住了孩子的眼睛。随着“吧唧 --”两声闷响，高空坠物落在了明珠广场里，行色匆匆的人们四散逃跑，发出了惊恐的尖叫。

高空坠物不一定是物，也可能是人。

这次掉下来的是两个人。

1

郑笑阳，男，25 岁，珠宝商，高富帅，出身珠宝世家，广东揭阳人。有人说潮汕人是最会经商的中国人，我就是为验证这句话存在的。

好吧，我承认以上的话都是装给外人看的。其实我是个卖水晶饰品的电商，以前我有个绰号“九块九包邮”，现在已经往彩色宝石和高档玉石转型了，父母确实卖了快三十年玉器，目前在玉都——揭阳阳美村开有两间规模不错的翡翠店，家族中人也大多从事珠宝加工销售。但我从大一就开始自己创业，去年网店销售额接近 600 万，现有租房两套，二手车一辆，至于帅，那是大家的评价。就算父母的家当不交给我，我肯定也会是未来的高富帅吧。

你知道世上最美妙的声音是什么吗？来我在广州租住的商住楼看看就知道，每天午后三点，整栋楼都会发出整齐划一“咔——咔——”的声音，你猜对了，那就是封箱打包准备发快递的胶带撕扯声，声音越持久，表示这天的订单越多。这栋楼的租户基本都是依靠上下九片区做饰品服装鞋包的电商，于是美妙的胶带撕扯声成了我们共同的交响乐。创业时我没有找父母要一毛钱，靠着带石友找货赚个盒饭开始，混熟商家拍照然后上网卖照片赊账发货，一步步做到有自己的公司和品牌。累成狗是常态，但值。尽管作为一个珠宝商，那仅有几个点的纯利让同行痛恨和耻笑，但我不屯货不养门面快进快出，传统珠宝商嘴上说电商微商不过是狼来了却都在暗地里试水，这能证明我把我爸他们拍在了沙滩上吧？这是个瞬息万变的时代，谁也没有老本可吃，不学习不创新铁定出局。

离开父母创业的另一个原因，是不想像我的父辈们一样，找一个本分贤惠的本地姑娘，生一大堆孩子，一辈子在店里和家里打转。只要赚到钱，家务事有钟点工，吃饭有餐馆，性需要有一夜情，生孩子都可以找代孕，老婆的传统功能已经有一大半被取代，何必让一棵藤蔓缠住手脚而放弃一大片森林呢？反正在结婚前，我想要体验来自 34 个不同省市的女友，可能的话，最好还凑齐 56 个民族。我交往最久的女朋友也没超过 4 个月，我总是轻易地厌倦一个女人。我承认，我就是个集邮男。

无根的鸟，是没抓住栖息的枝。浪荡的心，是没遇到值得的人。

言归正传，我要讲的是一个改变我人生的女人，一个惊心动魄的故事。

那天早上四点半，我去赶天光墟。广东的天光墟，北方叫鬼市，是在天亮之前的玉石集市，一来可以在城管出现前随便占据街道，二来早早把货倒卖给下家，以便他们白天赚散客和游客的钱。天光墟的货真假贵贱全凭眼力，原本是内行之间的交易，但这几年天光墟名气太大，不少自认高明的发烧友也参与进来。你想低价淘宝，他要高价出货，这是个技术和心理博弈的战场，在这里，行家打眼和新手捡漏一样不稀奇。别看那些憨厚朴实的卖货人，几句话就知道你是拿货还是散客，消费能力如何。批发和零售价格相差很大。假装拿货，你会被蒙得更惨。这个行业，钱都是给自己人赚的，不守规则，就再没有下家让你赚钱。

昏暗的路灯下，每个地摊都摆着一布兜石头，自觉让出的狭窄过道上挤满了淘宝人，他们都晃着强光手电内行或假装内行地照货，计算器被卖家和买家沉默地按下数字递来递去。那氛围正如这个熙攘却不喧嚣的天光墟，水深莫测，诡异莫名。

其实我早有一手货源渠道，但创业初期在这里摆过地摊，对天光墟有份难以割舍的情结，所以隔三岔五还会来玩玩。

那天我像往常一样在地摊之间慢慢踱步，不时按下手电照照某个摊位的货，那天大部分都是 B+C 货（酸洗注胶 + 染色）。我看到一个自称拿货的家伙正经八百地跟人砍价，说如果鉴定不是 A 货（纯天然）要来找麻烦。800 块的高冰种帝王绿翡翠镯，如果是 A 货市价得过千万。

我笑了。

卖家赌咒发誓是祖奶奶传下来的，家里遇到困难了才拿出来卖，这时一个看热闹的人喊道：“好东西，1000 块我要了。”刚才还在砍价的买家急了：“不行！

说好 800 我要的！”

这种把戏每天都在这里上演。大部分人不明白，珠宝行业最暴利的是假货和差货，真正的贵重珠宝反而利润率低，因为总价高购者寡，可惜总是有贪小廉吃大亏的人。

我正要离开，目光突然被吸引到了一旁。

一个女人，不，女孩，安静地坐在地摊旁。只是她的注意力没有在招揽生意上，而是就着身边一盏节能灯双手飞快地穿梭着，她在用玉线和散珠编吊坠绳。与众不同的是她背上还捆着一个三四岁的小女孩，那孩子粉雕玉琢，趴在她背上睡得正香。我还是第一次看到背着孩子来赶天光墟的人。当然，吸引我的不是编绳和小孩，而是她雕塑般姣好的面容。节能灯让她苗条的轮廓半明半暗，如同一幅美丽的剪影。我恍神了一下，确定自己不是在做梦。

我挤过去在她的摊位前蹲了下来，装作翻看她那摊低档翡翠吊坠，顺便看清了她的模样。这时我更吃惊了，她如瓷似玉般的皮肤清楚地写着年龄——应该不超过二十岁，那双小笋般纤长白嫩的手应该是用来弹钢琴的啊，那样的五官和气质我只在以雕刻美女著名的苏工大师罗光明作品中见过，虽然只是大马尾白 T 恤牛仔裤，没有佩戴任何饰品，我敢说她可以秒杀一半以上的女明星。无论如何她都不该属于这个二道贩子扎堆的天光墟。更大的问题是，她为什么背着一个孩子？

“老板，统货（拿下对方所有的货）什么价？”我用的是“老板”而非“美女”这称呼，这会让我的搭讪看起来目标在货不在人。

“吊坠 62 一个，编绳 8 块一条……”她没有用计算器报价，证明价格实在，“不过对不起，今天我才编了几根。”

她停下活计抱歉地看着我，那是一双清澈如泉的眼睛。她的口音偏南方，声音轻柔清冽，让人如同含下一口带着冰沙的甜米酒。

我的心脏乱蹦起来。

吊坠和配珠居然全是 A 货，吊坠她拿货最低也得 60，可才卖我 62，而手工编绳在白天档口至少卖 20，她这样做生意一天能赚几个钱？我有些不忍心了：“我至少要 50 根绳，正好今天不忙，就坐在这里等你编吧。”

就这样，我用 2000 块钱换来了转手赚几百块和跟她聊天的机会。为了看起来更像个正经生意人，我先聊起了天气，对广州的湿热发表了十分钟的感慨，这才借口下次还要订货加了她的微信，知道了她叫车芷兰，老家是湖南，这个名字如此文艺，我猜她妈妈是个琼瑶迷，对此她只是微笑。我的话题最后才落到了孩子身上："天气这么热，把孩子背着睡觉你就不怕她生痱子？"

"周末我都得带着她出来，幼儿园管周一到周五。"她转头看了孩子一眼，目光柔软。

我实在忍不住了："这孩子是你姐还是你哥的？"

"不，她是我女儿。"

我瞠目结舌，差点被吃惊的口水呛死，半晌才蹦出一句："不可能啊，你才多大！"

"23，不小了。"

"那……那孩子爸爸不管吗？"

她垂下眼睛不答，加快了手指的穿梭。

我的心由沸点降到了冰点，眼里的月光女神变成了垃圾屌丝。我敢肯定那是个私生子，不然她至于这么辛苦独自抚养吗？一个潦倒的外来妹，一个美丽的少女妈妈，只可能因为私生活混乱。我发誓从来不以贫富定义女人的贵贱，但车芷兰真的让我很失望。奇怪的是欲火开始燃烧，我想要快点把她弄上床，作为这个湿热早晨的终结……马上带她去兜风然后上广州塔吃自助餐再回我住处看高货（贵重珠宝），顺手送个什么石头给她……她这种没见过世面的乡下人实在没必要花这么多钱，但我愿意高规格匹配她的美貌。游游车河、转转旋转餐厅、再送送珠宝，她肯定会像其他女孩一样为我宽衣解带……各种念头让我口干舌燥。

现实显然并不配合。她女儿醒了，她熟练地给孩子擦汗喂水，用一件大T恤把孩子脖子以下套围了起来，她的手像布袋玩偶一样在里头到处拱动，原来是要挡住别人视线给孩子换衫。孩子被挠到了痒痒肉咯咯笑起来，她脸上也像有阳光照了进来，柔情地呢喃："马上就好了啊，小乖真乖……"

她真的是孩子妈。

那个叫小乖的孩子问到我，车芷兰看了我一眼，让小乖叫哥哥。广东人喜欢把没结婚的人都叫哥哥姐姐，看来她到这边日子不短。我认真地纠正小乖按北方规矩叫叔叔，心里想的却是我要是跟你同辈又怎么好意思上你妈。

车芷兰谢绝了我开车送小乖上幼儿园的提议，而是约好11点送货来我公司，为了不让目的太明显我没有坚持。在和她分开的四小时又二十七分四十六秒，我先是刷了她的微信朋友圈，遗憾的是除了转发两条感恩父母的心灵鸡汤，没有她个人生活的任何痕迹，老少女人们都在摆着蛇精POSS玩美颜自拍，她却连头像用的都是一张日出照片。没找到她堕落的证据我不死心，又通过手机号找到了她关联的QQ号，和微信一样，她仍然叫“兰”，这次在个人说明里多了一句话：零落成泥碾作尘，只有香如故。

零落成泥碾作尘，只有香如故。

我满脑子都是她。

早早订好那家叫“蒙娜丽莎”的西餐厅，那是全广州最贵的牛扒，放弃自助餐是考虑到白天旋转餐厅太亮不利于培养暧昧气氛。等我和清洁工刚把战场一样狼藉的公司收拾得焕然一新，老四就像平时一样翘班来喝茶了。他是我大学同学，是我为数不多的死党，现在是全国最牛珠宝品牌明珠集团的珠宝设计师，长驻广州，办公室离我这儿很近。对了，他也是湖南人。一进门他就从整齐的办公室和喷了点香水的我身上看出了不对，忍了他三泡茶之后我终于以一会儿有重要客人下了逐客令，老四走之前生气了：“你肯定又在泡哪个妞了，重色轻友，你会后悔的！”

老四说得对，半小时之后我就后悔了。

车芷兰是准时到办公室的，交上了50根编好的吊坠绳，她的左手拇指和食指都是红的，那是打火机捻线头的原因，我居然有点心疼。令我头大的是办公室如此精心布置她都不留意，甚至不肯喝茶不肯坐，在听说我要请她吃饭后，立刻摇头往外走：“不用不用，我还有很多事要做。”

这不是客气和矫情，吃饭的功夫她多少能编出几根绳卖掉几件货。

急得我一个箭步堵在了门口，她后退一步，眼神有些惊慌和防备，我赶紧让出了半个身子，但非常诚恳地看着她：“其实我不是请你吃饭，是想请你帮个忙……今天从湖南来了个大客户，这个客户决定了我们公司的存活……你知道我是广东人，连普通话都说不利索，我想着是你们老乡，你在场的话气氛没那么紧张……当然，我不会勉强你的，但如果你肯帮忙，我会非常感激你……”

说完我把门口完全让了出来。

“对不起……”车芷兰迈着步与我擦肩而过，眼见她就要出门了，却还是迟疑地停了下来，“我，真的能帮上忙？”

“当然！我们潮汕人最认自己人，你们湖南人不也最认老乡吗？要真帮我拿下那个大单，我一定会好好感谢你！”

我真佩服自己的急智，留下车芷兰的伎俩一点都不高明，可她居然答应了，也许是因为她的善良，也可能因为那顿她没多少机会吃上的大餐。现在我还需要老四的协助，如果没有他来装这个大客户，我怕再也没机会接近车芷兰了。她那种小地方姑娘，估计过去受过伤，别人稍微接近一点就会竖起刺甲，可谁让我现在着了魔地想得到她呢。

接到我低三下四的电话，老四在那头发出了恶魔一般的狂笑。笑吧笑吧，兄弟这次栽你手里了，无论如何先帮我上了这妞再说。死党到底还是死党，一分钟之后他答应了这次饭局，没忘挤兑我从来没请他吃过这么贵的饭。针对我形容车芷兰的文艺气质，老四决定把积累多年的老夫子书袋掉出来，不要让美女觉得我们是没档次的泥腿子暴发户。当然，中心思想必须是衬托我，以达到快、准、狠解下美女裤带的目的。

按掉老四的电话才发现，我的手心出汗了。

2

有一种女人，第一眼是恬静的兰花，若想采摘却会变成有毒的夹竹桃。

我对把老四叫来配合泡妞这件事感到万分后悔。这小子一看到车芷兰眼就直了，冲上去握住她的手不放，不顾我在一旁恶狠狠的眼神，要知道我花了好几千还没碰到她的衣角！他居然还说了最老土的套瓷话：“咦，你好眼熟啊，我们在哪见过吗？”我几乎是挤进去才能把他们分开。安排座位时特地让老四坐对面，让老四没有机会再触碰她，可他竟然明目张胆地盯着车芷兰看。最气人的是当我介绍车芷兰的名字，老四开始摇头晃脑：“楚辞有云：沅有茝兮醴有兰，思公子兮未敢言……沅水有盛茂之芷，澧水有芬芳之兰，芷兰，这真是个好名字啊！车小姐一定是湖南人吧？”

车芷兰略显惊讶：“很少有人能讲出我名字的来历，陈先生真是博学。”

天光墟时我分析过这名字因为母亲是琼瑶迷，真是无地自容……我透露的情报竟然成了老四做功课的法宝，而且一下就比出了我的浅薄，那一刻真想一拳打到老四脸上去。

看到我快要爆炸的黑脸，老四终于想起了他的使命：“咳，跟郑总比起来我不过是小儿科，他们家可是珠宝世家，我们能在这个行业发展，还要靠他赏一碗饭吃啊！”

虽然这话我听着有点酸溜溜，但多少挽回了一点我的面子，我只能强笑咬牙：“哪里哪里，我们公司还要靠陈总多多关照。”

不能让老四再出幺蛾子。我叫了最贵的牛扒套餐，自作主张帮大家点了菜，又殷勤地给车芷兰讲解起来：“你一定要尝尝这里的招牌牛扒，他们只选牛的第六到第八对肋骨，一头牛仅供六个客人，烤之前要用72种中西香料腌浸2天2夜。还有，这里的汤、沙拉、头盆、甜品，甚至佐餐的小酒都非常讲究……”

借口教车芷兰用刀叉，我握着她的手比划了一下，她安静地听着，顺从地让我握着，脸上始终挂着清淡的笑容。四手相握的一瞬间，那种清凉滑嫩的手感令我心旌神迷，几乎不能自持。

她很聪明，什么动作都比我慢一步，但从上餐前小点就一点看不出刚学会用刀叉，想了很久我找到两个词来形容她的动作——斯文而且自然。对了，她简直像个使了几十年刀叉的老外。最见不得一些女人那种装腔作势的优雅，刻意优雅的本身就暴露穷底子，不是都说一个贵族需要三代以上的沉淀吗？这是我教过最聪明的学生，我很有成就感。这个过程老四一直看着我们，一点也插不进嘴来，好不容易逮着一个空当，他急急地发问了：“车小姐，你老家是湖南哪里的？”

“哦，是个小地方，双峰县荷叶镇。”

老四做出了非常夸张的表情：“双峰县荷叶镇怎么会是小地方！那可是曾国藩的老家啊！曾国藩可是我们湖南人的骄傲！”

车芷兰怔了一下没说话。

“你知道我为什么这么了解这个地方吗？因为我老家就是这里的！哈哈！我们那里很多人都跟曾国藩沾亲带故，听说我爷爷的叔爷爷就娶了曾国藩的姨妈……哎呀，你不会也是曾国藩的亲戚吧？”

老四这套泡妞伎俩是我十年前用的，连我都能看出车芷兰已经反感老四了，半天她才挤出了一个有些勉强的笑容：“怎么会，我家就是普通农民。”

没等老四再说话，我嫌恶地瞪着老四：“陈总，你刚才不是找洗手间吗？我让服务员带你去吧。”

不容他答话我就把他从座位上拉了起来，顺手狠狠地掐了他一把。

老四走开了，世界清静了。车芷兰低着头慢慢切着她的牛扒，但不怎么往嘴里送，她似乎在想心事。轻纱帷幔遮住了外面的尘嚣，一首法文歌若有若无地飘送在餐厅里，我滴酒未沾，却已经醉了，醉到心里话马上就要决堤。我把手伸进了口袋，里面有个小盒，放着一条项链，配了50分钻石吊坠。在这个行业做生意，她应该识货，虽然成本价只是商场的几分之一，但作为所谓的感谢礼够贵重了。

我希望今天就能亲手戴在她白玉般的颈脖上，她应该不会拒绝的，我还没见过不爱钻石的女人。

解开女人裤带的密码是珠宝。

就在这时车芷兰站了起来，低声道："对不起，我想去下洗手间。"

"要我送你去吗？"我把手从口袋拿了出来。不着急，别忘保持绅士风度。

"不，不用。"

恋恋不舍地看着车芷兰的背影消失在墙角，我提醒自己别着急，最好把老四彻底打发了再送礼物，她已经允许我握了她的手，接下来会顺理成章。别说老四现在还真识趣，走了之后就没回来，抵消了今天他的不良表现。但是，过了一会儿又一会儿，我的牛扒凉了，她的冰淇淋化了，车芷兰和老四一样没了人影。我开始焦虑起来，她不会走错了吧？让服务员去女洗手间找了一圈，确定她不在，我又把餐厅地毯式搜索了一遍，最后车芷兰没见人倒是找着了躲在后厨过道玩手机的老四。一看到他，我气得上去推了一把："陈建宏！你把车芷兰弄哪儿去了？"

老四一脸茫然："不是跟你在吃饭吗？我都饿着肚皮在这儿站了半小时了，就怕回去挨骂。"

我气急败坏地说："她被你个死仔吓走了！"

最后咨客告诉我，跟我一起来的姑娘早早出门打的走了，去向和车牌没有注意。我给她发微信不回，打电话一直占线，不知道是否拉黑了我。魂不守舍地回到座位，我一口都吃不下了。老四看着我的脸色小心翼翼地说："你别怪我，我是觉得这姑娘有点不对劲才多问了几句……"

"你才不对劲！你全家都不对劲！"

我吼完老四就走了，出门前还是买了单，尽管非常想一走了之，但我怕老四那常年干扁的钱包会被扣下洗厕所。据说老四那天一个人吃了三份牛扒，是扶着墙出来的。当然这是后话。

那晚每隔十分钟我就拨一次车芷兰的电话，始终没打通。思前想后，我还没来得及做任何让她反感的事，问题只可能出在不着四六的老四身上了。我心焦地在床上烙大饼，把闹钟定到了第二天的四点，可是三点半就一跃而起。我要去天光墟找她，替老四好好道个歉。

我不甘心还没沾到边就被一个妞涮了。

到天光墟时一个人影都没有，我找了个居高临下的位置猫了起来，还不确定车芷兰想不想见到我，打算先守株待兔。

时间过得特别缓慢，我像被困在流沙河底，心里虽然跟明镜一样，就是无法呼吸不能挣扎。天光墟像平时一样人来人往，我雷达般扫射着那些或熟悉或陌生的面孔，但是，除了失望还是失望，到后来不相信自己 5.0 的视力，干脆下到过道从头到尾来回搜索了几遍。

她确实没有来。

问了一些熟悉的老摊贩，他们都说没见过什么背着孩子来摆摊的漂亮女人，要像我形容的那么漂亮，这个天光墟早轰动了，要知道这里的男人们可不是什么好鸟。

如果不是老四也见过她，我会以为自己发了一场春梦。我那几天真疯了，一连七天每天三更半夜去天光墟，但始终没能见到她，也没有她任何消息。如果为了躲我不来摆摊，那她和孩子该怎么生活，如果这样我宁愿从没招惹过她。我虽风流但不下流。

一周后老四给我打来了电话，我对他的气还没消就直接按掉了，顺手给他发了个信息：友尽。平时我们经常这么开玩笑，但这次有点认真。

过了一会儿，办公室的门被擂成鼓响，员工把一头大汗的老四放了进来。当时我在货架旁盘点，没工夫搭理他。老四尴尬地站在一旁絮叨着："你肯定是误会我了，我们七八年兄弟你换过多少女朋友，我跟你抢过吗？没错，那个车芷兰是特别漂亮，可是你只看到她漂亮，就不觉得奇怪吗？你说她在天光墟摆地摊，她那种相貌随便到哪个公司都能找到好工作吧，用得着风里来雨里去吗？好吧就算她有小孩要照顾，就算她想自己创业，她家就这么没人帮？她怎么可能是农民家庭出来的，能给她取那样有文化的名字，父母少说也得是大学以上水平……"

听到这里我把扫码机一扔，拍了拍老四的肩膀："走，去我那屋喝茶。"

老四受宠若惊，说得更来劲了："这也是凑巧，她说老家是双峰县，正好那地方我很熟，你回忆一下，之前她还好好的，为什么我问她跟曾国藩有啥亲戚关系，她就被戳到痛处了？"

那天的细节我全想了起来，是的，她就是那之后谎称去洗手间溜掉的。

“说实话老曾是个大人物，像我这种一般人巴不得跟他扯上点啥关系，好作为吹牛逼的资本。这几天我越想越不对劲，就托人去查了曾家的族谱……”

“有发现吗？”我着急地把手里的开水壶一放，水滴溅出蹦到手背，烫得我龇牙咧嘴。

“老曾实在是会生养，子又生孙孙又生子，一百多年下来他的后人遍布世界各地，你看看，我做了个简单的关系图……”

老四拿出了一张 A2 图，以中心点曾国藩为辐射，蜘蛛网般围着密密麻麻的名字，看了两秒钟我就头大了：“看不懂，你就说车芷兰跟这老曾到底有没关系。”

老四拿红笔在图上圈了一个名字：“我查了老曾所有裙带关系，只有这个曾孙女嫁了一个叫车伯禹的朝鲜人，正好跟车芷兰一个姓，按年龄推算，我觉得老曾的曾孙女就是车芷兰的外婆。”

我有无法理解的震惊：“车伯禹，车芷兰，真的会有关系？车伯禹是什么人？”

“他在曾家族谱上只有“朝鲜车伯禹”几个字，翻了下朝鲜官方的资料也没有他的记载，估计曾孙女嫁了他就当了没落贵族。我们那边修族谱都是重男轻女，男人如果做官，事迹肯定大修特修，过去的女人没啥地位，在族谱里也就是个名字、享年再加丈夫名字，夫家显赫才会有细节。像样的家族无论男女，哪怕生下来就死了也会在族谱上有记录，不记录的人除非是让家族蒙羞的。”

“曾家族谱记录了车伯禹的后人吗？”

“没有。说实话，老曾的后人没有出什么显赫的大官，出了五服就没太多人关注了。现在就一些老头子还张罗修族谱，年轻人谁还吃这套，建族谱还不如百度词条查着方便。”

“如果有这样显赫的家世，正常人都会引以为荣，车芷兰为什么这么怕人问？”

“只有两种可能。第一，真的跟老曾有关系但祖上败家导致她很潦倒所以不愿意提；第二，还是跟老曾有关系但她自己败坏门风，不想给祖上蒙羞……”

我一头雾水：“她一个女孩子能干什么坏事？最多她那个孩子是私生子，如今这年代也不算什么……”

“你给她们验了DNA吗？确定那是她孩子吗？我看她鬼鬼祟祟的，私生子？人贩子还差不多，甚至杀人放火贩毒都有可能。回头我再去查查车伯禹，不过我看你还是算了，玩玩而已，别扯上不三不四的女人脱不了身。”

如果老四的推理靠谱，那车芷兰就是个真正的没落贵族，一些不合常理的行为就可以解释。问题是潦倒的娘俩现在究竟在哪？她手工的编绳我天天拿着把玩，一条都不舍得卖，我知道每一个中国结里都有她的努力，她很像创业初期的我。我更迫切想找到她，帮她一把。

冷静下来分析了她的生意策略，不去天光墟她还可能去其他不花钱的地方摆摊，接下来的几天一直转悠在大街小巷地下通道，依然一无所获。后来偶然在街上看到展会的广告，顿时一拍脑袋，有了！

广州是个一年四季都有各种展销会的地方，大部分展会都虎头蛇尾，后面几天总会有很多空档口，于是培养了一批蹭展会的油子，你们经常看到那些大型科技展、车展的僻静位置突然冒出几个不搭界的卖玉器卖零食的人，他们就是来蹭展位的。

我以火箭速度奔向了琶洲展馆，在转到第三个展馆角落时，终于眼窝一热，看到了一个朝思暮想的身影。

3

男人眼里的诱惑，比美丽更致命的是神秘。

现在我可以肯定，车芷兰并非躲我才不去天光墟的。蹭展会确实比赶天光墟强多了，展位多敞亮，冷气多舒服，人流多旺盛，还没有那些自以为是的行家。她不再拿着寒酸的布兜摆货而是整齐地摆在桌面，还可以把小乖拦在展位里有个安全玩耍的小空间。在这个看脸的世界，只要她往展位里一坐，根本不需要吆喝就能招来源源不断的人马。她仍然忙着编绳，不过隔一两分钟就会被问价的人打断，62 块统货给我的吊坠，她在这里卖零售 65，同样的货进商场要翻 4 到 8 倍，她确实是个忠厚人。不过我看买她吊坠的人大部分不识货，不过是花点小钱来跟她套瓷。

这不，一个大叔买了她几个吊坠就不走了，非要请她去吃饭，还说白天鹅香格里拉花园酒店随她挑，起先芷兰还好脾气地说自己没空，后来大叔纠缠个没完，她干脆低头编绳不再说话，被冷落的大叔怒了，伸手推了芷兰一下：“哎，不就是吃个饭吗？一个卖垃圾货的怎么这么不识抬举？”

一直远看的我快步走了过去，同时大声喊着：“老婆！我来接你了，咱们回家吧！”

芷兰惊讶地看着我，大概不确定我是否在跟她喊话，略显紧张。我径直走到展位前，把手里那根捏了很久的糖葫芦晃了晃：“小乖，你看这是什么？”

“哇！冰糖葫芦！”小乖扔下积木向我跑来，亲热地扑在了我怀里，然后响亮地在我脸上亲了一记。我愣住了，在此之前我是小孩子的绝缘体，我觉得小孩子都是麻烦的爱哭鬼，因为芷兰小小年纪有孩子，我多少有些嫌弃，顺手买这糖葫芦无非是讨下女人欢心说到底目的还是为了上床……抱着那个温软的小身子，我的心有点湿湿软软的。

看到这情形，色大叔识趣地撤了。

这之后我一直不看芷兰，跟小乖蹲在展位里玩拼图，芷兰像个做错事的小媳妇，站在一旁绞着手指怯怯地看着我，十分钟后，她终于小小声地开了口："郑总，对不起……"

"叫我郑笑阳！什么郑肿，我就是个电商狗，陈建宏也不是什么湖南的大客户，他在我们宿舍年龄排第四我叫他陈老四，我跟刚才的大叔目的一样，就为了骗你去吃饭然后……"当着小乖的面，"上床"之类的话实在说不出口，不过她肯定懂我的意思，尽管刚才救了场，但我心里不是滋味，我比色大叔年轻点好看点，想法是一样龌龊的。像芷兰这样的女孩，每天不知道要面对多少我们这样的男人，她会怎么看我呢？

芷兰的声音低得像蚊子叫："我知道，一到餐厅就知道了……"

"所以你就一声不吭逃走了？"

她答非所问："我手机坏了，是真的……"

"哼！"冷笑完我后悔了，我是来道歉的，不是要发泄这些天找她的辛苦。

幸好小乖这时救了场，她拉着我的手："叔叔我饿了……"

我情不自禁放柔了声音："那叔叔带你去吃饭。你想吃什么？比萨好不好？"

"好，小乖最喜欢吃比萨！"小乖蹦了起来。

我看一眼芷兰，这次她再也没逃避，而是表决心似的连连点头。

去餐厅的路上我一直在车里跟小乖对话，我把必胜客的比萨形容成了全世界最正宗最好吃的东西，逗得小乖兴奋坏了，不过等比萨端上来小乖只咬了一口就放下了，然后看着芷兰不说话。芷兰柔声问："怎么不吃啊？"

小乖看我一眼，很小声地说："这不是比萨。"

我乐了："这不是比萨那什么是比萨？"

"薄薄的，香香的，美国比萨没有这么厚的……"

小乖话没说完就被芷兰捂住了嘴，芷兰难为情地涨红了脸，紧张地瞪着小乖："只有这个，你吃不吃？"

小乖终于乖乖地大口吃了起来。我赶紧为孩子说情："她说的大概是印度飞饼吧，孩子那么小，肯定是搞混了。"

话题从孩子身上离开，我和芷兰就有些尴尬地沉默了，最后还是我先开的口："以后不用躲我了，我从来没勉强过任何女人……再说你害怕陈老四的原因我也知道了，不就是你的身世秘密吗？"

"咣！"芷兰的叉子落到了餐盘上，她的脸色变得惨白，傻在原地不敢看我。

"那个秘密就是——你外婆是曾国藩的曾孙女吧？"

"……你们是怎么查到的……"芷兰抬起了头，眉头轻锁眼神忧虑，她没有想象中那么吃惊，但证实了老四的推测，我对老四顿时有点五体投地。

"别的没办法，查老曾家族谱还不容易啊。这不是什么丢人的关系，你用不着怕别人知道。"

芷兰垂下眼睛："我现在这样，不配跟任何人有关系。"

"不就是没落贵族吗？你不偷不抢自食其力，一点都不丢人。说实话我也认识一些家族曾经很辉煌的人，端着身份下不来，宁可抱着个虚名饿死，那样的人跟你一比——提鞋都不配。"

我的话显然宽慰了芷兰，她的脸上回暖了颜色，眼睛潮潮地看着我："谢谢你……"

"你要是信得过就长期给我供货吧，真的不是可怜你，也不是打歪主意，我就是个生意人，你的东西又便宜又好，就让我得点实惠吧。"

"可是，有件事我求你……"芷兰咬着嘴唇，"不要追问我的过去，一切都已经过去了，我想要重新开始……"

"行——！"

芷兰如释重负地给了今天第一个笑容。

这是个愉快的晚上，一场台风暴雨配合地把我们困在了比萨店，我聊了很多小时候的糗事，逗得娘俩笑得前俯后仰。舒展笑颜时的芷兰像一阵旷野的风吟，难以捉摸却自在轻盈。我很久没这么开心了，尽管和她的关系在不情愿地向合作伙伴和普通朋友发展，但如果不这样，我一点机会都没有。

芷兰，你究竟经历过什么，为什么有这么深的堡垒？

大雨肆虐着，我真想就这样一直坐下去，可惜小乖困得睁不开眼，比萨店也要打烊。我去车后箱拿伞过来的工夫就被淋成了落水狗，车里冷气一吹立刻打起了喷嚏，芷兰赶紧从她的大包拿出一件T恤递给我，我不解地问：“干吗？”

“干净衣服，擦擦头发。”

“不用不用，我开车呢。”虽然拒绝了她，但我心里甜滋滋的。

没想到芷兰竟然凑上来为我擦头发。因为颠簸她弓着的身子贴在了我的座椅头靠，她的呼吸就那样热热地时断时续地喷在我脖子里，没有任何香水味道，我只是被她的体香包围，那是介于少女和少妇之间的味道，到底像什么味道我说不上来，只是立刻有生理反应了。为了不让她看出来，我梗着脖子低喊：“快坐下！”

“怎么了？”

“你这样我开车好危险……”

她顺从地离开了，脑后的温度降下去了，但我仍然被那种似兰似麝的晕眩气息包围着。为了清除杂念，我拧开了收音机，跟着伍佰的破嗓子低唱了起来：应该是，我不该问，不该让你再将往事重提，只是心中枷锁，该如何才能解脱……让我将你心儿摘下，试着将它慢慢溶化，看我在你心中是否，仍完美无瑕，是否依然为我丝丝牵挂，依然爱我无法自拔，心中是否有我，未曾到过的地方啊……

这首歌正是我此时的心声，所以唱着唱着动了情。后座的芷兰没有一点声息，我在后望镜看到她偶尔在拭泪，可是我什么都不能问，因为她的眼泪肯定不是为我而流。她心里那些无法抵达的过往，究竟有什么秘密被埋葬？期待时间能让她对我敞开心扉。

“就到这儿吧，车开不进去了……”

这里是广州的贫民窟，芳村的一处城中村，许多外来务工者就租住在这里。我停了下来，但是没有开锁，心里一千个一万个不舍得，最后还是厚着脸皮：“你应该请我去你家坐坐，让我换件衣服，电视里都这样……”

芷兰失笑：“你又来了，我家没有你能穿的衣服。”

我按开了门锁：“至少让我给你们打伞送到楼下，行吗？”

芷兰微笑着点点头。

老天爷啊，为什么你只是下场豆子雨而不是用水龙头冲呢？这样我就能把她的肩膀搂得再紧一点了；城中村啊，为什么楼跟楼还有握手的距离而不是窄到一条缝呢？最好窄到我只能和她身贴身侧着走……芷兰抱着熟睡的小乖，我替她背着包，把伞全偏在她们那边，摸着黑淌着水在城中村里走，尽管这样到她家楼下时芷兰也湿得差不多了，白T恤紧贴在身上，印出了她T恤里淡紫色文胸的蕾丝凹凸，让人不敢多看。

“到了？那我走了。”

“等等……”湿漉漉的芷兰笑眯眯地看着我，“送我上楼帮我开门吧。”

该怎么样掩饰我的兴奋？只能赶紧把小乖接过来：“你开门，我抱她！”

我们在那个潮湿黑暗的楼道里气喘吁吁地爬到了七楼，当时我这个壮劳力都累得快趴下了，真不知道芷兰平时怎么出入的。黑暗里芷兰摸索出了钥匙，抱歉地解释着：“把你累坏了吧，楼道的灯可能坏了，平时没这么黑……咦，早上我没关门吗？”

我按亮了手机，微弱的光线中一扇锈迹斑斑的绿漆铁门出现了，它似开似合地虚掩着，还没碰到它就已经在晃动。芷兰困惑地正要拉门进去，我心头突然一凛：“等等！”

我把芷兰拉到身后，把小乖交还给她，然后顺手抄起楼道里的一个扫帚，这才轻轻拉开了门，屋里黑乎乎地什么也看不见，但是我已经感觉到了某种危险的气息，我和黑暗中某个角落的东西对峙着，连气都不敢喘了。

在原地站了一分钟，灯突然亮了，原来芷兰跟进来了。随着灯亮，芷兰发出了一声惊恐的叫声：“啊！”

屋子很小，小小的单身公寓，站在门口就能一扫全屋，能看出主人平时很爱干净，窗明几净，散发着清新的洗衣粉味道。但现在这里已经成了犯罪现场，衣柜书柜里的东西全部翻了出来，锅碗瓢盆摔了一地，像有人来找什么东西一样，家里所有东西都挪动过位置。不用说，芷兰家被小偷光顾了。

我掏出电话要拨110，芷兰按住了：“别报警！”

“为什么？！你家被偷了！先别破坏犯罪现场，等警察来了你再清查少了什么。”

“不要报警！”

芷兰急得已经快哭了，我只能狐疑地收起了电话。

10分钟后芷兰清点完毕，家里什么也没少，连她藏在鞋里的1000块钱也没动，小偷可能进来翻了一圈没有收获就走了。不过芷兰看起来受了惊吓，坐在那里半晌还在发抖。

不让我报警这事实在没办法理解。“你不让我问，出了事又不让报警，但是我必须要知道，你是不是欠了大耳窿（高利贷）？”

她目光呆滞地摇摇头。

“你是不是杀过人，贩过毒？”

她皱着眉头看着我：“你想哪儿去了，没有丢东西当然不要报警，报了警也不会有结果的，我不想被别人围观、追问……”

不管是什么原因都不是最严重的了，我长吁一口气：“肯定是熟人干的，你这么漂亮的女孩，住在这么乱的城中村里，每天来来回回肯定被人盯上了，还好你今天不在家，不然真不知道会出什么事。”

我拿起地上一个箱子开始往里头装娘俩的衣服，芷兰不解地问：“你干什么？”

“这里太危险了，你们不能住了，先住到我那边再慢慢找房子！”

芷兰这次居然爽快地同意了，看来今晚吓得不轻。而我却因她祸得己福，终于可以把她弄到我床上去了。咳咳，你们想哪儿去了，她跟小乖睡，我住到办公室去。

不然，她一定会连夜要走的。

4

如何让青春不蹉跎？爱情是这世间惟一的后悔药。

那是非常难忘的一晚。我怎能忘记自己孤零零睡在办公室沙发像个发情的花痴狗一样摸着沙发后面那堵墙，而且居然比摸女人身体还兴奋。因为那堵墙的后面是我租下的另一个套间，只隔着那堵墙就是我的床，正睡着一个我非常喜欢的女人。

我兴奋了大半宿直到五点左右才睡着，做了个无数个美妙的梦，每个梦里都有芷兰。那天早上是闻到一股熟悉的香味醒来的，迷迷瞪瞪嘟囔了一声：“妈，让我再睡会儿。”因为我闻到了粥香，在家时妈妈为了叫我起床，总是把早餐端到床头。就是那句话说完我才醒透，一骨碌爬了起来。芷兰！

茶几上静静地放着一碗咸鸡菜干粥、一碟斋肠粉，冒着丝丝缕缕的热气。肠粉是楼下早餐铺的，菜粥清香烂滑非常地道，那是自家才能煲出的独特味道，这不会是芷兰给我做的吧？她怎么会做我的家乡菜？

三步并两步跑到了隔壁门口，本来习惯地拿钥匙去开门，想想还是停下敲了敲门，屋里一片寂静。我轻轻地开了锁，阳光的味道混着洗衣液的清香和晨风一起扑面而来，还没到钟点工来的时间，我的猪窝就焕然一新了。衣服在柜子里，书在书架上，锅碗瓢盆在灶边，床单晒在阳台，一阵晨风吹来，床单哗哗作响，连雨过天晴的太阳都显得格外活泼。

芷兰不在家，但她的箱子还在。今天是周一，她要一大早去送小乖上幼儿园然后再去琶洲展馆，走之前她还帮我收拾了猪窝做了早饭。突然，心里的两个我吵了起来。好的我说：原来只知道她那么美，但不知道她还那么好，我真感动，这还是第一个照顾我的女人。坏的我说：什么第一个，你妈和你姐不算吗？钟点工不算吗？如果你允许女人照顾，这里早就坐不下了，车芷兰不过是做了60块钱钟点工的事，就把你感动成这样了吗？

看着她给我煲的粥，一会儿愁一会儿喜，我都快魔怔了。

老四来蹭茶的时候我还坐在茶几旁发呆，这小子一看到粥就来拿：“哎呀，正好我没吃早餐……”

“快放下！”我急了。

“痴线（神经病）！一碗粥而已。”老四悻悻地把粥还给了我，“你还想不想知道车伯禹的事了……”

“又查到什么了？快说！”

“我今天心情不好，在我们公司干不下去了。”老四得瑟地卖起了关子，“我们集团总经理太变态了，下个月苏富比拍卖会我出了一款设计，连总监都夸好，报到了总经理那儿就被毙了，你帮我想想办法，我真的江郎才尽了……”

“四哥，您老人家请喝粥吧……”我苦着脸把粥递给了老四。

老四喝粥时吧唧嘴的样子真的很讨人厌，喝完连个碗底都不放过，还故意斜着眼睛看着我，发出夸张的吸水声：“这粥味道真好，在哪儿买的？”

“你倒是说不说？”我有些怒了。

老四狡黠地说：“你答应帮我改设计图，我就说。”

“要说就说，不说就滚！”我真怒了。

老四吐吐舌头：“好吧，我汇报一下新情报。我让湘乡的亲戚去打听老曾曾孙女的事儿，没想到这个曾孙女的婚姻居然还有点故事……”

必须承认老四会讲故事，我的心已经抽紧了，这个故事也许能帮我一点点揭开芷兰的秘密。

“那个曾孙女据说是他们老曾家最美的姑娘……其实我看过曾国藩的画像，长得就像个僵尸道长。他还有癣病。哎，想起来我就一身痒。他要是生下俊男靓女一定是因为漂亮老婆稀释了他的基因。知道为什么现在的美女一个比一个出身好吗？这是优质基因组合的结果。有钱的男人会用他的资源找有貌的老婆。老曾家几代人都有权势和财力，又处世圆滑得以善终，娶的自然是漂亮老婆，后人长得越来越好看是有理由的……”

“你要再闲扯淡我揍你，信不信？！”

“好好好，现在就说主题。”老四窃笑着，“话说这个漂亮曾孙女啊当年学的朝鲜语专业，你知道那时候抗美援朝刚胜利，我们跟朝鲜的关系正热乎，她被分配到了丹东工作，估计就是那个时候认识的车伯禹。老曾家长辈说车伯禹就是个小百姓，家里还准备把曾孙女调回来工作，怎么会同意她嫁个没啥背景的外国人。这曾孙女也挺倔的，就跟父母断绝了来往跟着车伯禹去了朝鲜，听说后来生了个女儿……”

“再后来呢？”我听得着了迷。

“再后来没有后来了……中朝关系在60年代因为中苏关系变得非常僵，我估计这之后就是曾孙女想回来也回不了了，反正她就这样从老曾家族里消失了。”

“你查了半天就这结果？”我失望了。

“哎哟你有没良心，为你泡个妞，我七大姑八大姨都用上了，都变成了你的私家侦探。就这结果，哼，你自己再花十倍人力也打听不出来。”

我沮丧地低头陷入了沉思。

老四摇头叹气：“郑老三，你完了，你爱上她了。没想到我们不可一世的大帅哥居然想当人家的后爸。”

“胡扯！我就是找方法泡她而已，你个死仔愿意帮忙就帮，不愿意就滚。”

“好吧，我不攻击你的女神。反正你要的作业我是交了，要是还感兴趣我再继续打听……这设计图你得搞定啊，明天必须给我，总经理亲自发的话，再交一稿不行就让我滚蛋，公司的钱不是用来养废人的……”

老四把一个资料袋啪地扔在了茶几上。在武汉地质大学珠宝学院的时候，我们一起学的珠宝设计专业。当年我的成绩最好，不过我的心思没有在专业上而是一有假期就忙着创业。这几年我已经彻底变成了个电商油子，难得老四还相信我可以帮他。

我没有把找到芷兰和接她回家的事告诉老四，实在是怕了老四这张破嘴。这天接下来的时间居然暂时把芷兰给忘了，我沉浸在老四的设计稿里，先是在电脑上画图但始终不得要领，后来干脆在纸上画了起来。芷兰进办公室时屋里已经堆满了废纸团，而我还在烦躁地揪头发。我沮丧地发现自己武功尽废，几年没有亲自做珠宝设计，我真的变成一个灵气尽失的九块九包邮了。

“你这是怎么了？”

芷兰的声音温柔地在耳边响起，这才惊觉天都黑了：“哎呀，你都回来了，我瞎忙了一天，明天有个作业要交，可是我怎么也做不出来。”

“我能帮上忙吗？”

“隔行如隔山，没用的，不过就丢了几年，大学学的珠宝设计就全还给老师了，哎！”一看到芷兰关切的眼神，烦躁的心就安静下来了，“不过这个客户也真奇怪，月光石这种不上档次的东西也拿来设计款式，还说拿多贵重的宝石来配它都行，不用考虑成本。”

“哦？”芷兰显然很感兴趣。

我打开电脑里的图片给芷兰看：“瞧，这就是月光石。这叫彩月光石，产地印度；这叫蓝月光石，产地斯里兰卡。两颗裸石都是这个石种里最极品的了，不过跟祖母绿红蓝宝尖晶石的硬度、火彩、价值都没法比，都不知道怎么会有人这么喜欢它……我是不是说的程度太深了？”

芷兰看得很认真：“没有啊，我觉得它很美。它不是第一眼就秒杀你的美，是越看越耐人寻味，那种低调的高品位……”

我突然捕捉到了一点感觉：“太好了，你一来我就有感觉了，要不你在这儿陪我一会儿吧，说不定等会还要跟你交流一下。哦，你可能会有点无聊，给你找个电视剧看看吧。”

芷兰笑眯眯地点点头。从昨天开始她就变得不再拒绝我的提议，这让习惯吃她闭门羹的我实在受宠若惊，当然，也不能得寸进尺，真的只是想她陪我坐一会儿，我现在满脑子只有老四的设计稿。我找出了iPad，随便点了个韩剧给她看。那个电视剧叫《Doctor异乡人》，是个乱七八糟的谍战偶像剧，我的前任女友迷得不行，那阵子整天为这个剧哭得稀里哗啦。女孩子嘛，喜欢韩剧就跟喜欢珠宝一样，没有例外的人。

就这样，我在桌前涂涂画画，她在沙发上戴着耳机看韩剧，我们像一对老夫妻一样默契而疏远地陪伴着，直到我听见了抽泣的声音。起先我以为是芷兰不小心把 iPad 的声音放出来了，结果定睛一看居然是芷兰看着屏幕哭了，是那种泪流满面的哭，完全没办法控制情绪的哭。

这场景并不陌生，但我的前女友们没有谁哭得这么厉害过，连芷兰这么脱俗一人也会为韩剧伤心，这到底是个什么破剧啊！我走进去看一眼屏幕，不过是一个老医生在朝鲜被枪毙的场景。我拍了拍芷兰的肩膀：“别哭了，电视剧都是瞎编呢！哪能这么随便杀人啊！”

芷兰抬起了哭得通红的脸，吐词不清地喊着：“是真的！这都是真的！我外公外婆是这样被他们杀死的！”

我的脑子嗡了一下。不会吧，我刚跟老四研究过那个曾孙女，为爱情远走异乡宁愿从显赫家族消失的女人，居然是这样挂掉的？

我给芷兰泡了一杯金丝皇菊，在她情绪逐渐平复下来的过程里，终于得知了“我外婆”和“我外公”的人生。

我外公是个普通的大学老师，在丹东做文化交流的时候认识了我外婆，两人一见钟情，但遭到了老曾家的强烈反对，我外婆就辞了工作头也不回地跟着我外公回了朝鲜。朝鲜并没有给我外婆安排工作，我外婆闲来无事就办了个汉语班，没事教教街坊邻居，也不收费，就图一乐子，这个汉语班是在我母亲出生后中止的。我外婆做了母亲之后非常思念父母，但那时候她根本没办法和家人联系。后来，我外婆和我外公被人诬告是间谍，双双被逮捕枪毙。

“那你妈妈不是变成孤儿了？她是怎么长大的？又是怎么把你带回了中国？”一天之内了解了一个没落贵族如此悲凄的人生，实在让我动容，我太想知道后面的故事了，因为那也意味着越来越接近芷兰的过去。

不幸的是此时的芷兰已经完全平静下来了，当我追问到她母亲头上，她又变回了平时那个结着幽深愁绪的芷兰，她垂下眼睑，轻声却不容改变地说：“我累了，想先去睡觉。”

好吧，反正我俩就是这么不公平，我连穿开裆裤的事都告诉她了，她只不过是刚让我了解她的祖辈，但不管怎样我也满足了，我已经进入了她的城堡，只是还没找到开启迷宫的密码没办法吻醒睡美人。今天可不是我追问她的，不算违背我的承诺。

她回屋之后我彻底没心思管那个设计稿了，带着各种复杂的思绪倒下去就睡着了，一夜无梦。第二天我又起晚了，醒来时办公室干干净净，茶几上摆着小米南瓜粥、泡菜和一个馒头。如果说这些没有让我吃惊，那摆在我书桌上的一张纸才是给了我真正的震撼。

那是一张手绘的珠宝镶嵌设计稿，主石用的是蓝月光石，配石是翡翠，满月形的蓝月光挂在左上角，翡翠斜长成竹子的模样，图纸边写着一行秀丽的字：月光下的凤尾竹。

5

比海洋更深邃的是爱情，比天空更遥远的是人心。

我必须重新认识下车芷兰。站在一个珠宝商和设计师的角度，芷兰手绘的珠宝设计稿是相当有专业功底和艺术天分的，有些职业可以凭着天赋一蹴而就，比如突然被雷劈出来的作家、未经任何培训的画家、最强大脑的记忆大师，而一个珠宝设计师，如果没有相当系统地学过美学珠宝学，不可能交出这样的作业。

昨晚还觉得我已经进入了芷兰的城堡，但现在不相信自己的眼睛了。她不可能再是我看到的那样单纯，摆地摊的良心小贩，潦倒的年轻妈妈，贤惠的寄人篱下者，善良的没落贵族，也许这一切都只是她用来掩饰自己的面具。

我没有犹豫，立刻拨通了芷兰的电话。

她显然早有心理准备："笑阳，知道你会问我。 第一，不说真的是为你好；第二，我想要忘了过去，也不想再骗你，所以你什么都不要问。如果设计稿能让客户满意，就算是我报答你的方式了。"

第一次，我对芷兰有了防备之心。虽然她不可能拿我怎么样，但从来只有我对女人说不，现在却成了一个完全被动的角色，心里挺不是滋味。这种心情下，真怕要么刑讯逼供，要么冷口冷面，而两种情况都会加速芷兰的离开。

我离开广州去了趟云南回广东后又先去四会、阳美兜了一圈，最后还回了趟家。除了收货的理由，更多是避开芷兰思考。那天一早我像往常一样迷迷瞪瞪地闻到了粥香，感觉到有人坐在床边注视着我，下意识地伸手过去抓住她："芷兰，别走……"

"弟啊，走起来呷糜哇！（儿子，起床吃早餐）"

我醒了，是妈妈坐在床边，像平时在家一样，我的 Morning Call 都是由妈妈的粥完成的。妈妈显然听到了刚才我的梦话，兴奋地推着我：“你刚才叫谁别走？是不是女朋友？这周带她回来见见吧！女孩是哪里人？你们准备什么时候结婚……”

我心情烦躁地用被单捂住了头：“妈！让我再睡会儿！”

妈妈照旧把我 25 岁还没结婚跟我同龄的谁谁谁都两个孩子了絮叨了一遍，她的碎碎念在五分钟后由近及远终于消失了。我瞪大双眼看着天花板再也睡不着了，不知道过了多久，电话急促地响了起来，是老四。

“你在哪？”

“你管我。”

“别闹，我有大事要找你。”

我一骨碌爬了起来：“不会是芷兰出事了吧？”

“你脑子里除了她还有别人吗？告诉你，不才我升职当经理了！我要请你吃饭！”

我又倒了下去，懒洋洋地说：“行了吧，不就是请我去吃麻辣烫吗，本少爷没空。”

“你也太小看人了！这次吃大餐，蒙娜丽莎！实话跟你说吧，你给我的设计稿帮了大忙！见面再详谈，今晚七点，不见不散！”

不容我回答老四就把电话挂了。我一点都不想去，老四请客我买单的事又不是头一回了，不过晚饭跟老四混就能拖到错过芷兰回家的时间，免掉见她的尴尬。回广州后我第一时间回家，还好，芷兰的行李都在，她没有走。又是一个周一，她和小乖的衣服静静地晾在阳台，让我这个宿舍有了种家的感觉。那么一瞬间我突然想通了，每个人都有秘密，我不也一大堆烂桃花过去，芷兰不愿说就由她吧，只要她还肯留在这里，我就把她当自己的女人来疼。

想通之后这几天累积的思念爆发了，不需要再用什么饭局来避开芷兰了。不过一听我不肯赴约老四在电话里急赤白脸，没办法，还是去吧，估计他又馋了。

到达蒙娜丽莎的时候老四已经在那儿等了，不过他不是一个人来的，他身边坐了一个二十八九岁的男人，和我的 T 恤短裤不一样，他的衬衫在蒙娜丽莎的蓝调灯光下白得晃眼。看到我走过去，老四和那男人都站了起来，老四满脸堆笑地弓着身子："这就是我同学郑笑阳，这是我们明珠集团公司总经理，司南司总。"

"你好。"司南伸手与我相握，他比我高出了半个头，刀刻的五官凹陷的眼睛，我承认他能称得上帅，就是浑身上下散发着一种寒冷的气息，脑残教的女粉丝通常把这种男人叫忧郁王子。可笑，王子能有什么可忧郁的，全是你们自己日子过不下去意淫别人。

我不解地看着老四，这怎么回事?

老四一脸谄笑："笑阳，你不用意外。是这样，前几天我把'月光下的凤尾竹'设计稿交上去，没想到司总亲自给我打电话了，说设计理念非常好要我去深圳公司总部见面交流。你知道我这个人，最诚实不过了……"

听到这里我差点没吐出来。

"看到司总这么器重我，我就说了实话，其实这次的设计稿是你帮我做的，我们司总是个特别重视人才的人，他亲自来广州要我约见你，我也跟司总说了，你自己创业做得很好，不可能来我们公司上班，司总说没关系交个朋友……"

司南打断了老四："我想单独跟郑先生谈谈，你能回避一下吗?"

"当然，当然。"老四点头哈腰地站了起来，一边往外走一边双手抱拳对我使脸色。道歉?拜托?应该都有，反正我帮了老四他却把我卖了这是事实，可我还不能让他丢了饭碗。

剩下我和认识不到三分钟的司南面对面坐着，我强压着一肚子火挤出礼貌的微笑。

"郑先生，这样来见你有点唐突，真的很抱歉。我有几个问题要问你，尽量不耽误你的时间，也希望你能给我真实的答案。"

司南的普通话很标准，听不出任何地方口音，讲话单刀直入，是大老板的风格。他这么年轻就身居要位，只能是一个富二代，这才是真正的高富帅，甩我这个伪高富帅九条街。可是不能长别人志气灭自己威风，我挺直腰杆，让自己看起来高一点："有什么我能帮你的尽管问。"

"我想请你先看看这两张图……"司南把两张图纸摆在了我面前。

一张是电脑绘图，仍然是那个"月光下的凤尾竹"，不过由芷兰的手绘稿变成了临摹版的电脑图，显然是老四给公司交差时呈上的图稿，他不可能把芷兰的原稿交上去，这不意外。不过另外一张图纸就让我震惊了，这是一张有些泛黄的手绘旧图纸，设计的款式跟芷兰那稿非常接近，款名同样手写着“月光下的凤尾竹”，两个款一比，芷兰昨晚的设计更像这张旧图纸的升级 2.0 版，令我震惊的是，字迹和芷兰如出一辙!

“你这图纸是哪来的？”倒是我急急地先发问了。

“这也是我想问你的，你帮陈建宏设计的款式到底是谁出的图纸？”

我愣在原地，心里电石火闪掠过很多念头。好厉害的家伙，一上来就把两稿图纸拿出来，逼得我连死咬是自己设计的余地都没有。这恐怕是我最接近芷兰过去的机会了，可是芷兰那么想告别过去，我应不应该守护她的秘密？不知道老四到底出卖了我多少，也不知道芷兰跟眼前这个男人什么关系，一时间犹豫没有作答。

见我不作声，司南显然早有预案：“我今天来不是为了追究陈建宏糊弄公司，相反还要感谢他帮我找到了你。”

“嘀嘀……”我的微信响了，是老四发来的：他问你认不认识车芷兰，我没有出卖你，我发誓。

我松了一口气，好在老四还有底线，也幸亏没透露芷兰在我家和图纸是芷兰的原创，于是我找了个折中的回答：“其实这个设计稿也不是我出的，是我之前在网上请了个兼职美工，有时帮我们装修下店铺 PP 图，偶尔我们有代客镶嵌的业务，那美工说她会设计，我看着还不错，就出钱买了她几张设计图。”

“你认识那个人？！她在哪里？”司南抓着桌子边凑上前来，眼神焦虑而紧张。

“说不上认识，没见过面，连她的名字我都不知道……”我打起了太极拳。

司南狐疑地看着我：“怎么可能，她不是你请的员工吗？你总要付她工资吧？不提供真实姓名怎么收得到钱？”

“哦，我们电商的客服不用坐班的，工资都走支付宝，还是转了钱才知道她名字里有个‘兰’字，对了她的网名也叫兰。网络里我们都没有真名，谁知道屏幕的后面是不是一条狗。”真真假假地编完这些话，背上的冷汗全下来了，我不知道能否让这个聪明的男人相信。

“那你现在和她有联系吗？”

“没有了，现在我们公司有专职美工了，销售一好兼职就跟不上了。”

“你能帮我找到她吗？”司南慢慢地靠回椅背，眼神落寞。

现在轮到我反客为主了：“你和她什么关系啊？为什么费这么大劲要找她？”

司南看着桌上的烛光出神：“我们是故人，有过一点往事。”

“那我猜是个霸道总裁和灰姑娘的故事。”我用调侃掩饰着内心的激动。

“你电视剧看多了吧？霸道总裁不会爱上灰姑娘，公主也不可能嫁给青蛙。”

司南嘴角扯了一下，不知道算不算笑容，平心而论这笑容让他立体的五官有种阴郁的美。我知道他在讲笑话，可我一点也笑不出来：“什么样的故事都好，你一定是她男人吧？”

司南一怔：“我是不是她男人，得她说了算……哦，刚才你的问题我还没有回答。你看到的这张手绘稿就是她五年前的作品，这是当年她参加美国宝石行业协会 AGTA 光谱奖设计大赛的获奖作品。”

听到这里，我像个被老婆捉奸在床的奸夫一样向司南展示了完美的狼狈相。

我所有关于芷兰的想象都被打垮了，AGTA 光谱奖，它的设计和切割赛都代表着全球顶尖水平！有过那样资历的设计师可以横行全球任何一家珠宝公司！震撼二字已经无法形容我的心情了。我心爱的姑娘啊，知道你不简单但是不知道你如此卓越！五年前，你才 18 岁！那时我大三，以为老子天下第一地做着九块九包邮，而你，已经站在金字塔尖了。

我用了漫长的时间才控制住自己没再丢人。“你和她是失散了还是分手了？是你对不起她吗？”

司南顾左右而言其他：“有些事情不是简单的是非对错，我只能说，一切都是命运的安排。”

我心里酸酸的，如果司南是芷兰喜欢过的男人，他这种文艺范儿正好是我缺少的，也难怪芷兰不给我机会。

“郑先生，我还是有个不情之请，有机会的话，帮我捎句话给她——司南很想她，希望她别忘了那个约定。万一她愿意见我，请你第一时间联系我。”

原来司南根本不信我不认识芷兰的鬼话，只是他也很清楚不可能强迫我坦白，只好用一招缓兵术不让我翻脸。既然他这么费心在找芷兰，我很可能是他现在惟一的线索，下一步肯定会通过老四来调查我的底细，然后再通过我找到芷兰。如果让他找到芷兰，秘密就能水落石出，但芷兰很可能离我而去。一想到这里，我坐不住了："司总，我有点急事要先走了，你和建宏慢慢用餐吧，这顿我请你，算尽个地主之谊。"

尽管去买单的时候十分肉疼，但丢钱不能丢份，这是我替芷兰请的。不过这个鬼地方这辈子都不要来了，两次请客都莫名其妙当傻瓜。买完单我去了后厨通道，果然又在那里找到了玩手机的老四，这回他一见我就主动举起双手投降，微屈双膝假意跪下："三哥，您大人大量，饶了我这回吧。"

我一把揪住老四的衣领，咬牙切齿一字一句地说："陈建宏，你听着，这次的设计稿是芷兰帮你的，里面这个男人很可能就是搞得芷兰像个叫花子一样的人，芷兰现在就住在我家，你要是想立功现在就进去告密！"

老四瞠目结舌："什么？是车芷兰出的设计稿？她怎么会珠宝设计？她怎么会在你家？不不不，我不会说的，打死也不说，你把我看成什么人了！"

"犹大。"

我从牙缝里挤出两个字，然后扭头就走了。

6

人的一生，至少会有一次振聋发聩酩酊大醉的爱情。如果你不曾为一个人奋不顾身，只因未相遇，或，已错过。

我想好了，我要向芷兰告白。这是见过司南之后的决定，不是因为我知道了芷兰辉煌的过去。她现在需要一个依靠，只有做我的女人才能把她留在我的臂弯。我已经做好准备接受她所有的一切，只是不知道她接不接受我。我忐忑，自知没有任何一样可以跟司南比拼的条件。

在电梯口我遇上了芷兰，她显得很惊喜："笑阳你回来了！吃饭了没？"

我摇摇头，心里万马奔腾。几天不见，她的气色好了不少，那成天笼罩在她身上无形的枷锁仿佛已经放下了，但愿我可以一直给她这份安心。

"哎呀出差这么累怎么还不吃饭，真是的……我去超市买点菜，你先上去等我。"她像个妻子一样唠叨着，转身往外走。

我拉住了芷兰的手："不，你哪儿都别去，咱们回家吧，我有话要跟你说。"

芷兰略有些困惑："我也有话跟你说，我找到房子了，不过还没腾出来，还要麻烦你几天……"

我的心咚的一下掉进了冰窟。她还是把我当外人。这一天还是来了，不管我怎么努力她也是要离开的，她辉煌也好潦倒也罢，我都只能是个看客。不知道一会儿我的告白会不会变成死囚的挣扎。在电梯里她一直在念叨："家里只有面条，一会儿给你下，就是太简单了……对了，你要跟我说什么？"

"我想说，我……"

电梯门叮的一声开了，到了。芷兰先走了出去，我的话变成了跟在她身后超出射程的软炮："我……"

"啊！"芷兰发出了一声惊恐的叫声。定睛一看，我的天，我那紧邻着的宿舍和公司门都被淋上了触目惊心的红油漆，昏暗的过道灯光下，那场景简直是恐怖片。我本能反应地冲上去一把搂住芷兰把她护到身后，紧张地左右四顾。我们这层楼全是开公司的，白天的楼道人来货往总是很热闹，此刻却是死一般的静寂。猛地，我想起什么冲向了消防门，大喝一声："什么人！"

声控灯亮了，照着空荡荡的楼梯间。电表箱、消防栓我都打开检查了，什么疑点都没有。

芷兰此时已经颤抖地拿着钥匙把宿舍门打开了，还好，里面没有进人的痕迹，而公司里面也同样如此，保险柜和库房完好如初，什么也没丢失，只多了门上的油漆。回头看还站在门外的芷兰，已经哭成了泪人："笑阳，对不起，肯定是来找我麻烦的人，我不应该住到这里连累你……"

我走过去把芷兰抱在了怀里，紧紧的："我不需要你说抱歉，永远都不要。"

芷兰伏在我怀里崩溃地哭了起来。这是我梦想的一次拥抱，但是跟欲望无关，我只是心疼芷兰，钻心地疼。

去保安室查了监控，就在我们回来前五分钟，有一个黑衣黑帽墨镜的家伙提着油漆桶进了电梯，在我们那层停留了三分半钟然后坐电梯下楼，而且他出我们进，擦肩而过。保安问："这个人你们认识吗？"

我摇摇头，芷兰也摇摇头。

"需要报警吗？"

我摇摇头，芷兰点点头。

"到底报不报？"

"不报。""报。"

我把芷兰拉出了警卫室。我已经猜得八九不离十了，肯定是司南干的。他的目的就是恐吓芷兰，让她在外面呆不下去好回到他身边。没想到这么有身份地位看上去素质还不错的人也会干这种龌龊事。而芷兰的行踪这么快被泄露，除了老四还能有谁？我真的高估了老四的人品，也高估了我们的兄弟感情。

心痛，懊悔。

我在附近的酒店订了间房，把芷兰送了过去。现在司南已经知道了她的下落，我家不再是芷兰的避风港了，而且如果司南要继续骚扰她，再换一百个住处结果也一样，我必须要替她彻底解决。在酒店前台等交费的空当我给司南打了个电话，用了全身的力气才控制没有发火：“司南，我要见你。”

接到我的电话，司南显得有点兴奋，不过他说已经回深圳了而且明天有走不开的会议，于是约了明天一大早去他办公室。为了赴这个约，我打算一会儿就开车去深圳。当然，这都是趁芷兰不在的时候办的，男人之间的事，我自己解决就够了。

“芷兰，你这几天先住这里，哪里都别去，一定要听我话，相信我会保护你。”

芷兰的眼泪又啪啪往下掉：“笑阳，你不是想知道我的过去吗？现在我就可以告诉你。”

“不需要，只要你留在我身边，我现在出去办事，明天等我，我有非常重要的话要跟你说，好吗？”

就在这个时候我的电话响了，是老四，他居然还有脸打电话给我！

我气得浑身发抖地按下了电话。

“你在哪里？我在你家门口，怎么这里被人泼了油漆！”

“装什么装，那还不是要感谢你吗？”我咬牙切齿地。

“你说什么呢！有重要事情告诉你，我已经知道车芷兰的身份了，她……”

“陈建宏！你离我远一点！以后都不要出现在我眼前！”

我咆哮了起来，吼完我把手机狠狠地往地下一摔，手机碎成了几半。摔完才意识到这辈子第一次发这么大的火，而且是当着芷兰的面。芷兰肯定被我吓着了，脸色苍白地看着我，气都不敢喘。

“对不起，是公司的事，我不应该在这里发火……”我用了五分钟才从各种情绪里平静下来，随便找了个解释，不想芷兰知道老四的出卖和我跟司南的约见。

芷兰走过来抱住了我，轻轻抚摸着我的背：“没事了，都会好的……”

和我刚才给她的拥抱一样，与爱恋情欲无关，但我会记住这个温暖的怀抱。

这天真够我受的，几百公里颠簸回广州，在经过了生气、震撼、恐吓、狂怒之后，又连堵了几个小时才到深圳，在酒店安顿下来时已经是后半夜了，很累很累，迷瞪了一会儿却又坐到了窗前，仰望着明珠大厦像个巨型烟囱一点一点在晨光中清晰起来。明珠，国内规模最大最有影响力的珠宝品牌，是个让我等贱民一辈子不可企及的珠宝帝国，而我马上就要正式和站在金字塔尖的那个人交锋，以我的财力人力，算不算以卵击石？

习惯地去摸手机，只摸到几块残躯，这才想起它昨天在我的狂怒中以身殉职。我的理智就是在这时恢复的，不是害怕了，而是后悔没有听老四的解释和他要告知芷兰的身份，更后悔没有听芷兰讲清楚过去，就这么武断地认定了我看到的事实。

当然我只后悔了一分钟。我不能错，只有我是对的芷兰才会留下来。

明珠大厦的内部装潢完全颠覆它简朴的外观，极尽奢华之能事，从进大门到79楼司南的办公室我过了五道关卡，保安严谨得像海关。走过电梯过道，一个头托苍穹高空展翅的大通间办公室如画卷一般展开，俯瞰中的深圳如一副现代版的清明上河图，场景非常震撼。司南从那张龙床一样的办公桌后面绕出来，快步走向我并伸出了手，脸上似笑非笑："欢迎你，郑笑阳。"

"咚！"我积蓄了一整晚力量的一记老拳打在了他的右脸，然后我和他双双摔倒在地，他是我打倒的，我是用力过猛把自己带翻的。没想到他这么个高个子轻易被我拿下了，到底是养尊处优的阔少爷，也可能个子太高桩子不稳，反正他懵圈地从地上挣扎起来，嘴角渗血面部红肿，即使是这样他脸上仍然没有一点愠怒的表情，居然第一时间过来扶我："你这是怎么了？"

"不要跟我再假装了！你们有钱人的教养难道就是当面一套背面一套吗？"我从地上弹了起来，冲着他大吼。

司南无辜地摊开双手："我以为你是来说芷兰愿意见我了，到底发生了什么事？"

"昨晚你不是派人去我家泼的油漆吗？告诉你，你越这么干芷兰越不会想见你！"

"什么？"司南瞪大了眼，"说清楚一点，你知道芷兰在哪里？！快告诉我她在哪里！"

他再也没有刚才的教养，冲到我面前钳住我的肩膀，差点没把我捏碎，我像个被强暴的女人一样在他手下挣扎了半天才脱身，原来刚才是我偷袭成功和他让着我。

五分钟之后我们都平静了下来，我讲述了昨晚见他之后结果家门被泼油漆一事，但死活就是不肯说出芷兰的下落。

他长叹一声：“我怎么会去干泼油漆这种事！我想疼她都来不及。我知道你是她的朋友，既然她信任你，尊重你就是尊重她。”

“别给我说好听的，难道你不是疯了一样地想见她吗？还能有谁找她找到我那里去！”这时我突然想起一事，“对了，之前芷兰住在城中村，她家被人撬了门，难道也是……”

司南的俊脸上出现了痛苦的表情：“绝对不是我，我答应过不去找她，尽管这一年每一分钟我都在想她……你不让我见她可以，告诉我她现在怎么样，每一个细节我都想知道，行吗？”

“不行。”我冷冷地看着他，酸溜溜地学着他的文艺腔，“倒是我要知道你和她的过去，每一个细节。”

“难道她没有告诉你吗？”

“咳，她迟早会告诉我的，我也会找她验证，别想骗我。快说吧！”

“这不公平，为什么只有我说？”

“你必须说，没有选择。你都说清楚了我才能知道到底是谁在威胁芷兰，才能保护她不再像乞丐一样生活。”

大概司南认定我是芷兰的朋友，也可能正好他需要倾诉，于是，在这个不接地气的空中楼阁，我听到了一场不可思议的邂逅。

“我和芷兰的故事……还是从我们第一次见面说起吧，那是在五年前的一个夏天，在云南和缅甸交界一个叫龙泉的寨子，你也做这行应该知道，那是我们内行交易翡翠毛料的地方，同时那也是特别美丽的一个山寨，一些驴友会去那里旅行。寨子里有一间很大的赌石坊，每天都有很多人去试手气希望开涨（赌到高价值的原料）。那天有一块板凳大小的原石要拍卖，就擦了个小窗（抛光了一小块地方），颜色满绿，水头也很好。当时石坊老板叫了起价三百万，很多人都看涨准备加价，我觉得那块石头不对，颜色有点浮也有点死应该是动过手脚的。当时我年轻气盛，当众指出这块石料有问题，老板非常生气说我砸他场子上来了几个人揍我……”

“这时一身驴友打扮的芷兰从围观的人群中冲了出来，拦住那些彪形大汉不准他们打我，还说他们犯法要报警……你知道芷兰像仙女一样出现在那个地方会有什么后果吗？那些汉子都看呆了，他们说只要芷兰留下来就可以放过我，几个人当时就把芷兰围住了。我急得不行，偷偷溜到屋子里点燃了窗帘，现场一片混乱，我这才拉着芷兰跑了出来。那个寨子到处都是赌石坊的人，我和芷兰一路狂跑，直到逃到附近一个森林，报了警，没想到等警察来接我们等了一整晚。”

“那是我一生当中最开心的一晚，清风朗月，佳人相伴……”

司南说起那场邂逅时，那张像打字机一样刻板的脸有了许多微妙的情绪，怀念、甜蜜、忧伤，我知道那是属于他和芷兰共同的过去，因此每一种表情都让我有再打他一拳的念头。

他的故事才讲了个开头就被秘书打断了，那个不得不参加的会议中断了我们的聊天，不过走之前司南反复交代让我等他。尽管目前还没查出黑手，我相信司南会配合我揭开谜底，毕竟我们对芷兰的心思是一样的。

等人真是煎熬，我在窗前看了会风景，又在司南的龙椅上坐了一会儿，不知道为什么浑身不自在。龙椅后面是整墙的书架，大多都是《资治通鉴》《孙子兵法》之类的精装书，老板最爱，装逼圣书。不过角落里有一本引起了我的注意，那是一本《落子无悔——记明珠集团董事长车君》。我随手拿了下来。

久仰明珠这品牌，现在才知道董事长叫车君。这种书都是成功人士的自吹自擂，花钱找枪手拍自己马屁，照例前几页会放人物照片和家庭合影什么的。翻开第一页照片，差点让我傻眼了，怎么车君是个女的，而且长得跟芷兰那么像呢！赶紧翻到第二页，我的心都快从嗓子里蹦出来了。车君身边站着一个23岁左右的男孩，搂着一个十五六岁的女孩，旁边写着车君董事长、儿子John、女儿Iris。我眼睛没出毛病吧，虽然年龄不对，可那女孩分明是芷兰。

车芷兰，Iris，车君，难道芷兰竟然是明珠集团董事长的女儿？

我全身的血液都凝固了。

7

如果爱情的降临可以被提前知会，你还会拥有那份怦然心动吗？

我是不是喜欢芷兰到有点着魔了？怎么一看到美女就觉得像她？一个小摊贩怎么可能是珠宝帝国的公主？

《落子无悔》第一页是明珠集团董事长车君的照片，大概是一次演讲时的抓拍，车君一身香奈儿经典黑，颈间一串16mm正圆金珍珠项链，挥动的指间闪烁着一枚硕大的帕拉伊巴电光蓝碧玺戒指，在浩瀚星空背景板和演讲台前的鲜花簇拥中，车君雪肤红唇格外抢眼。作为一个珠宝帝国的掌舵人，她的美貌和气场匹配得宜，她的首饰和服装既来得经典又还算低调。

书里配了几张车君的家庭生活照，都是车君和一男一女两个孩子不同年龄段的照片，女孩完全像是幼时的芷兰。照片有车君陪着芷兰弹钢琴的，有一起坐在游艇吃饭的，三个人都有相似的轮廓和笑容。

芷兰长得跟这个女人太像了，更像是青出于蓝、柔光之后的车君。芷兰柔美如兰恬静若菊，车君却棱角分明霸气侧漏。之前我已经从芷兰那里知道她母亲生在朝鲜外公外婆含冤被杀，但这本书只字未提，只说车君是港籍企业家，早年丧偶。

这有两种可能。要么，车君不是芷兰的母亲；要么，车君不想让人知道她的过去。

揣着七上八下急于证实的心，我像等情人一样等待司南回来，不过等来的却是员工餐厅的送餐车，司南托来了很抱歉他还在开会让我一定要等他的话，同时让餐厅送来了便餐。三菜一汤一主食的便餐，三头鲍煲翅、格陵兰鳕鱼扒、火龙果黑椒牛肉粒、椒丝腐乳通菜和波士顿龙虾炒伊面，没有酒，配的是冰镇绿豆抹茶汁，难得的是把平时中看不中吃的食材也做出了美味的家常口味。我最喜欢那道小炒，牛肉粒香嫩入味，红白火龙果各一半，用小勺挖成圆球，取的都是最甜的芯，和牛肉炝拌在一起，相同的口感是嫩，清新和浓郁又层次分明。

送餐员工说这是司总吩咐主厨亲自做的，特地交代用接待亲友的餐单。原来他们的私家菜有几个不同的餐单，国宴、外宾、客户、亲友、员工，菜谱里的每一道菜都是司南亲定的，有客人到时只要点哪个餐单就行。

色香味俱全，昨晚到现在未有粒米下肚的我毫不客气地清盘了。

体面、好吃，不炫富，这确实是接待朋友的标准，司南是个懂享受不浮夸的有钱人。我突然对他有了点好感。

员工来收盘的时候我忍不住问了句："你认车芷兰吗？"

员工一脸茫然："车芷兰是谁？明星吗？没听说过。"

我的心踏实了，但多嘴地又加了一句："车君你总认识吧，你们的董事长。"

员工突然一脸紧张："这个，这个你别问我。"

"怎么了？你们董事长不准别人打听她？"

"我，我，我得走了……"那员工推着一车叮当哐啷快步走了出去，他几乎是逃走的。

奇怪，提一下董事长的名字至于吓成这样吗？我得搜索下这个车君看看是何许人也。不过一摸口袋才想起来，我的手机挂了，这年头，没有手机比断了胳膊还麻烦。司南的电脑就摆在办公桌上，可是我不能用，人家对我挺客气，咱不能这么没素质。

不过办法还是有的，我用司南的办公电话打回了公司，把今天的工作安排了一下，让客服顺便帮我查一下明珠集团董事长。一阵嗒嗒的键盘声后，客服在电话里说："郑总，明珠集团的董事长叫安治民。"

"安治民，是那个安氏矿业的董事长吗？他以前还是我爸的朋友呢。不对，你再查一下。"

"没错郑总，最近的官方新闻全部都是明珠集团董事长安治民，同时他也是安氏矿业的董事长。"

"那你再查下，明珠集团＋车君，车辆的车君子的君，看有没有。"

“有，郑总，最近的新闻是‘明珠集团董事长车君因非法经营、内幕交易和巨额行贿罪获刑20年’，还要查吗？”

“不用了……”

我有些恍然大悟了，但随之上来的是另一种说不清的困惑，于是我又拿起了那本《落子无悔》。这是一本三流枪手写的人物传记，堆砌了各种溢美之词，努力要打造一个光辉的董事长形象，特别讲述了明珠集团几次面临困境，车君是如何如何力挽狂澜。平时我接到这种赠书，通常还没到家就进了垃圾桶，此时实在看不下去了。

就在我正要把那本书丢开的时候，司南快步走进来了：“实在是对不起，让你等太久了……”

我索性把那本书扔在茶几上：“我改变主意了，你和芷兰的故事先搁一边，我要先知道这个车君跟芷兰是什么关系。”

司南显得很惊讶：“怎么你不知道？芷兰这都没告诉你？”

我脸上有点挂不住了：“我和芷兰是君子之交，从来不干刨根问底的事。如果不是她现在遇到危险我也不会想知道的，你说吧。”

司南略为沉思了一会儿：“这样吧，我带你去个地方……”

“去哪儿？我还要赶回广州呢，约了芷兰有事要谈。”我故意把芷兰二字咬得很重。

司南果然有些不舒服的样子：“不是你要了解芷兰吗？我现在就带你去了解她。”

坐上了司南的路虎，一路他都没有说话，应该是刚才我给他种的刺还硌着呢，我也不追问，反正葫芦里卖的啥药我迟早要知道。很快，车停在了位于布吉的三联水晶玉石文化村，下了车他也不领我往主街店铺逛，而是穿过几条巷道进了加工区。人还没进去，就已经听到了刺耳的滋滋声，那是工匠们在打磨石头的声音，空气里弥漫着粉尘，每一家工坊里都坐满了粉头灰身埋首干活的工匠，这场面我每次看到都会感动。那些美丽的珠串吊坠成为姑娘们的装饰品时，会有多少人想到它的来之不易呢？不过，今天我可不是来参观，为什么要来这里？

“这里是芷兰工作过的地方，从12岁起，她母亲就让她寒暑假来这里打工。”

我瞪大了眼："不是吧！哪有小姑娘干这个！芷兰的妈是不是后妈？到底是不是车君？"

司南看着我，沉重地点了点头。

我脚下一阵虚浮，差点踩了个空，最不想听到的答案还是来得如此残酷。

"这只是芷兰接受各种严酷训练的其中一个地方，车董……车君，为了让芷兰知道原矿的来历，还曾经把她丢到印度一个矿区跟矿工呆了一个月……"司南的眼神有些痛楚。

"妈呀，芷兰一定不是她亲生的。印度，还矿区，且不说挖矿有多危险，她就不怕那些矿工把芷兰给吞了？"

司南苦笑："车君说，这是个优胜劣汰的世界，如果芷兰不能好好地回来，那就是不配拥有她给的生活。"

"可笑，她到底给了芷兰什么样的生活！谁家不是把女儿当公主养着，我可没见过这么心狠的妈！"

司南的脸轻微抽搐了一下："走吧，我再带你去看个地方。"

这次的路程比较长，我们环山沿海朝东部一直开，沿途海景如画，只是我心不在焉地陷入了冥想，倒是司南奇怪地问："你怎么了？为什么不盘问我了？"

"我在想车君到底是怎么样一个人，刚才听你说她怎么训练芷兰，我挺气愤的，不过静下来想想，也幸好她对芷兰这么狠，不然她这树倒猢狲散的，芷兰还能那么坚强地活着，要是个从小娇生惯养的大小姐，只怕一早寻死了。"

司南诧异地问："你到底知道多少她家的事？"

"不就是车君被判了刑吗？这个我早就知道，不说是考验下你会不会跟我说真话。"假装一早知道是不想让司南觉得我对芷兰一无所知。

司南似乎不关心我话里的真假："芷兰是坚强，她现在靠什么生活呢？"

"摆地摊，卖卖便宜货，编编手工绳，东飘西荡打游击，特别不容易……哎，你怎么套我的话！说好只准我问你，你不能问我！"我有点急了。

尽管是从侧面看过去，我也能看出司南痛苦的表情，这之后他没有再说话，直到车在海边一个庄园门口停了下来，司南按了一下喇叭，马上有人来开门了。

这处庄园虽然位于沿海公路外侧，但是大门和外墙都爬满了藤蔓，伪装得像个绿化带，经过的车辆如果车速快根本注意不到。进了庄园，是参天大树包围的幽长小径，路的尽头是上行的石阶，石阶两旁仍然是遮天蔽日的浓密树木。这家伙不会把我骗到什么僻静地方杀人灭口吧？我正犯嘀咕，石阶尽头豁然开朗，花园、游泳池，还有童话故事中的城堡。

“这里是？”

“这是芷兰的家，她小时候一直住这里，读书后就成为她家的度假屋了……不过，现在已经是安氏的物业。”

这是一处位于大海之畔绝壁之上的独栋别墅，一面靠山一面临海而且是超一线海景，沿着峭壁修建的挂壁栈道能下到海边的私家海滩和游艇码头，那也曾是车家独有，司南说这种已是绝版物业了，不过现在换了主人也还是荒着，常年住着保姆、保安和狗。看着这和我生活相差十万八千里的奢华，感到既亲切又凄凉，毕竟这里留下了芷兰的点点滴滴，也毕竟这是过往烟云离她而去。如果换了我，我不知道能否像她这么平静地接受生活的落差。

在参观到那间超大的厨房时，司南面无表情地介绍着：“车君对芷兰挺走极端的，一边给她严酷的生存训练，一边给她最奢侈的生活……芷兰喜欢吃比萨，车君就从美国一家米其林三星餐厅挖了个厨子来。对了，就是今天中午给你做饭的那个主厨……”

我突然想起那天带小乖去吃必胜客，难怪孩子说那不是比萨，我还说那里的比萨全世界最正宗，他妈的那叫什么破比萨，不过就是打卤馕！

我啪地打了自己一耳光。

司南诧异地问：“你怎么了？”

“有蚊子。”

司南没有在意，继续给我介绍：“车君还请了专业老师训练芷兰，作为一个名媛应该学的一切，钢琴、绘画、书法，事无巨细都要学习，哪怕是吃西餐的仪态……”

脑子里浮现起我教芷兰怎么用刀叉那一幕，那么色迷迷地环抱过去抓着芷兰的手：“左手拿刀右手拿叉，对，做得非常好，第一次用刀叉会不习惯的，慢慢就好了。”

“啪——”我又给了自己一耳光。

“你到底是怎么了？”司南皱眉看着我。

“蚊子太多，顺便把自己打清醒点。”我已经没有心情再参观下去了，“我已经足够了解芷兰生活在什么样一个家庭了，希望进一步了解她是不是结过婚，小乖是谁的孩子，我有种预感，那可能是找到幕后黑手的关键。”

司南沉默了一会儿：“你跟我上来。”

司南领我到了别墅顶层的一间房，这是芷兰的卧室，和想象中粉红淡紫的公主色调不一样，整个屋子都是清新的原木色，没有一点多余的装饰品，甚至不像个女孩的房间。书架上摆着很多已经变黄的书，除了珠宝类专业书籍，最多的就是《国家地理杂志》英文原版，几乎每一期都有。这让我有些意外：“芷兰以前经常自己出去旅游吗？”

“很少，除了去云南那次……”司南的眼神变得有些柔软和忧伤。

这恰恰是我最讨厌听到的事：“咳，你不是要跟我说芷兰和孩子的事吗？”

司南打开空空的衣柜，翻到最底层抽屉里的一个相框，然后递给了我。

相框里是芷兰和一个男人的照片。芷兰身着复古婚纱美得不像是人类，她挽着一个戴眼镜的三寸丁男人，那四眼男笑得嘴巴都快扯到耳朵了，却看不出芷兰是什么表情，如果非要找一个最相近的形容词那可能是“平静”，我见过娇羞的、兴奋的甚至是生气的新娘，但像芷兰这样仿佛在参加一场别人的婚礼，还是头一个。

“这是车芷兰的丈夫，他叫安万全。”

相框差点从我手里滑落：“什么，芷兰结婚了？”

8

芷兰结婚了，芷兰是有夫之妇。

看到芷兰结婚照之后的五分钟，我完全没听见司南说了些什么，脑子里转来转去都是芷兰是有夫之妇的念头。交往过的女友虽多，但不当第三者是我的底线，因此我宁愿把小乖想象成私生女也不愿面对芷兰多半已婚的可能。

我沮丧地坐了下来。

大概我这副失魂落魄的样子正是司南乐意看到的，他倒是难得地主动聊了起来："安万全你可能不知道，他父亲是安氏矿业的董事长，也是现在我们明珠集团的董事长。安氏矿业控制着国内 80% 以上的宝石原矿，明珠又占了国内珠宝终端销售的半壁江山……"

听到这里我突然有个闪念："这么说芷兰是因为家族利益才嫁给那个什么，安万全的吗？"

司南怔了一下，转身从衣柜里找出了另一个相框给我。这是在医院芷兰和刚出生的孩子躺着头靠头的照片，芷兰的笑容安详而知足，在床旁笑得像朵菊花一样幸福满溢看着她们的人，当然是她那个三寸丁四眼丈夫，照片下角的时间是 4 年前。19 岁，在同龄女孩子还在挑花眼选哪个男朋友时，她已经把成长为一个女人的证据带到了人间。

这个司南，嫌插我一刀不够，补刀这下够狠。

看到这样的照片，还怎么把这个婚姻跟政治联姻挂钩呢？原来我真的想错了，怎么能怀疑小乖是芷兰的私生女，那样乖巧可爱像天使一般的孩子，过着颠沛流离生活却仍然如此有教养的孩子，如同皇室血脉一样正统优秀不容丝毫怀疑。

那一瞬间我差点万念俱灰，不过幸好还有一丝理智在挣扎："这些照片都是你合成的吧？你想把我也从芷兰身边赶跑。"

司南平静地看着我："不，给你看的都是事实，跟你说的每句话都是真话。"

"如果芷兰的婚姻没有问题，她怎么会带着小乖逃亡？哦——我明白了，她跟安万全和不来，所以要和他分手，结果安万全不肯放过她，所以一直骚扰她。对，肯定是这样！"我差点要为自己的推理喝彩了。

司南嘴角的笑简直有点莫名其妙："你可以继续推理。"

"我明白了！"我站起来瞪着司南，"肯定是你这个家伙纠缠芷兰，导致芷兰失去了丈夫的信任，是你破坏了她的婚姻！"

司南难看地阴着脸："如果安氏怀疑我，我还能坐在今天那个位置，带着你到这里来参观吗？"

我哑口无言了，不过仅仅过了半分钟就找到了新的方向："这样吧，你带我去见安万全，你到底是个外人，他和芷兰的婚姻好不好应该由他来说。再说了，我倒是要问问他，为什么让芷兰有家不能回。"

"你确定要见安万全？"司南脸上浮现了一丝诡异的笑容。

我斩钉截铁地说："一定，必须。你没得选择，就算不肯带我见他，我也有办法。实话跟你说，安治民董事长年轻时跟我爸一起做过生意，虽然很多年不来往了，我让我爸找下他儿子还是很容易的。"

司南面无表情地说："好吧，那你跟我来。"

夜色已经暗下来了，是那种伸手不见五指的黑暗，天气闷得连呼吸都困难起来，老天爷正在酝酿一场超级暴风雨。司南轻车熟路地在前面快步走着，随着石阶往下，城堡的灯光渐渐微弱下去，我几次因为看不清路差点给绊倒，不由得喊了起来："哎，你没有手电吗？我都看不清路了。"

"没有，那就不要去了吧……"司南停了下来。

"不行，再黑也得去！哎，你可以用手机电筒！"

"我手机快没电了。"黑暗中传来他冷冷的声音。

我们上了车，再次顺着沿海公路飞驰，说来也怪，沿途一直没有会车，也许是西部高速开通后没人走这条险路了。没有路灯，除了路上不时跳跃的反光点和一侧海水泛着微弱的荧光，我们就像在地狱里穿行，司南还要把车速提到飞快，一个接一个的山路急拐，轮胎擦地不时发出刺耳的声音。我脑门冒汗地抓紧了把手。我害怕了，但是不能退缩，司南无非是想吓退我不让见安万全。只要见到安万全，肯定就能帮上芷兰了，带着一点自我牺牲的壮烈，我心潮澎湃着。

一个带响的急刹后司南把车停在了路边。

“到了吗？这是哪？”

我下车来东张西望，到处黑影幢幢，可以感觉是个山区但是什么也看不清，估计又是和车家城堡一样僻静的地方吧。司南在路边捡了一根树枝递给我，不容反驳：“抓着它，跟着我。”

我顺从地抓住了树枝一头，不管怎么说现在只能听司南安排，谁让他是领路人呢？

黑暗中我们一前一后沉默地走着，先是大路后是小路再是台阶，沿途都有浓密的树木，此时已经起风了，风过之处树叶哗哗齐鸣，真有点让人发瘆。看来安万全的这处宅子比车家还要大，我们沿山上行走了好一阵，司南终于停了下来，把树枝一扔，突然按亮了手机：“到了。”

突然出现的光亮刺得我有一秒钟的盲视，等适应了时发现光源照着一块墓碑上的几个鲜红大字：爱子安万全之墓。

安——万——全，已经死了！

“啪——”一个炸雷撕裂了天空，把周围照得雪亮。

就那一秒钟时间，我已经惊恐地看清了，老天爷，周围全是密密麻麻的墓地，而我和司南正站在这座陵园的中央！

不骗你们，那天我是连滚带爬从陵园回到车里的，司南把车开出了好远我还在发抖，一开口就是骂娘：“你他妈为什么不早说安万全已经死了！你想吓死我吗？”

司南仍然面无表情：“是你自己非要见他的，这可是全深圳最好的陵园，坐山观海，安万全那块位置花了一千万……”

“我靠，一千万他妈的也是墓地！”

当时我就要求司南把我送回市里，什么故事都不想再听了，太吓人了，我要马上逃回家，滚回我的被窝去，这一路我连正眼都没瞅司南。

司南送我到大厦换车时，我都没吭气就钻进了自己的车，司南拉住了车门，一脸的歉意："对不起，我不知道你胆子这么小。"

我黑着脸要带上车门，司南仍然在恳求："我有件事情拜托你，帮我照顾好芷兰，好吗？"

"你这么有能力为什么不自己照顾她？"

司南无奈地叹一口气："如果她肯见我，真希望你从来没认识过她。"

我扔了个白眼给他，重重地关上了车门。

和司南的会面就这样屁滚尿流地结束了，我得到了很多答案，同时也带着更多的疑问踏上了回程。到达芷兰住的酒店时是又一个华灯初上，只是我已经有完全不一样的心情，芷兰不再是那个落魄的灰姑娘，她曾是童话世界的公主，她曾是别人的妻子，她拥有过我豁了命也无法给予的一切，我酝酿许久的告白显得如此苍白。我犹豫了一下还是没有去见芷兰，甚至没有回宿舍睡，下意识地把房间还是留给芷兰，在办公室沙发上，我倒下去就睡着了，做了一夜血淋淋的梦。

直到早上我还在梦里挣扎，梦见自己在一个浓雾弥漫的地方气喘如牛地奔跑，身后不远处有个男人的声音在喊：郑笑阳，你不要跑！我慌乱地跑得更快，但是被脚下一块石头给绊倒了，而且有什么拦停住了去路，抬头一看，写着"安万全之墓"几个鲜红大字的墓碑就贴在头前！

"笑阳！笑阳！"

我睁开眼，太阳透过百叶窗照在脸上，空气里弥漫着炖牛腩的香气，而伏在身边为我擦汗的，那个笑靥如花的女人，正是芷兰。"笑阳，你终于醒了，你一直在做噩梦，没事的，醒来就好了，你看今天的太阳多好啊！"

我捉住了那只温柔的手，这只纤美如玉的手，如此娇嫩的肌肤，却匹配了粗砺老茧的指头，这是她长期手工编绳的代价，我想说些心疼的话，一出口却变成了埋怨："不是让你别到这里来吗？就不怕有人跟踪你。"

借着整理毛巾，她很自然地把手抽了回去："你说过昨天会来所以一直等着，手机又打不通，只好过来找你了。饿了没？尝尝今天的面条能吃不。"

茶几上的那个海碗是我的方便面专用碗，此刻倍受荣宠地盛着一碗浓酱清汤，米金色的面条整整齐齐如同篦子篦过，静静浸躺在汤汁中，肥美的牛腩块满满地铺在翠绿的生菜叶上，过瘾！

一分钟后我吃了个碗底朝天，连一滴汤汁都没剩下，吃完还毫不客气舔着嘴：“还有吗？”

“没有了，少吃滋味好。”芷兰笑得像个正在照顾孩子的母亲，“笑阳，今天有空吗？我想带你去见个人。”

芷兰要去的是位于白云区的女子监狱，她妈妈车君应该在那里服刑，能带我去见母亲，说明这是种特别的信任吗？我有些兴奋，想了想没有提昨天跟司南的见面，不知道为什么，我觉得事情可能没有看到的那么简单，我期待芷兰主动敞开心扉，或许她会告诉我另外一个版本呢？

“我一直没有告诉你，我妈妈叫车君，她在坐牢……你不是问过，我外公外婆死了之后我妈是怎么长大的吗？其实我也不清楚，因为妈妈不愿意提她以前的事情，她只肯承认她是湖南人，她恨以前的一切，她是 20 岁的时候偷渡到香港的……我特别理解她的痛苦，20 岁之前的妈妈，也许每一天都是暗无天日的生活……”

我若有所思：“一个人如果经历了那样的苦难，心肠要么会变得很坏，要么会变得很硬。”

“是啊，他们都说妈妈的心比男人还硬，妈妈说：‘他们杀我父母的时候心软了吗？我刚到香港时像条流浪狗一样东躲西藏，有人对我心软了吗？靠自己活着才是硬道理，不要指望别人对你的仁慈！’”

“那你妈是怎么在香港生存下来的？”

“妈妈在香港摆走鬼档（流动摊贩）卖杂货，有一天被警察追得满街跑，撞到了一个正在散步的老人，那就是我爸爸……”芷兰显然对她父母年龄差很大这件事有些害羞，她垂下眼睛不太敢看我，生怕我看不起她的表情，“爸爸救了妈妈，给了她身份，把她安排到自己的金铺上班。”

“其实你妈蛮偏激的，她不是说没人对她仁慈吗？你爸不是救了你妈？”

“是啊，妈妈说爸爸改变了她很多，帮她重新认识了这个世界，他们结婚的时候亲戚一个都没来，都说我妈是图他家产图个身份才嫁给他的，其实他们在一起的时候爸爸只有三间金铺，经营情况还不太好，是妈妈帮他把生意打理好的。我是爸爸的遗腹子，并不清楚他们的感情，但是哥哥说妈妈对爸爸非常好，爸爸脑溢血走的时候妈妈差点崩溃了……”

“那你哥哥现在在做什么呢？”我想起了《落子无悔》照片上那个叫John的男孩，奇怪的是无论是司南还是芷兰都不曾提起。

芷兰的脸色变得惨白，半天才嗫嚅着：“时间差不多了，我带你去见妈妈吧。”

也许是讲到了不愿意回忆的过去，早上那个带着满足感看我吃面条的芷兰又变回了平日里沉默的她。一路上我都在跟芷兰讲笑话，尽量让她暂时忘记身上背负的苦难，这是我惟一能做的了，芷兰开始还笑一笑，越接近监狱就越心神恍惚。

当女子监狱的大门出现在我们的视野时，我感觉到芷兰全身都已经绷紧了。

车君，你究竟是怎样一个人？

9

母亲的胸怀决定了孩子的未来。

车君是我见过最不像囚犯的囚犯。不管曾经多么叱咤风云的人，一旦被判了漫长的刑期，要跟卖淫、吸毒、杀人犯同吃同住下去，谁都会变得三观尽毁人不像人鬼不像鬼，这几乎是公认的看法。但是在探监室，当车君满脸微笑精神矍铄地出现时，我差点以为这是个商务洽谈室了。

真的，车君的短发梳得一丝不苟，囚衣干净整齐，好气色也不是能伪装出来的。她的眼神先落到芷兰身上，除了一般母亲特有的欣赏还有份独属于她的笃定，看到我时她略怔了一下，礼貌地点了点头，然后把询问的目光投向芷兰。

"妈妈，这是我朋友郑笑阳，这段时间我和小乖住在他家，他非常照顾我们。"

"你好，郑先生，谢谢你。"

倒是我还没从意外中回过神，显得有点慌："你……你好阿姨。"

"妈妈，吃得好吗？睡得好吗？"芷兰整个人都贴在了隔离玻璃上，生怕漏掉什么细节地看着车君。

"吃好睡好，认真出工，读书看报，每天练踏步和仰卧起坐，妈妈这辈子还没有过过这么健康的生活，老天爷这是想让我多活二十年呢。"车君的笑容坦然而自信，仿佛把牢房过成了疗养院一般。

芷兰眼里噙着泪花，半是欣慰半是不信地说："妈妈你不要安慰我。"

"我说的是实话，用不着安慰你，不过就是 20 年嘛，最多 15 年我就会出去的，15 年后我还不老，可以重新再造一个帝国，我会让那些看扁我的人再大吃一惊……"

我忍不住插话了："阿姨您真了不起，拿得起放得下，您是巾帼英雄。"

车君有些意外："看来你已经了解我们家的事情了……我这不叫拿得起放得下，是自作孽不可活。我犯的罪，我认，我也不悔。芷兰你也别怨安家，这是我跟他们之间的恩怨，到我这里为止。我只是对不起你，让你做了一场梦，什么也没给你留下……"

芷兰的眼泪掉下来了，她把双手认真地贴在了玻璃上："妈妈，你给我最重要的东西在这里，有了它们，我会让自己和小乖过上好日子的。"

车君也把自己的双手贴上来与芷兰重合，她的眼里没有泪，但是眼神变得激动起来："好芷兰，你是妈妈的好女儿，你身上有我所有优秀的基因，你一定会打拼出比我更宏伟的事业。"

芷兰哭着摇头："不，妈妈，我不行，真的不行……"

"不要哭！"车君的声音变得凌厉了，"你想好怎么创业了吗？妈妈要你调查你哥哥的死因，你查了吗？"

我没听错吧，哥哥——死？难道芷兰的哥哥John也死了？我吃惊地看向芷兰。此时芷兰彻底崩溃了，伏在桌上放声大哭起来，是那种肝肠寸断的哭法，车君却不为所动，只是狠狠地瞪着自己的女儿："对自己的生活没有规划怎么行？你总是像个无头苍蝇一样！说说，你这一个月都干了些什么！"

我再也看不下去了："车阿姨！车女士！车董事长！打造珠宝帝国那是您的梦想，不是芷兰的！您不要把自己没有成功的梦想去要求别人做到！"

芷兰中止了哭声，一抽一噎地吃惊地看着我。车君把凌厉的眼神移到了我身上，我迎着她目光的绞杀，继续大声地嚷道："我不知道John是怎么死的，但是我知道活着的人比死者更重要！芷兰从小到大背负着您的梦想，现在家破人亡，她连保证自己和孩子的基本生活都很困难，您有没有想过再逼她，可能您连她也会失去！"

车君的眼神由犀利变得无力再变得失神了。芷兰拉了拉我的衣角："求求你，别说了……"

"你知不知道芷兰现在在摆地摊，干着你三十年前干的事情？就是这样也有人不肯放过她，暗中在骚扰她，逼得她东躲西藏，现在别说是创业，能不能保命都不知道！”

车君吃惊地看向芷兰：“这是真的吗？是不是安家在找你麻烦？”

芷兰一脸的窘迫：“没有关系的，能做妈妈做过的事，能够自食其力，我觉得很幸福。安家恨我，出出气也是应该的，实在呆不下去大不了我回香港去找叔叔他们……”

“不用！”“不要！”

没想到我竟然和车君同时喊了出来，发现这个，我有些不好意思地补充着：“有我在，你不用走。”

车君也点点头：“去找你叔叔也没用，当年你爸爸死的时候我那么难他们都没管过，现在更加不会管你，找他们还不如去国外工作，只是如果那样，你哥哥的死就再也不会有人查了，要是等我出来之后再查，就算查到也会过了追诉期，白白让杀人凶手逍遥一辈子。”

车君咬着牙，眼里充满了恨意。芷兰却痛苦地说：“妈妈，哥哥的死是个意外，根本就没有什么杀人凶手，你把他忘了吧。”

“我说有就有！你可以忘了你哥哥，我忘不了我儿子！”车君怒拍桌子。如果没有那块隔离玻璃，我想那一下她拍的会是芷兰而不是桌子。车君的举动引起了管教的注意，走过来敲了敲桌面以示警示，车君这才平静了下来。

“我没有……”芷兰泪流满面地抓住自己胸口的衣服，“我一闭上眼睛就能看到哥哥，看到万全……”

我心疼了，干脆凑到隔离玻璃上，认真地看着车君：“别再逼她了！这样吧，您把 John 的事情原原本本告诉我，我来调查……”

车君眼里有火苗跳了一下，她张了张嘴正要说什么，“叮叮——”探视时间到了，车君站起来狠狠地打量着我：“下次你单独来。好好照顾芷兰和小乖，不准打坏主意，否则……”

在离开之前，车君最后一次用她的眼神电刑了我。看着她的背影消失在门后，这才发现我背上全湿了。这个车君，身陷囹圄还如此威风，如果权势在握，一定比现在可怕一百倍。

“你怎么会知道我家的事情？你到底知道多少？”

我没有回答芷兰的问题："今天咱们先把这些烦心的事都丢一边，我不问你你也别问我，我们去接小乖，带她到长隆玩去，好吗？"

我相信忘记对芷兰来说是最好的提议，而几天来情绪如过山车般大起大落的我也同样需要放松和调整，把想明白和想不明白的事情暂且丢一边吧。

听说要去看大马戏和水上乐园玩，小乖差点乐疯了，非要我抱她，一上来就抱着我啵个不停，走到哪里都要我牵她而非芷兰。我像个皇上一样略施恩宠，却享受到了孩子发自内心的喜欢，不由得为她感到心酸，这些，应该是一个正常家庭的孩子再普通不过的节目。

这天我跟芷兰没再单独说过话，小乖总是叽叽喳喳地缠住我，在那些快乐的游乐项目里，我和小乖都玩得特别投入，尖叫得像大小两个疯子。芷兰则像个忠心耿耿的仆人，跟着我们送水、买吃的、拿衣服、看包，小乖倒像是我孩子而不是她的了，偶尔我会看一眼旁边等候的她在干什么，我以为她会像往常一样看着某处发呆，但每次都会与她正看我的眼神相遇，她的眼神有感激、惶恐也有一些……困惑，至少在这一天，她心里想着的人应该是我比较多吧。

这天玩得太疯也太晚，夜深时小乖已经挂在我脖子上睡着了，芷兰要抱过去小乖却怎么也不肯撒手，芷兰抱歉地向我伸手："钥匙给我，我来开车吧。"

"不，今天就住这儿不走了，大家都累了。"

我看到芷兰眼里有一丝犹豫，她一定以为我要对她干点什么吧，我心里在冷笑但没有解释，她稍稍犹豫了一下还是顺从地跟着我走了。

"要两间房。"在酒店前台，我故意把声音提高，这算是给芷兰的答案吧。

果然出乎芷兰意料了，她凑过来看一眼房价，着急了："不，只要一间就够了！"

"到底要几间？"

"两间。""一间。"

前台小姐看一眼我们，帮我们做了决定："一间吧，哪有一家人开两间房啊。"

把她们送到房间后，我找了个要出去抽根烟的借口，在园子里转悠了快一小时，估计着她们都洗漱完毕睡下了这才回去。轻手轻脚地进了房间，她们果然已经睡着了，只有过道和洗手间还给我亮着灯。我进了洗手间，脱掉了上衣，却什么都不想动，只是看着镜子里的自己发呆。那时什么都没想，脑子一片空白，也许是太累了。

突然间，洗手间的灯黑了，有个人影闪了进来，随手关上了门。

“谁？”

我正要转身，一个温暖滑腻的身子从背后抱住了我，她的手、她的脸、她的胸、她的腹，就那样完全信任地、零距离地贴在我背上，其软如蜜，其滑若脂，其香似麝。

芷兰她……没有穿衣服。

我的身体僵住了，她就那样紧紧地贴着我，一动不动，我能感觉她的心跳像战鼓一样越来越密集，而和战鼓一样合鸣的，是我那快要跳出胸膛的重鼓。我嗓子发干眼冒金星，身体在向这个全世界最美丽的躯壳立正敬礼。

从见到她的第一秒我就渴望的时刻……认识她之后我一直没碰过女人……我应该立刻把她办了，就像她不穿衣服抱住我那一刻就知道会发生什么一样，她就是送过来给我办的。

可是，这算什么？！

因为我收留了她，因为我对小乖好，因为我答应帮她们调查。她感激我，所以拿身子回报我。我的女神，我要接受你的性贿赂吗？

郑笑阳绝对不是正人君子，但是每一个和我上床的女人，都是心甘情愿和我一起享受性的欢愉，花钱买春、性贿赂这种词我以为只会跟那些树墩子、煤渣子和村炮有关的。虽然存在的就是合理的，但是，那绝对不是我。

我用残存的最后一丝理智掰开了芷兰的手，往前迈了一步，头也不敢回：“你这是干什么？快穿上衣服！”

“笑阳，你不要我吗？”

她温柔的声音此刻听起来如此媚惑，我要疯了！

“我要你，但不需要你贿赂我，除非你真的爱我。”

她沉默了。

我抓起自己的衣服，拉开洗手间门，再拉开房间门，头也不回地走了出去。当房门在身后发出轻微的“嗒”锁声时，我觉得是我这辈子做过最帅的一件事。

当然，帅完之后是无尽的痛苦。

那晚我花了一千多的房费，却在园区草地上烙了一宿大饼，一点都不夸张，我从夜里一直硬到了早上。洗手间里发生的一幕像复读机一样在脑海中来回播放，天知道我要用多大的意志力才能控制自己不像个乞食狗一样回去找她。

早上保安发现我的时候还以为是流浪汉，当盘查出房卡和身份证，那保安的眼神简直像看神经病。我不知道该怎么面对芷兰，只能把车钥匙留在了前台，留了个纸条说公司有急事先回去了，然后自己搭第一班大巴回城。

回去后我直接去了老四宿舍，当他睡眼惺忪地开门看到是我时，发出了大惊小怪的呼喊：“笑阳你这几天死哪去了？为什么不开机？我都急疯了！你还真以为是我干的吗？”

我扑进了他的猪窝：“天塌下来也别吵我，等我睡醒再说。”

“可是我真的有比天塌更大的情报啊！那个车芷兰是我们公司原董事长车君的女儿！以前在传记上看到过她的照片，难怪第一眼就觉得她眼熟，见完司总那天回去一翻书我就确定了，结果你丫的不听我说完就扣我一顶大帽子……”

我动也不动。

“车芷兰嫁的是安氏矿业的公子安万全！她哥哥是我们原来的总经理李修远！”

我侧耳倾听。

“李修远是和安万全一起从他 79 楼的办公室摔下来摔死的！”

什么！我一骨碌坐了起来。

10

人生的劫数往往戴着一张福气的面具。

李修远和安万全是同一时间同一地点挂掉的，也就是说，芷兰在同一天失去了丈夫和哥哥。

这些天接连经受各种强冲击波，我以为自己已是久经考验的革命战士，事实却让我又一次无法呼吸，匪夷所思已经不够用来形容这件事。

老四拿出了一张去年4月14号晚报的头版头条——“天之骄子蹊跷双殒命，珠宝帝国痛失继承人。”这则新闻报道了当天中午发生的一桩惨事，明珠集团总经理李修远在79楼的办公室与安氏矿业继承人安万全密谈，其间秘书去送文件，听到他们在激烈地争吵，秘书一进去他们就住了嘴，李修远让秘书暂时不要来打扰。没多久之后两人几乎同时从79楼惟一的通风窗坠落，现场惨不忍睹。李修远终修得天堂远，安万全保不了身周全。

前天我可是刚在那个办公室呆了大半天，在等司南的时间我还站到窗边看了会风景，在那种一览众山小的地方最能让男人心生豪情，不过我当时觉得怪怪的，还以为因为自己满脑子都是芷兰，对司南的地盘挺抗拒。要知道芷兰生命中最亲密的两个男人就是在那儿挂掉的，我可能会连滚带爬地逃回来。

看着那张报纸我一直冷汗涔涔，想到自己还推开过那个通风窗感觉到风嗖嗖地往里灌就不寒而栗，不过也就是那一瞬间我冒出一个疑问：“不对啊，那个窗户是开得低了一点，不过它是下外推，有铆钉卡死的，最多就能开到大概一张A4纸宽吧，不可能出意外啊，除非是自己寻死，不过两个大男人一起跳也跳不下去啊！”

“你怎么知道那个窗户啥样？”老四奇怪地。

“回头我再解释，你说说我分析得对不对？”

“很对，可是后来警察勘查现场说是窗户的铆钉松了……”

“啊？！是谋杀？”我瞪大了眼。

“这不好说，窗户日久失修也是有可能的，现场只有他们两个人在，就算要谋杀吧，你也得把两个大男人同时请到窗户边，让他们一起往外推窗户然后一起主动往下跳，哪个谋杀案有这么完美？真要那样也不叫谋杀了，明明是集体自杀，如果是集体自杀那铆钉还有可能是自己拧松的呢。”老四最擅长各种猜测，他真应该去当编剧。

我失笑：“不可能，他们俩怎么会自杀！你比他们有钱吗？你比他们有漂亮老婆吗？你会想死吗？”

我每问一个问题，老四都使劲摇头。

“那就对了，你都不想死，他们凭啥想死？”

“所以警察查了几个月没有进展，想要做自杀结案，但是被安家吵翻天了，又开始重新调查，到现在也没有结案。”

我喃喃着：“芷兰当时得多难过啊，难怪她想忘了过去，如果我是她，我也希望这件事是个意外……”

老四一声长叹：“我问了 一个到过现场的同事，他说回来后一个星期都没吃饭，算知道哪种死法是最可怕的了，两个富二代都富到可以拿钱砸死人，可那又怎么样，死之前要受高空自由落体的惊吓，死相还难看得像一摊稀豆腐，捞都捞不起，是用铲的……”

我干呕了起来。起了一身鸡皮，连头皮都麻了。

看着我难看的脸色，老四笑得有点得意：“我来测下你的情商，如果你是安万全的父母，儿子死得这么惨，你会怎么做？”

“能怎么做，富贵在天，生死有命，除了给他找块好墓地啥也做不了。哦，除非是有人害他，那就一定要他偿命。”

“对了，安氏就认准是车家把安万全给害死了。”

我哑声失笑：“警方不是没结案吗？凭什么认准是车家害的？再说了，人家车家也赔了一条命，他们是不是该找安家说理去。”

“谁让是在李修远办公室出事的，我分析安家受不了打击，把气都撒到车家头上了，刚出事没多久就有人把车君举报了，而且从那个月开始，安氏像疯了一样吞并明珠集团……”

“可能时间上是巧合了点，但车君这些罪是她早就犯下了的啊，跟安氏会有关系吗？”

“你想想两家关系这么深，车君的事恐怕安家是最清楚的，要弄死车君也只有安家才有实力了……这些都是我到公司之前的事，所以也没跟你八卦过，因为你才打听了一下。”

其实我以前也从媒体上看过一些明珠的消息，但因为离我太遥远看过就忘了，到现在才跟印象中的事件挂上了号。这地球缺了任何人都会照样转，这句冷酷的话还真是真理，这一年多来虽然换了掌舵人，明珠这个品牌仍然是全国第一，马照跑舞照跳，车君就这样狼狈地消失在明珠的舞台，媒体不再有任何人关心那个曾经风光无限的家庭，也没人想知道芷兰的下落。

“有件事我不明白，就算把安万全的死算到车家头上，可小乖总是他安家的血脉吧，把芷兰逼成那样有意思吗？”

老四总是推理得头头是道：“车芷兰生的要是儿子肯定不一样，一丫头片子能顶啥用。我觉得吧，这安家对吞掉明珠集团，把车君送到监狱里去都是一掌拍死永无翻身之地，要弄死车芷兰不是拔根头发吗？他们好像有点猫玩老鼠的意思，就是要让你走投无路。”

“对！撬撬门锁、泼泼油漆都是小儿科，但是能让人整天担惊受怕，你这么说还真对！”

一夸老四他就得意了起来：“那当然，我可是珠宝界的柯南。你现在什么都明白了吧？怎么着，落难的公主还不如灰姑娘呢，你确实有机会，不过先看下自己拧得过安氏这条大象腿不。”

我冷笑了一下没有作答。那一瞬间我做了个决定，要查清楚李修远和安万全的死，一来帮芷兰解困，二来兑现对车君的承诺，我可不是为了创造机会得到芷兰，要上她昨晚我就能上了。哎，一想到这个我就心塞，我应该上的，当什么柳下惠这么受罪。做这件事另外一个重要原因是很好奇，我想找找那个警察没有找到的答案。至于安氏那条所谓的大象腿，我一个九块九包邮怕个屁，市场这么大不是他一家能全部吃下的，说不定将来他们还要被我超越呢。

我一边思考一边打量着老四这个猪窝，这是公司给老四租下的单身宿舍，像这样类似的宿舍在附近小区有分散的好几套，都是给广州办事处的小头目住的，别看老四这个人跟我这么随便在公司却比较高冷，平时几乎没有同事来这里串门。不爱收拾的老四把这里整得像个猪窝，但是楼高光足，还算是个不错的临时住处。

想到这里，我跳了起来："老四，动手，一起把这里收拾干净！"

老四一脸不敢置信的表情："哟，老三，中国良心啊，知道我对你好想着要回报了吧？"

我笑了："你想多了，把这里收拾干净，好让芷兰母子搬过来。"

"什么！那我呢？"

"你住我那儿去，我不嫌你脏。"

老四一脸的不满："喂喂，你太过分了吧，这里是我家……好吧，就算你不考虑我，也要想想我们司总和安总正满世界找她呢！"

"我当然想得很清楚，最危险的地方就是最安全的地方，他们做梦也想不到芷兰会住到明珠的宿舍来。"

当然，前提是要芷兰先把她原来的手机卡赶紧扔了，抛开私家侦探跟踪的可能，最能精确定位找到芷兰的方法，肯定是定位她的手机号了。

老四这个人嘴虽然很贱，关键时候还是很给力的。半小时后他就哭丧着脸把这间明亮整洁的小屋交给了我，还要我补偿八个妞给他作为青春损失费。我当然是满口答应，别说八个，800个都行，反正都是空头支票。

为了不让芷兰出去摆地摊，我把平时我的工作分了一半出来，反正这些她都可以在老四的小屋里通过上网完成，这样我也可以腾出精力去调查。我想，所有的调查还是我独自进行吧，能不问芷兰尽量不提起，我不想芷兰再一次次经历那个噩梦了。

这将是一次与警察赛跑的调查，我有莫名的信心，尽管我现在还毫无头绪。

又一次夜晚来临时，芷兰已经站在她的新家了，小乖东摸摸西看看，在床上蹦来跳去，显然很喜欢她的新城堡。芷兰仍然是那副惶恐得像欠了我一个亿的表情，接到她们之后我每次看她都不敢超过一秒，我怕看清的她不是正常的画面，而是凭借昨晚的触感在想象中勾勒出的线条。

不管是我给芷兰安排工作还是安排住处，芷兰都温顺地接受了，还好她没有说那些客气感谢的话，我讨厌站在一个施恩者的位置和她相处。

到了新家她就扎进了厨房，就是我跟小乖下了几盘五子棋的工夫，她就变出了三菜一汤。尽管条件简陋她却点石成金，香煎金仓鱼、普宁豆腐、蒜蓉粉丝蒸丝瓜、清汤牛肉丸，豆腐炸出了迷人的黄金蜂窝，把烫嘴的炸豆腐在韭菜末蘸料水里点一下迅速降温加味，一口咬下去，咔咔炸开的是外壳的松脆，叽叽变形的是内里的滑嫩。不知道是不是她专门为我学的家乡口味，反正三个人蹲在老四那张迷你茶几旁吃得非常香，在喝完最后一口汤的时候我突然理解了，为什么婚姻对象最好是老乡，一家人能吃到一块儿是种最简单的幸福。

饭后我站在老四的迷你阳台看着璀璨的灯火发呆，想摆脱我和她之间不谈小乖和工作就无言相对的尴尬，但她还是跟了进来，站在离我不到一米的地方静静地看着我。从她站到身边我的背脊就僵了，这是个接近昨晚的位置……我心慌意乱地想往那边再挪一点，却差点被阳台的杂物绊倒，她一把拉住我的胳膊，紧张地看着我。

我推开她那拽得过紧的手，其实是努力跟自己的心魔对抗：“昨晚……”

她突然伸手过来捂住了我的嘴。那只柔软的小手散发着淡淡的茶香，那样亲密无间地停留在我唇边，我自然地在她手心吻了一下，她却微笑着把手收了回去。小妖精，你又来撩拨我！现在已经太晚了！我一把把她的腰肢搂了过来，现在我们四目相对呼吸相闻，离她花瓣一样的嘴唇只有 20 厘米了。我的意志全线崩盘，血已经冲到了后脑勺，什么都不管地，我吻了下去。

屋里突然传来了小乖跟着电视唱喜羊羊的声音，芷兰挣扎了一下，我有一点清醒了，这时间还不行。可是怎么舍得放开这个温软的身子，我就那样松松地搂着她，借着夜色陶醉地看着她这张美得让人窒息的脸。

芷兰却把头偏开看着一旁：“昨晚，昨晚的确太突然了，只是想让你知道，我已经做好了准备，什么都可以给你……除了……爱……”

本来我还热血沸腾，听到 最后三个字一下被扔进了冰桶：“为什么不能爱我？”

“我是个不祥的人，不配爱任何人，活着是老天对我最大的惩罚。”芷兰的声音越来越沉重。

再欲火焚身的男人听到这些话都会阳痿吧，反正我是如此沮丧地放开了她。“芷兰，第一，那都不是你的错，你应该抛开过去好好活着；第二，我不是整天脑子里只有这点事的男人。我有我的原则和底线，要么，爱我，要么，尊重我。”

芷兰不说话，只是用她忧郁的眼睛看着我。就是这种眼神，让人欲爱不能欲罢不忍。

我像个朋友一样上去抱了她一下，拍了拍肩膀就告别了。在楼下看着她窗口的灯光发了一阵子呆，我在回味刚才在她的嘴唇停留了一秒钟的触感。

哎，这年头，好人真难当！

11

只不过几天时间，芷兰已经驾轻就熟地顶替了所有需要我在网络上处理的事务，当然我一点都不意外，作为曾经珠宝帝国的公主和得过AGTA光谱奖的设计师，她在我这里就是高射炮打蚊子，大材小用。有了她，现在我可以没有后顾之忧地去调查了。

李修远和安万全为什么要一起死？可以知道死前他们有争吵，那他们会因为什么吵起来呢？我打算先从了解李修远着手。

网络上关于李修远的资料少得可怜，只查到他毕业于美国GIA宝石学院，硕士学位，从洛杉矶回国后开始担任明珠集团的总经理，那是5年前的事，出事时他30岁，未婚。除了死亡的消息，所有与他名字相关的新闻都是跟车君连在一起的，媒体的照片和文字也都是以车君为绝对主导，在那样一个光芒万丈的母亲身边，李修远成为一个黯淡的影子一点都不出奇。

于是按照我和车君的约定，这次我单独去探监了。车君见到我显得很高兴，第一句话就是：“小伙子，你终于来了！”

女人和女人真的是天差地别，哪怕身体里流淌着同样的基因。

说起李修远出事那天的细节，车君仍然显得冷静理智，完全不像芷兰那样崩溃得不成样子。“那几天我在香港都有会议，每天早出晚归，基本没有在公司，接到电话说出事了我根本不相信是真的，等赶到公司的时候他们正好清理完现场，都拦着不让我看修远，可我还是看了，我得送我儿子最后一程……”

车君说到这里时停下来深呼吸了一下，但是没有泪。真的无法想象，这是一个经历过幼年丧父、青年丧夫、中年丧子的女人，这几乎是一个女人所能经历的全部的苦难，但她还是活得像颗坚硬的石头。

我有些不忍心："警方调查出了什么疑点吗？"

车君冷笑："只能确定他俩是从 79 楼的办公室摔下来的，还能确定的是办公室里只有他们两个人。秘书看到过他们在争吵，但是屋子里没有任何打斗的痕迹，警察说出事那扇通风窗的铆钉老化松了……修远喜欢自然空气，每天秘书都会开窗通一会儿风，你说它的铆钉早不松晚不松，为什么无缘无故在出事那天松？"

"所以您觉得是有人想谋害他们？"

"松两颗铆钉就能完成对两个大男人的谋杀这也太离奇了，我不明白的是修远那天为什么会跟万全吵架。"车君眉头紧锁，显然这个问题一直在困扰她。

"他们平时关系好吗？"

"挺好的，修远是个很温和的孩子，万全也是个很有教养的人，他俩年纪差不多，喜欢玩的东西又一样，从小就一起出海潜水，打高尔夫，何况万全又娶了芷兰，他们绝对不会有矛盾。"

我肯定地说："那就是您和安氏之间有矛盾……"

"不可能！安氏之前就持有明珠 26% 的股份，但是不插手我们的具体经营，在原石供应上也无条件帮了我快二十年，可以说明珠和安氏就是兄弟关系，利益共同体，我们没有矛盾。"

"那现在明珠怎么变成安氏的天下了？"

"那都是安治民这个死老头把万全的死算到我们头上了，这个不明事理的老东西！我还没怪他儿子害死了修远！"车君咬牙切齿地看着某处。

在这样一个极端自以为是的人面前不施点怪招根本得不到有用的信息。"车董，您觉得做父母的一定了解自己的孩子吗？"

"那当然，知子莫过母。"

"我从小调皮捣蛋成绩很差，考大学的时候连老师都放弃我，我爸也给我安排好了一毕业就去他店里上班，但最后我高分考上了地质大学。当然这跟您的孩子们没法比，不过我爸是大跌眼镜了。后来我创业做电商，我爸说不务正业要停我的生活费，从大学到现在我没拿过家里一分钱……"

车君困惑地："你想说你很行？"

我笑了："在我妈眼里，我是全世界最帅、最出色、最正派的孩子，但我真的只是个凡人，小帅、小聪明、小好色。"

车君的嘴角也浮起了一丝苦笑："原来你是想说父母未必能正确认识自己的孩子。"

"是的，修远我不知道，但我知道芷兰不是个事业型的女人，尽管她天分很高很努力，但她可以做一个非常优秀的员工，却做不了一个优秀的老板，您却从小把她当接班人培养……"

车君叹了口气："我心里还是知道的，就是不甘心。"

"您对修远也是这样吗？"

车君一怔，努力回想的表情："应该还好吧，他一直都很听我的话，从没做过让我生气的事情……哦，除了反对芷兰那么早就嫁给万全。"

"啊！"我瞪大了眼，"这么说芷兰并不想嫁给安万全？"

"怎么会，就是芷兰自己提出来要嫁他的，当然他们的婚事是两家早就定好的，他俩情投意合，早点迟点不都是结婚吗？"

我沮丧地靠在了椅子上，发现自己真天真，就那么死心眼地幻想芷兰的婚姻是一场政治联姻。既然安万全是芷兰的真爱，那司南和她又是什么关系？这时"叮叮"铃响，探视时间又到了。

我急急地问："您认识一个叫司南的人吗？"

"司南？"车君慢慢地站起来回答，"哦，不就是修远的秘书吗？"

什么！我脑子里闪过很多念头，仿佛捕捉到了一点线索："您了解他这个人吗？"

"挺不错的小伙子，公司上下都说好，是安治民推荐给我们的……"

"快走吧，时间到了！"管教开催了。

车君用手指在玻璃上快速写下一串号码："这是肖律师的电话，整个案情他最清楚，就说是我让你去找他的！"

原来司南就是传说中的秘书，是惟一一个目睹李修远和安万全最后争吵的人，是每天帮李修远开窗的人，是爱着芷兰的人，是接替总经理职位的人。作为这个事件的最终受益者，他应该最可疑，可为什么警方没有把他列为嫌疑对象？

网上关于司南的资料更少，他像是从石头缝里蹦出来的，完全没有家庭背景的介绍，作为上市公司对外公布的从业经历不过是安氏矿业董事长秘书、明珠集团总经理秘书、代总经理，然后就转正了，公布的学历是某大学的MBA，这种原来牛逼哄哄的学历随着各大学遍地开花的普及早已跌下神坛，现在和《围城》里方鸿渐花钱买的美国克莱登大学文凭一样，成了糊弄小姑娘专用，中年暴发户装逼最爱，不应该是他这样一个年轻的高富帅所为。他转正成为明珠总经理的时间是半年前，老四就是那时候到明珠上班的，老四说现在明珠管理有序销售回升，员工流失率也下降了，司南的确是个将才。

带着困惑我到一家律师事务所找到了肖律师，原来他是车君的御用律师。一听是车君委托我来了解案情的，肖律师显得很感慨："我跟董事长合作了十多年了，一个女人打拼江山真的太不容易了，谁也没想到会落个这样的结局。"

肖律师仍然把囚犯车君称为董事长，这跟我有点相似，像车君那样一个虎死不倒威的人，我实在没法把她当普通老女人一样叫阿姨。我和肖律师感慨了一阵无限江山别时容易见时难之后这才进入主题，关于案情的介绍其实和车君、老四说的都差不多，关于我提出对司南的质疑肖律师立刻给了否定："不可能的，根本没有任何证据能证明司南有谋杀的可能。"

"为什么？"

"明珠集团所有公共区域甚至重要部门都装了监控头，他们是做珠宝的，这可以理解，只有79楼总经理办公室、80楼董事长办公室里面没装，司南是在78层秘书办办公。那天中午万全进入修远的办公室之后，除了中途司南进去过一次，其余时间他都呆在秘书办，坠楼发生之后他才第一个进入现场，而且是他报的警，他不在案发现场是有很多监控画面可以证实的，秘书办、电梯、过道，所有有他镜头的时间都是合理的。"

"可是他不是每天负责开那扇窗户通风吗？"我还是没明白。

"那也不能证明是他把铆钉拧松的吧？确定犯罪嫌疑人要有完整的证据链，作案动机、作案时间、证物、证人，这个案子并没有任何对司南不利的证据……"

我终于抓到了救命稻草："有的有的，司南有作案动机！他暗恋车芷兰！"

“哈哈哈哈！”肖律师大笑起来，突然问我，“郑先生，你喜欢玛丽莲·梦露吗？”

“当然，她是我女神。”

“那我怀疑你谋杀了她，你接受吗？”

“什么啊！梦露跟我都不是一个时代的！我想要杀她也得穿越时空才能杀得了！这跟司南为了芷兰去谋杀安万全是两回事。”我对肖律师的比喻表示了很大的愤慨。

“我还是第一次听说司南暗恋芷兰。好吧，就算是真的，这个作案动机不成立。他要害万全多的是机会，跑到修远办公室做什么手脚？警方确定罪犯是依照无罪推定疑罪从无的原则，也就是说，如果没有证据能证明这个人有罪，那他就是无罪的。”

这个答案让我很失望，但我还是不死心：“你了解司南这个人的来历吗？印象如何？”

肖律师又笑了：“我们做律师可不能根据印象来判定一个人有没有嫌疑，我只知道他是安治民推荐给董事长的人，私下的印象……我觉得这个人挺好。”

“为什么？”

“你跟董事长接触过，应该知道她的脾气，一般人很难和她相处的，连她的孩子都很怕她，修远跟我说过，司南替他挡了董事长很多刀，而且我也有过一次经历。那次董事长约了我去送一个重要文件，结果头天晚上我女儿婚宴，我被灌醉了，整整迟了一个小时才赶到公司，在电梯里我碰上了司南，他看我急得满头大汗让我一会儿别出声，让他去跟董事长解释。后来他跟我一起去办公室，那几天董事长秘书请病假正好是司南代班，他解释是他通知错了会面时间，那次董事长吼了他半小时，差点把他给开除了……”

这件事我听着十分别扭：“这个人还真是会来事，笼络人心。”

“他也没求我办过事，不需要对我来事。”肖律师还真是一副被司南收买人心的样子。

“他那是广撒网，关键时候总能用得上，你看出了这么大案子，你也一点没怀疑到他头上。”

肖律师好脾气地笑着："案子是真跟他没关系，他帮不帮我挡刀我都这么下结论。"

"好吧，我想看看这个案子全部的资料，最重要的是案发时那些监控视频。"我只能转移目标了。

"现在可办不到……"肖律师为难了，"这样吧，我下次跟你一起去探监，让董事长签个委托书，这样我们才能向侦查机关申请调阅案发时的视频，这会有个申请的过程。还有个途径是明珠肯定有原始资料，不过现在已经是司南掌权了，如果你真怀疑他有问题，估计是看不到视频的……"

不能不说肖律师这个中规中矩的律师没给我帮上一点忙，反而把我好不容易捕捉到的灵感急急地扑灭了。今天我学会了一个词——无罪推定。可我不能跟着一无所获的警方屁股后头转悠，要反其道行之，来个有罪推定，比如现在就假设司南有罪，那最要紧的任务是寻找他的作案动机。

司南这个人是我头号怀疑对象，他到底是什么来头，为什么安家这么信任他，我对他和芷兰那些没有讲完的故事也重燃了兴趣，是时候再去会会他了。但不能让他看出我是去调查的，为了套出真话，芷兰就成了我惟一的诱饵。

12

司南不好约。

上市公司、珠宝帝国的总经理怎么能跟我这种闲散人等相比，给他连发三个信息定时间，他都回复要开会或者出差。我急了，把手机里那天在水上乐园的照片发了一张给他，那是芷兰抓拍我和小乖的戏水照，五分钟后司南回复了：小乖高了瘦了。她呢?

我看着手机里那张芷兰的照片，这是那次找到芷兰时，她在展会上摆档编绳的照片，我惟一成功的一次偷拍，我亲了一下手机上的芷兰，咬咬牙还是发给了司南。果然那边秒回了：她同意见我了吗?

她让我先见你。

过了一分钟，司南回复：明天上午九点到我办公室，只能在见客户的间隙抽空跟你聊聊。

尽管是为了帮芷兰，但出卖自己心爱的女人还是蛮可耻的，我讨厌自己。

司南不是作派，是真忙。第二天坐到他办公室后，前十分钟我一直没办法开口，因为司南不停地有电话进来。于是我只有坐在沙发上发愣，远远地看着他在龙椅后面有条不紊地安排工作。

第二次到这个办公室，我又认真地打量了一下这里。除了进门左侧的洗手间，这就是一个大通间，超大、简约、明亮，据说 79 楼整层都是总经理办公室，面积上算应该还有空间，但办公室一览无遗并没有别的出入口。那扇致命的窗户在龙椅和会客区的中间，附近几米全是空地，尽管做了充足的思想准备，看到它我还是心惊肉跳了一下，真不知道司南每天在这种凶案现场怎么坐得住。我承认自己胆小，特别是上次被司南带到墓地吓得鬼哭狼嚎之后，对与司南和安万全有关的一切都感到心里发毛，但为了我的女人，我必须像个爷们一样去战斗。好吧，有点语法错误，为了我将来的女人。

“对不起，每次都让你等我。”司南坐到了我的对面，一脸抱歉，“咱们开始吧，今天你想了解点什么？”

“其实这些天芷兰已经把她家的事情都告诉我了……”我小心地措辞，观察着司南的表情。

“哦。”司南平淡地应着，熟练地为我沏茶，“老班章，90年的，行吗？”

“行……芷兰什么都说了，包括她哥哥和丈夫的死，她还带我去见了车君……”

表面上司南没有认真听我说话，他正把紫砂壶里的茶倒向公道杯，但茶水溢出而无知觉，看来芷兰跟我的关系超出了他的心理准备，这正是我想要的效果。

“上次你不是拜托我照顾芷兰吗？放心吧，我把她藏到了安全的地方，安家没那么容易再找到她了，我把她照顾得很好，和小乖也相处得特别好……”这是我扔出的第二个炸弹，就是想看看司南吃醋会是什么样子。

“啪——”紫砂壶的盖子跌了下来砸在公道杯上，裂成了两半，我看着那个漂亮的底槽清笑樱壶，想着壶里那只在传说中听闻过的90年老班章，心里丝丝地心疼惋惜，司南看一眼壶盖和壶，冷冷地把它们一起扔进了垃圾桶。只不过几秒钟，司南调整了状态看着我：“笑阳，既然你是芷兰的朋友，我这么叫你不介意吧？”

“当然。”

“我真的很感激你照顾芷兰母子，但是希望你明白，芷兰心里还有血淋淋的伤口，也许她会信任你会对你很好，那只是因为她走投无路，你对她有任何想法都是乘人之危……”

司南的话戳中了我的心病，我几乎有些恼羞成怒地失态了：“好了！我对她有没有想法是我的事！今天是来听你讲故事的！说吧，从你们在云南森林里等警察救援说起。”

司南换了个手绘青花盖碗来泡茶，这次他泡的是冻顶乌龙，在那蜜色茶汤馥郁芳香的陪伴中，我再次进入了司南和芷兰的世界。

“18 岁的芷兰没有背负现在这么多苦难，那时的她像小溪一样快乐，像清风一样纯净……那个晚上我们躲在森林里等警察救援，几次看到赌石坊的人打着手电来找我们，好在他们在明处我们在暗处，都顺利地躲过去了。虽然是刚认识，芷兰却很相信我，我们聊宝石原矿聊旅游聊诗歌，聊了很多风花雪月，最后芷兰困得不行靠着我睡着了，第二天警察找到我们时说没有被蛇咬真是命大。”

“录完口供我们该分手了，芷兰说她准备再去转几个寨子，正好跟我的行程一样，我建议她和我一起走，芷兰当时非常高兴。那些地方我都去过，正好成了芷兰的导游，我给她讲当地民俗，带她吃各种特色小吃，体验少数民族生活，那些天芷兰几乎从早到晚都在笑，她说从来没感觉那么轻松和自由过。”

“离开云南前的最后那个晚上，我们参加完一场歌舞晚会回来，我们都喝了些米酒，芷兰意犹未尽，在客栈后院的青石阶上边唱边舞，那晚的月亮特别明亮，月光下的芷兰美得让人窒息，突然她踩到青苔差点滑倒，幸好我手快扶住了。在我怀里的她是那么娇艳，我忍不住吻了她，她也很热烈地回应我，于是我把她抱到了我的房间。我们很自然地在一起了，没想到芷兰是第一次，她那么美那么娇，我生怕自己把她揉碎了……”

司南沉浸在回忆里，脸上满是柔情蜜意，冷峻的五官也柔和得像被融化了一样，这副发情的样子真的十分欠扁。

如果有时光机，我想回到五年前的云南去杀了司南。这个浪漫的邂逅听下来，不过是情场高手怎么把涉世不深的小女孩骗成炮友的俗套故事，可惜我那供着捧着也舍不得染指的女神啊，你怎么就如此轻易地把第一次交给这个死骗子？我嫉妒得都要发疯了，把手里的茶杯重重往桌上一放，茶水四溅：“你骗我！”

“我说的每一句话都是真的，芷兰不是把她的事都告诉你了吗？真假你应该分得清。”司南淡淡地说着，继续闻香品茶。

在司南面前，每次先挑衅的都是我，但每次他都会不动声色地让我狼狈不堪或是激怒失态。

我总是显得如此没有教养。我又后悔了。

我们的聊天没有能继续，他的客户到了。司南提议请我去下面会客室坐坐，不过要一直等他到晚饭后才能安排出时间。我答应晚上的会面但谢绝了等他一天的提议，还没闲到那份上。

出了明珠大厦，估计了下当时的出事地点，我站在那里向上仰望，无法形容那一刻内心的震撼。一个人要多有勇气才敢从那上面跳下来啊！连跳楼的勇气都有，为什么没勇气活着？这是个再寻常不过的日子，阳光明媚，车水马龙，来往的人们都脚步匆匆，没有人记得曾经血溅此地。

一个大胆的念头冒了出来，我想要知道安万全是个什么样的人，他在想些什么。那是不是可以从安家着手了解呢？而且从安家也可以探知司南的底细。

目标锁定了安氏矿业和明珠集团的董事长安治民。也许他跟我并不是天与地的距离，他年轻时和我爸一起做过生意，只是我爸这个人太迂腐，人家发迹之后他就自动躲一边去了，生怕别人说他攀附权贵。我爸是个对乞丐农民工都非常尊重的人，朋友不乏三教九流，惟独跟权贵交往是他的障碍，我觉得还是骨子里那种穷人的自尊心在作祟。

果然，一听我找他要安治民的电话，我爸就在电话那头哇哇叫：“你找他干什么？人家现在是大老板，巴结他的人不知道有多少，你要拿热脸去贴别人的冷屁股吗？”

“爸！我只是代表你去看望下他，不求他办事！大老板又怎么样？他儿子都死了！还不如你呢！”

电话那头的老爸沉默了一下，终于把安治民的电话告诉了我，千叮万嘱不要丢他的脸，如果人家不热情就要马上走人，简直让我哭笑不得。

第二个电话我拨给了安治民，当我说明来意，安治民热情地邀请我去他家，而且是马上。

拎着一个象征意义的果篮手信，我按下了安家位于香蜜湖一号别墅的门铃，来开门的是佣人，但紧随其后的是安治民本人，还没等我开口他便问：“你是笑阳吧？哎呀，都长这么大了！我只记得你穿开裆裤的样子！哈哈！”

第一句话就让我脸红了，同时也把贫富、辈分之间的距离缩短为零。我立刻对眼前这个身材微胖花白头发的小老头有了好感，同时也不无感慨地发现，同样是大老板，有车君那种盛气凌人的女王，也有安治民这样走在人群里像个看门大爷的富豪。

安家和我想象中差不多，极其讲究的中式装修风格，客厅家具的木材用的全是黄花梨，大刀阔斧地陈列着很多珍贵宝石矿标。不知道为什么，年纪大点的成功人士几乎没有例外地都喜欢中式装修，也许因为中式可以在用材上无限奢侈地讲究，这才符合他们有钱没处使的特点吧。我也欣赏中式的精美但讨厌把自己的家装修成这样，这里是拍电影《僵尸道长》的场地，是鬼气森森的奢华地宫，惟独不是个让人放松让人舒服的家。想到芷兰曾经在这里生活过，我替她有些难受。

安治民非常关心我爸的近况，把他的体重、血压、血脂都问到了，得知家里一切安好显得很宽慰。我们聊天的过程中佣人不断来沏茶送水果，但是家里静悄悄没有其他人。

我一边答话一边张望：“怎么没看到婶婶？”

安治民的笑容黯然了：“她搬到另外一栋房子去住了，我儿子过身之后她就走了，怎么也不肯回来。现在整天吃斋念佛，怕是不会回到红尘了。”

尽管带着一肚子疑问，我还是不想现在去揭这个失独老人的伤疤。我已经看明白了安治民现在过着怎样的生活，独子早逝，妻子离去，偌大的家业又如何，繁华的背后是无尽的孤独。来之前我替芷兰打抱不平，现在我却可怜这老头孤身孓影。

看到茶几上摆着一盘独弈的中国象棋，正好用来打断老头的伤心：“叔叔你喜欢下棋？我也有点喜欢，要不咱俩杀两盘？”

安老头非常高兴：“太好了，难得还有年轻人玩这个。”

那天我陪老头下了一下午棋，起初我还让着他，后来发现老头功力了得便使出了全力，两人棋逢对手输赢各半，老头玩得十分尽兴。

我一直没有提安万全，直到晚餐时老头非要留我在家吃饭，两人坐在偌大的圆桌旁，看着满满一桌子菜，老头只夹了一筷子就吃不下了，红了眼圈：“要是全儿还在就好了，他也喜欢下棋，一定跟你玩得来。”

我不忍心地拍拍老头的手：“叔叔别伤心，以后我常来陪你下棋。我爸也很挂念你，下次我带他一起来。”

老头点点头略显安慰，但仍然一时无法从回忆里拔出来：“以前他们都在家，每天晚上都是一家人吃饭，全儿吃菜挑剔，我还总是批评他，现在想想真后悔啊！老天爷太狠心了……”

老头口中的他们一定也包括芷兰和小乖吧，但是我不敢问，只是静静地听老头倾诉。

“我这辈子命好，做了所有我想做的事，算对得起自己，可是我也命歹，老婆孩子都离我而去，我对不住他们……现在除了司南偶尔来陪陪我，我就是孤家寡人一个了。”

我心里一动：“司南是明珠集团总经理吧？他到底是谁家的公子啊？”

“公子？”老头一愣，“什么公子？”

“司南我也知道的，挺优秀一人，我估计他出身一定很好。”

老头笑了起来：“那证明我把他包装得不错。”

“包装？”这次我愣了。

“是啊，这孩子啊原来就是我们工厂里一个工人师傅，穷得响叮当，我算是他的贵人吧，遇上我命运改变了。”

什么！我脑袋晕了一下，筷子险些滑落。

13

清冷孤绝，有时不过是为了区别枝头燕雀。

安治民再是个平易近人的老头也首先是个叱咤风云的大老板，别以为跟你说了几句掏心窝的话就真把你当自己人了。当我意识到这点，是发现多问了几句司南的情况，他便把话题转到了刚才的棋局上，不管怎么说司南是他的人，和我一比是亲疏有别。我没有再追问以免暴露自己。我和老头像两个意犹未尽的赌鬼，在饭桌上把这天的棋局又讨论了一遍，各种懊悔各种得意，气氛十分热烈，饭后告别时老头一直把我送到了马路边，叮嘱我有时间一定要再来。

我马不停蹄地奔赴下一个约会地点，司南在一家咖啡厅等我。这次我底气十足，我要把司南伪高富帅的面具撕下来！原以为只有在电影里才有王子装乞丐的情节，没想到现实中还有穷光蛋装高富帅！而且装得那么像！搞得我一直在他面前气短一截。我已经找到司南的作案动机了，芷兰和车安两家的家业！我的天，对一个“工人师傅”来说，这就是整个世界。

司南有一点好，从不迟到，这也是他伪装富人良好习惯的假面之一吧。远远看到我走过去，他像往常一样站了起来，礼貌地等待我入座，以前我觉得这是教养和素质，现在看就是一个穷跟班长年养成的习惯。

带着一肚子燃烧的斗志，我重重陷在了卡座沙发里，司南立刻感觉到了我的不对劲：“笑阳，要不要点点吃的？你脸色不太好。”

“不用！咱们开始吧，我现在要知道你是什么时候进入安氏当工人的。”我特地把工人二字咬得特别重。

司南看着我，有几秒钟的停顿，脸上没有任何表情，眼神也没有丝毫慌乱，然后，一个极淡的微笑在他脸上浮现出来："好啊，我给你叫了天山雪菊，给你下下火，咱们边喝边聊。"

我还真是佩服这个人的心理素质，他大概就是传说中枪顶到脑门上也不会眨眼的那种人，在我奉他为高富帅的时候，他不亢，在我踩他为低贱穷的时候，他不卑，每次我都蹭一鼻子灰，里外不像人。

在咖啡厅里的情侣们卿卿我我的时候，我在听一个高富帅讲他的屌丝人生，这种经历大概一生只有一次吧。

"我是18岁进入安氏的工厂当学徒的，最开始只是从早到晚磨水晶圆珠，就是那天我带你去三联村看的那种环境，不过安氏的工厂在海丰县，车间更大人更多，环境也更糟一些，那只是安氏几十个加工厂当中的一个。我们主要用机器加工圆珠，但是需要工人手工打孔，我每天的工作是把一大桶散珠一颗一颗机械地放到钻头下。别看只是给那些论公斤批发的散珠打孔，每种石头硬度不同需要的钻头力度不一样，劲小了打不穿，劲大了可能崩裂，那珠子就废了。而且每颗珠子要尽量把孔打在它的瑕疵位置，把它最好看的那一面留在正面。我们是计件工资，论成品数量计件，大部分人都是一打了事，只有我每次都会把每颗珠子当艺术品来打孔，而且打完孔的散珠分一下等级交给工头，所以每次我都是成品最少工资最低……"

听着听着，我脸上的臭架子已经绷不住了，发自内心地对司南有了点敬意。"你还别说，每次看到一颗好好的珠子因为打孔位置不对变得不好看，我就会骂那些打孔的工人，珠宝的价值一半在它自身的成色，一半来自后天的加工。"

"是的，我想真正爱珠宝的人都会像你我一样尊重工艺，而不是把它当成低贱的工作……"

我脸上有点火辣辣的，其实我完全没有不尊重手艺人的意思，只是对司南隐瞒了出身感到愤怒，特别是他隐瞒的目的很可能是为了掩饰滔天的罪行。

好在司南并不喜欢乘胜追击："虽然我成品少，但是工厂觉得我不错，正好公司想培养一些苏工玉雕师傅，就把我和另外几个师傅一起派到了苏州，让我们在一个大师的工作室里边学习边打工，这一干就是2年。"

司南把他的双手摊在桌面给我看，这是一双到处起茧的粗糙的手，每一处老茧都写着眼前这个男人不为人知的沧桑。虽然跟他握过几次手，每次只觉得他的手较为粗糙，但不少富人因为喜欢运动手上也会有高尔夫茧，所以没有多想过，此时得知来历，不由得心生敬意，来时那股子要算账的气焰又短了一截。

“其实我们在工作室当学徒，公司还出学费给老师，想学到真功夫并不容易。第一个月老师每天给我们发一个不同的水果或物件，让我们学素描，第二个月除了素描还发一块原石，可是让我们从早到晚光看着它冥想，可以想象成任何形状任何物件，但还是不能动手，有些师傅就熬不住了，说这个大师就是个江湖骗子，根本没心教我们手艺……”

我忍不住插嘴：“是啊，我要是大师也不会真心教徒弟，明明这些徒弟一带出来就要抢自己的饭碗，也就你们这种公司人傻钱多才会组织学习。”

司南仍然淡淡地笑着：“怎么都好，反正没事我就拿着老师的作品翻来覆去地看，急了就自己随便找个下脚料画上草图去刻，刚雕出来的东西那叫丑啊，老师看一眼就直接说：‘攒着去铺路吧。’摆出来给游客看，人家能说：‘叫玉雕师傅过来，我保证不打死他。’那时候我挺怀疑自己，也许真的没有那个天分，当然我也没打算放弃，只要放假就常出去走走，我想自己的玉雕之所以没有想象力可能是见识太少。”

我忍不住想安慰司南一下：“那不一定是你的问题，可能是你师傅不行，真正的大师一年出几个作品就足够生活了，靠带徒弟赚钱的老师肯定高明不到哪去啊。”

“到工作室两年之后，跟我一起来的师傅只剩下了三个，那时候我的玉雕已经到成品能卖掉的程度了，一起去的大哥劝我们跟他一起去创业，凭我们三个人的手艺，开个作坊进些原石自己雕刻然后卖成品，的确可以做个小老板，不过我俩都拒绝了……”

“为什么？”

“一来我觉得自己还学艺不精，二来公司花了钱给我们学习，一直又有工资养着我们，虽然工资并不高，但不是为了让我们翅膀硬了单飞的。不过跟着那个老师确实学不到东西了，我们留下来的两个人就请公司再换个老师学习，我俩离开那个工作室的时候老师真心挽留我们，但当个教雕刻的老师并不是我的理想……”

“你的理想是变成今天的高富帅吧？”一直沉浸在司南的故事里，听到这里我及时地挤兑了他一句。

司南笑了笑，没有正面作答：“我们换了个老师学习，这次真的境界不一样了，这个老师最擅长的是把别人不要的下脚料垃圾料拿来雕刻。我记得有一块南红玛瑙的原石，是最不值钱的黑底料子，而且还混生了一些像麻子一样的白石英岩，结果在老师手里化腐朽为神奇，他雕了一个女人站在一棵大树下，白麻子部分处理成了漫天飘雪，风吹起女人的衣角和头发，看不到表情，但感觉得到悲怆……这个作品是我取的名字‘风雪夜归人’。”

“哎呀！这个作品的照片我在网上看过，当时我还说这个雕件才是真正的艺术品，已经超出一般玉雕饰品的概念了。那你跟着大师学习，出了什么自己的作品吗？”

司南想了想，从随身包里拿出了车钥匙，取下挂在上面的一个把件递给我。这个雕件用的同样是并不贵重的南红玛瑙料子，而且保留了一半南红原石外皮的黑色部分，雕的是一个头像，抛光的右半部分柿子红雕的是半面佛头，垂目含笑，宝相慈祥，原皮的左半部分铁黑色雕的是半面魔头，怒目龇牙，其情可怖。雕工极其精细，牙齿颗粒清晰，毛发细密如篦，表情自然生动。我爱不释手赞不绝口地把玩着，做珠宝的人就是这样，天大的仇恨在艺术品面前都能化干戈为玉帛。

“这是你雕的？太有意思了，它有名字吗？”

“有的，叫——一念之间。”司南微笑作答。

“一念之间，一念成佛，一念成魔。”我想着这个雕件里的意境，竟然不能自拔。都说作品是创作者内心的观照，那司南是佛还是魔？或者有时他是佛，有时又是魔？

“喜欢的话就送给你吧。”

司南果然会察言观色，也像我想象中那样会来事。其实我想推辞的，但是鬼使神差脱口而出的竟然是：“谢谢。不过我不会因为拿了你的东西手软的，该问的我还是会问。”

司南淡淡一笑：“你随便问。”

“你在新工作室呆了多久？后来又干什么了？”

“两年，离开新工作室是我和另一个师傅合作的作品得了一个小奖，公司召回我们到深圳工作，不过那个师傅临上飞机还是放弃了，他想要做个自由的创作者，不想再给公司打工。”

“到底是什么在吸引你一定要回来？是芷兰吗？”我有些困惑。

司南摇摇头：“那时她还不认识我呢，我回深圳只呆了两个晚上，马上又被公司外派到斯里兰卡学习宝石切割工艺，这一去又是两年……”

“哎呀！你还学了宝石切割啊，那你还真是中西合璧所向无敌，咱们国内的宝石切割工艺的确是比较弱，有你这样工作经验的师傅回来应该非常抢手了。”

“在国外学习那两年简直像坐牢，语言不通饮食不习惯。有人问过我，在国内我已经可以舒服地当半个大师炒作自己了，坐等名气和作品升值就行，为什么还要去国外被老师呼呼喝喝。这个问题我也是后来才知道的答案，除了工作给我带来的快乐，我想可能是命运的召唤吧……”

“能换个不那么文艺的说法吗？”我是比较反感司南的文艺腔的。

“因为从斯里兰卡回来那年，就是我遇到芷兰那一年……”

我的心跳骤然停止了，刚才跟司南聊得像个老朋友，差点把我的来意甩到了脑后，也差点忘了司南是我最大的情敌，是我正极力寻找证据的谋杀案嫌疑人。这时我想起了一个非常重要的问题：“你跟芷兰在云南……那个啥的时候，你们相互坦白了自己的身份吗？”

“没有……”一说起芷兰，司南那张门神脸就会有很多细微的小表情，“如果是你也不会说吧，在那样的环境里，任何世俗的东西都是多余的，我知道她是我的小仙女，她知道我是她的情郎，这就够了……”

“咳咳，咳咳咳……”我只能用咳嗽来表达反感，而且给他出了另一个难题：“芷兰是你的第一个吗？”

如果我没看错的话，司南脸红了，他真的脸红了，声音也不像平时那么淡定：“这个，这个你应该问芷兰。”

完了完了，司南这样的外形，就算他不想也会有女人往上扑的。原以为他一早就失身了，没想到他和芷兰互为初恋，那我不是成了第三者？

司南看了下表，抱歉地说："今天太晚了，明天一早我要飞北京，咱们下次再聊好吗？"

我能说不吗？刚拿了人家的礼物，还跟人推心置腹地聊人生聊本行，如果没有芷兰和那个诡异的事件，我会喜欢上司南的，他几乎是我最欣赏的那类男人。比我有才华还比我努力，比我有钱还比我低调，这世界不是他的才怪。

芷兰的第一次给了这样一个男人还不算太吃亏。这个念头刚冒出来我就给了自己一巴掌。

我太贱了。

14

谁的青春不曾草木深深？一绕指的温存，烙在生命里锈迹斑斑的等。

回到广州的时候已经是深夜了，我把车开到了芷兰楼下，在她宿舍门口徘徊着。门缝里有淡淡的光线透出来，她还没有睡。为要不要敲门我犹豫了很久，最后还是发了微信。

芷兰。

怎么了，笑阳？

没什么，就是叫下你。

傻瓜。

芷兰，芷兰。

到底是怎么了？

我……很想你。没事，你不用管我，早点睡，别熬夜。

门突然开了，穿着宽松睡衣的芷兰探出头来："哎呀，你真的在这里！为什么不敲门？"

"没事，我就是发神经了，看你一眼就走。"我转身要走，这不是周末，小乖不在家，这个时间点芷兰一定以为我是来向她索取承诺。

芷兰一把拉住了我，吸了吸鼻子："你这是从哪儿来啊？怎么一身都臭了？"

"有吗？"我扯起衣服嗅自己的味道，确实一身汗味，这都奔波了一天了，不臭才怪，怎么这副德性来见我的女神？我脸红了："我回去洗去。"

"就在这儿洗吧。"芷兰仍然拉着我的手没放，脸上有淡淡的微笑，这微笑跟司南是如此相像，难道是爱情让两个人变得相似起来了吗？想到她和司南的关系，尽管已经是过去，心里还是一紧。

在老四那个得了间歇性肠胃炎的花洒下，一边洗白白一边想入非非，芷兰这么晚留我洗澡是什么意思呢？难道她又要像那晚一样来勾引我？没有小乖这个挡箭牌真不知道自己是否还把持得住……“笃笃笃”她来敲门了，莫非要跟我鸳鸯浴？慌得我手都有些发抖地开了门，她却没有进来，只是把一只拿着老四衣服的手递了进来，我接过后她便立刻缩回了手，重新关上门，我心里有些小失落。

带着满脑子的绮念回到房间，发现芷兰坐在床上发呆，她手里拿着我的衣服，不，准确地说是拿着口袋里那个“一念之间”，想来是她给我洗衣服，掏口袋时把它给掏出来了。芷兰忧愁地看着某处出神，直到我的动静惊醒了她。

不知道芷兰是不是通过这个雕件认出了司南的痕迹，又或者这件本来就是她的旧识，早知道芷兰看到这东西会这样，我就不该把它拿回来。“怎么了，芷兰？”

芷兰赶紧把“一念之间”放回口袋，挤出了一个勉强的笑容：“没什么，想起了一个朋友……”

我坐到她对面的小板凳上，把她的一双小手捧握在了手心：“芷兰，今天我不问那些事，但还是想聊聊你的过去，比如说，你有没有爱过别的什么人。”

“爱？”芷兰一怔，眼神落在了四维空间的远方，“如果那算爱的话，我就跟你聊聊他吧……”

在暖色灯光的温柔相拥中，在空调轻微的嗡嗡伴唱中，我如愿以偿和心爱的女人手拉着手，却听她倾诉着对另外一个男人的爱。

“我是在国内读的 GIA 珠宝设计课程，妈妈说哥哥一个人出去学习老外的精华就够了，要我好好研究中国老百姓的喜好，因为他们才是我们的衣食父母。我的一切都是按照妈妈安排好的路子走的，一直很想出去单独旅行一次，但妈妈总是不准。直到 18 岁那年暑假，我接到了一封邀请函，是夹在我最喜欢的《国家地理杂志》里寄来的，云南有个寨子要举办玉石文化节，我求了妈妈好几天，让我工作兼旅行一次，妈妈终于同意了。本来说好和一个同学一起走的，结果临上飞机她才发现没带身份证……”

“玉石文化节？”我困惑地打断她。

芷兰可能有些累了，疲倦地拿了个枕头倚靠在上面，支着脑袋看着我，脚也因为放松在床上微微伸展，睡裤上缩，露出一截嫩藕似的小腿，而她的一只手始终放在我的手心，这让知道她一会儿要说谁的我多少是个安慰。

“到了那个寨子我才知道，根本没有这个节日，不过我一点都不在乎，能出来透透气，第一次没有保镖跟着没有妈妈盯着的感觉太好了……在那个寨子，我认识了一个人，他非常勇敢，敢挑破赌石坊老板的骗局，我们在赌石坊大闹了一场然后逃跑了，躲到森林里呆了一夜……”

芷兰的讲述证明司南的故事是实话，但我忍不住要再证实一下：“这个人叫什么名字？”

“他叫司南。后来几天我们是一起旅行的，他去过很多地方知识很渊博，讲了很多我不知道的东西，我们很聊得来，玩得也非常开心，离开云南的前一晚……”芷兰既有些羞涩又有些害怕地看着我，“我可以说吗？”

我当然知道她要说什么，捏紧了她正要抽出的手，尽量压着自己打翻的醋坛：“说吧。”

“那晚我们，我们在一起了……他很热情也很温柔，确实很难忘……”

芷兰的手还在与我相握，眼睛却看在某个四维空间的远方，眼角含春嘴含笑，我知道，此刻她的俏、她的娇都是因为在回忆那个人给她的感觉，这表情跟司南回忆她时何其相似！那会是怎样激情的一晚啊！我嫉妒得要发疯了。就那一瞬间我扑了上去，是真的扑，我把她整个人压在身下，捉住她的双手不准她动弹，咬牙切齿狠狠地瞪她：“知不知道你都快要让我发疯了？你在我面前说那个人怎么怎么好，还让不让我活了？”

芷兰没有躲开也没有惊慌，只是扑闪着无辜的大眼睛：“对不起。”

我们用一个最暧昧最方便的姿势僵持了一分钟。我应该吻她的，我应该要她的，就现在！可是我一点心情都没有，我被她对司南的评价打败了。我在她唇上狠狠地印下一记，然后翻身下来和她一起平躺着，声音恢复了之前的平静：“继续说吧，你们后来又发生了些什么故事。”

“第二天我比他先离开云南，他去机场送我，临别前我们一直手拉着手有说不完的话，我总是在看他，看到他都不好意思了，其实我想要把他的样子记住，我想以后不会再见他了……”

“怎么会！你跟他都那个了，回来可以继续交往。”我的每句话都充满了醋意。

“哦，不，我没办法跟他交往，我能看出来他的环境并不好，在云南的时候我都没说我家的情况，回来之后就把手机卡换了……妈妈早把我的路安排好了，她不会允许我爱别的人，特别是一个穷人……”

“难道你也有门第观念，嫌贫爱富吗？！”

芷兰苦笑了：“你看我有吗？直到一年前我都没缺过钱，我的世界里没有贫和富，只有这个人对我好不好，我跟他在一起快不快乐，可是妈妈不一样。”

我坐起来看着芷兰，忍不住为司南抱不平：“一个男人一时穷不代表会一世穷的，难道你妈从生下来就是女王吗？就是你们家大业大现在不也是十年河东十年河西吗？”

说完我就后悔了，这话果然戳到了芷兰的心病，她也坐了起来，双手抱膝缩在床角沉思。

“对不起，我说错话了……”

“不，你是对的……回到深圳之后很长时间我还沉醉在那个梦里，那段时间我很少出门，宁愿躲在屋子里想他，反反复复回忆他的每一个动作，每一个表情。有一天，妈妈非要我参加安氏矿物园10周年晚宴，那晚是万全来接我的……”

这是第一次芷兰跟我主动提到安万全，我心惊肉跳了一下，但是芷兰沉醉在回忆里，显然那段回忆并没有触及她的伤心事。

“那晚万全带我见了很多亲戚朋友，笑得我脸都酸了。在会场里我突然看到一个男人走过去很像司南，我以为自己太想他看花眼了，但还是想确认一下就跟了过去，一直跟到花园发现跟丢了，突然被一个人从背后抱住了……真的是他，他高兴坏了，吻了我很久才肯放开我，他说刚才还以为自己看错了。我坦白了身份，也知道了他是安氏的技师，那晚是来帮忙布置会场的。你说这世界怎么会这么小……笑阳，你怎么了？”

芷兰推了一下凝神苦思的我，我这才回过神来：“不知道为什么，我觉得不对劲，但又说不上来哪儿不对，反正我不相信这个世界这么小，除非……除非所有的偶然都是必然。”

芷兰扑哧笑了：“你今天说话咋这么像个哲学家。反正我就这样跟司南重逢了，而且很不情愿地让他知道了我的来历……还有我和万全的男女朋友关系。”

“你那个时候就跟安……是男女朋友了吗？”我小心翼翼地试探地问。

芷兰点点头：“他一直是我男朋友，从小就是，全世界都知道我长大了是要嫁他的。”

我皱了皱眉：“你跟他那时候那个了吗？我觉得不上床不算。”

芷兰一副不能相信自己耳朵又娇羞又嗔怒的表情：“别人才不像你这个脑子，整天装的都是些乱七八糟的东西。”

“重逢那晚你们只是吻了一下没有做别的？”对这个问题我仍然不死心。

芷兰的笑容黯然了：“有，我跟他说分手，他特别不能理解，说我们才刚开始为什么就结束了。我要他忘了我，他抱着我哭了，我从来没见过男人掉眼泪，哦，不，连女人都没见过，因为妈妈从来不哭。在他面前，我觉得自己是个罪人……”

我重重地叹息了一声，竟然为司南感到了难过。

芷兰的注意力并不在我身上，她的声音如此轻柔，像是在呵护一个梦：“你有没有遇到过一个人，和他经历过之后，哪怕当时特别快乐，你也希望那是一场梦，希望不是真的遇到过他，因为……把他留在心里太痛苦了……”

我听出了芷兰声音的异样，侧身去看她，果然，她闭上眼睛，一滴很大的眼泪跌落下来。

我的心情顿时沉重起来：“我没有过这样的人，如果命中注定要遇到，希望这个人不是你。”

芷兰转身过来抱住了我，声音哽咽：“不会的笑阳，你对我这么好，我只想把我有的全都给你，我不会伤害你的……”

我心疼地抚摸着芷兰的头发：“是他伤害你了吗？”

“不，是我伤害了他……”芷兰把头埋在我怀里，泣不成声。

我没办法再问下去了，那么想帮她避开的痛苦，终于又像鬼子的轰炸机一样转了回来。那晚芷兰在我怀里哭了很久，直到沉沉睡去，不记得后来我说了哪些安慰的话，也实在是太累了，第一次抱着一个朝思暮想的女人，却没有任何邪念地睡着了。

早上醒来的时候芷兰还在我怀里，而且是背对着我。而我，像个老情人一样紧贴着她和她同向而睡，要命的是我的手胆大包天地伸在她的衣服里，揣着一手温香软玉。我脑子有几秒钟的空白，努力回想了一阵，确定昨晚没干坏事。就在我不知如何是好的时候，芷兰动了一下，轻声呓语着："笑阳……"

她在叫我！她在梦里叫我的名字！

那一秒钟我立刻血脉偾张了。早上的生理反应，满手的蜜脂釉玉，美人的柔情召唤，我再也忍不了地加大了手上的探索，并且在她颈脖间吻了下去，才吻到第二下，芷兰翻了个身抱住了我，仍然没有醒全地呓语着："司南……"

我可能是全世界最尴尬的男人，如果我现在要芷兰，那就是当了司南的替身。见鬼！

我推开了芷兰轻轻下床，给她盖上了一床薄巾。

惟一让我安慰的是她是先叫了我的名字再叫司南，这能证明我留在她心里了吗？

出门时正旭日初升，对着没心没肺的太阳我许了个愿，但愿我的她从此以后生命里不再有黑暗。

15

每个人爱上的人都有同样的标签，就像在秋天的落叶堆里你捡起的总是模样相似的那片。我的死穴，总是像芷兰这样有故事的女人。

我一晚没回家而且早上穿着老四的衣服进屋，老四一看就从床上跳起来了："哎呀呀，你昨晚睡到我宿舍去了？"

我把半床老四的脏衣服推到地下，把沾着他口水的枕头换了个边，给自己找了个相对干净的地方躺下，但人躺上去眼睛还瞪着天花板发呆。

老四凑过来扯着我的衣服闻来闻去，一脸的羡慕嫉妒恨："这件衣服上有你女神的味道，昨晚一定有故事。"

"别胡说八道！"我踹了老四一脚。

老四还挺来劲："你这几天都查到了些啥？"

我却答非所问："你说说，一个人的初恋特别深刻的话，是不是以后就不可能再爱上什么人了？"

"这个你没有实战经验吗？干吗问我？"

"我的初恋……不知道那算不算初恋，高考之前没有任何人觉得我能考上，我没日没夜地复习了三个月，考完那天我把所有书都撕了，不管考不考上我都不想再读高三了……"我想起了那个快要被我遗忘的夏天，"那晚我去跟隔壁的姐姐表白。复习的那几个月，看她穿着红裙子从窗前走过，是我每天早上起床的动力。那天我站在她屋子里发了半天抖才说出：'我爱你。'她听完笑得不行然后上来捏我的腮帮子，捏着捏着突然亲了我。哎，后来那段时间我每晚都去找她，就是她给我上的男女启蒙课，那时候喜欢她喜欢得发疯，发誓一定要娶她。"

老四饶有兴趣："你还有过这么纯情的经历啊，后来呢？"

"一个月之后，姐姐坐上娶她的车走了，前一晚还跟我……然后，然后我就变成了一个人渣。"

"你现在还提这件事，是因为当时受伤太深？"

"男人被女人甩了有什么可伤的，反正又没吃亏。不过最近我有点反省自己，为什么以前这么频繁地换女朋友，我好像有点看懂自己了，我是必须在一个女人烦了我之前先烦了她，这样才不会伤到我……"

老四乐了："难得你肯承认自己受过伤，确实不是每个男人都拿得起放得下的，所以要么变成花心人渣，要么变成痴情种。"

我点点头："如果当年我对她不死心，去纠缠结了婚的姐姐，不知道会怎么样？"

"能怎么样，缠急了人家老公会跟你决斗的，不是你死就是他亡呗。"

我突然又有了点感觉，从床上一跃而起。

"你去哪？"

"继续调查。"

"这次带上我，我肯定能给你找到新线索。"老四急于立功地拍着自己的胸膛。

我看一眼老四，虽然这家伙模样逊点，逻辑推理能力还不错，也许他还真能旁观者清。

很快老四便发挥了他的作用，今天我想去司南刚到安氏打第一份工的工厂去看看，本来只知道大方向在海丰县，老四一听就高兴地嚷了起来："我知道在哪，就在海丰县的可塘镇，安氏在那边有好多个加工厂，上次我去其中一个找过石材。"

中午时分，我们已经在安氏位于可塘镇最大的一家加工厂参观了，这在以家庭小作坊为主的本地已是规模最大的加工厂。国内宝石原矿很少主要依赖进口，可是很少有人知道全世界 70% 以上的水晶饰品加工来自广东，所以原矿源源不断从国外运来，又在这个以水晶加工为主的小镇变成成品发往世界各地，而这里也因此聚集着来自四面八方的工人师傅。和一般尘垢满天的环境也不同，安氏的加工厂干净整洁井井有条，师傅们的工作服及防尘措施也很统一，看得出安氏的管理水平确实处在一个巅峰期。不知道为什么，我依稀看到了司南的影子，这和"一念之间”一样，都是烙着他个人印记的作品。

我和老四到的时候正好师傅们用餐完毕，三三两两扎在一起聊天，我们在工厂探头探脑地一出现，立刻有保安过来问我们找谁，老四一张嘴：“请问这里是不是司……”

我捅了老四一肘打断了他：“你好，请问你知道一个叫司南的师傅吗？”

保安狐疑地打量着我们：“你们找他干什么？”

我满脸堆笑：“我是司南师傅以前在斯里兰卡工作时的工友，今天来这边办事，顺便过来看看他。”

一听我们在说司南的名字，好几个师傅都围了过来。

其实这话基本在赌。第一，赌司南跟我说的经历全是实话；第二，赌这些人当中有那么一两个是司南的旧识。谢天谢地，果然有个四川口音的小个子师傅嚷了起来：“司南早就不在这里啰，早就发达啰。”

我和老四对望一眼，心里都是一喜，老四赶紧上去给师傅们递烟，我也热情地邀请着：“我们这么远来一趟不容易，正好你们中午休息，请你们到门口喝杯糖水吧！”

几分钟后喝糖水的师傅们把门口小店全坐满了，大家围着那个小个子师傅，听他讲起了司南的八卦，没有人质问我们的目的，甚至大部分问题竟然是看热闹的师傅们提出来的，原来他们对这个穷小子发达的故事比我们还感兴趣。

“这个司南你们晓得不啰，就是当过我们大老板的秘书现在是明珠集团的这个（竖起大拇指），听说大老板还要收他当干崽，以后怕是要当我们老板的，牛得很哪！不过以前他比我还穷你们肯定不晓得嘞。从一进工厂我就跟他住上下铺，那时候他还不到 18 岁，就长得这么高了……”

小个子师傅站起来高举右手然后往上一跳比划了一下，所有人都笑了起来。

“你们懂的撒，我比他大又比他先来，肯定是他睡上铺，不过他这个大个子睡在我上面，翻个身动静那个大啊我怕床都要塌了，所以他一翻身我就拿个撑衣杆捅一下，后来上面基本就没啥子动静了。”

我竟然感觉到了心酸。

“司南这个人很少讲话也很少笑，我们都说他怪，他从来不跟我们玩牌，一有空就捧着书看，熄灯了就蒙着被窝打手电看，没事还老往雕刻车间跑，时间一长那边师傅就轰他，这不是要偷师吗？连厂长都要他别去了，一个人吃哪碗饭是天生的，本本分分打好自己的工就行，后来我看他就捡些下脚料自己搞个石头乱雕，不过那都雕的啥子破玩意，大牙都笑掉。”

“他还有点傻。那个时候我们打孔计件，不就是打个孔吗？只有他傻不拉叽磨磨叽叽打得跟绣花一样，搞得厂长每次都拿他的活儿当标准来要求我们，这不是逼得大家没活路吗？我经常趁他去吃饭把他打好的成品均到其他人的桶里，他有好多天都是干一天活交个鸭蛋，不过他知道是我干的也从来没告过状……”

“你也太过分了啊，就这么欺负新来的。”有个师傅听不下去地插嘴。

“是是是，我后来也检讨自己了。”小个子师傅赶紧认错，“我真正跟司南关系好起来是那年过年，大家都回家了，就我没买到火车票，还有司南没地方可去……”

一个师傅插进来问：“他为什么没地方去？不想他爸妈吗？”

“他没爹没妈啊，听说是福利院出来的……”

听到这里我和老四交换了一个震惊的眼神。

“这个人说起来也是蛮可怜的，我看他连自己爹妈是谁都不晓得，连张照片我都没见他有过。那个春节就剩下我和他值班了，三十那天中午饭，他在宿舍泡方便面，我出去喝了点小酒，回来走到宿舍门口不晓得唧个回事没法子开门了，那阵子我心里清楚得很就是控制不了自己的动作，后来司南听到动静出来给我开门，看我拿着钥匙那个熊样问我唧个回事，我想说话就是说不出来，后来摇摇晃晃倒在自己床上就睡了……哎，你们咋不问我唧个回事嘛？”

“能怎么样，肯定是喝多了呗！”大家哄笑起来。

“错，我就喝了半两小二，这点酒平时塞我牙缝都不够。反正我倒在床上就不动了，后来的事也是别人告诉我的。司南看我一直睡着不动叫了我几次也没反应，就打了120，120的医生一检查，说看样子是脑梗了，他们把我送到了县医院，要做磁共振才能确诊，可是咱们这种小地方的医院，年三十的医生都放假了，最快也要到初三上班，没确诊急诊医生不敢用药，司南说必须往大医院送，否则就算救到我的命也会有后遗症。”

“哎呀呀，真危险！”“这个司南还真是个好人，要是一般人谁会管你。”师傅们七嘴八舌地。

“是啊，你们晓得当时我那个情况得坐救护车才走得了啊。啧啧，从海丰送到汕尾那救护车的费用可不得了，我当时是昏死过去的身上就几十块钱，司南二话不说把他所有的钱都掏出来了。也是我命大，你们看我现在还像个脑梗过的人吗？”

小个子师傅在大家的哄笑中抬胳膊抬腿地走了几步，重新坐下来之后再讲司南的时候，他已是满脸的真感情：“我出院回来那天，大家把我接到宿舍，我一看到司南就跪下给他磕了个头。我这个人，有仇报仇有恩报恩，我这条命要是没有司南就没有了。从那以后我处处罩着他，谁要跟司南找茬我就跟谁拼命。”

“和司南相处久了才知道，他这个人除了是个没嘴葫芦其他都好。后来公司要选几个师傅去苏州学雕刻，我问司南想不想去，他倒是很想去可惜人家光雕刻班的师傅都不够名额，哪轮得到没有一点儿基础的司南，我喝了点酒揣着匕首就去找厂长了，在办公室我在自己胳膊上划了两刀……”

小个子师傅挽起自己的袖子给大家看，果然在左臂内侧有两道陈年刀痕。

“我跟厂长说，如果不派司南去学习，下一刀我就割到静脉上，厂长给我逼得没法子只好同意了。送司南上长途汽车那天我俩都哭了，他叫我大哥来着，说不知道要怎么感谢我，我说：‘兄弟，也不全因为你救了我的命才帮你的，我就是觉得吧你这种人不应该窝在我们那种小厂子，大哥也不图你啥，以后咱们各走各的，谁也不欠谁。’”

“那他后来发达了真的没找你？”

小个子有些得意了：“咋没找，前两年还派人打听我来着，那两年我正好回老家了，他让人留的电话我现在还有呢，不过我不会找他的，现在我和他身份不一样了，他还记得我，我就知足了！”

“真是十年河东十年河西，没想到我们这种人里头也能出那样的大人物！”有人感慨着。

我终于找着了问话的机会：“师傅，后来司南是怎么混得那么好的？”

小个子师傅摇摇头：“那我就不晓得了，光晓得他在苏州学了四年徒，又跑到你那个什么里卡——”

“斯里兰卡。”

“对，他什么时候从斯里兰卡回来的我都不晓得，突然有一天就听说他成了我们大老板的秘书，有一次我在电视里看到他站在大老板身边，那个帅啊，我都不敢认了！”

“叮叮——”上班铃响了，师傅们开始动身往工厂里走，不少人对我们拱拳相谢请他们喝的糖水。

我拉住小个子师傅问了最后一个问题：“你知道司南是哪里人吗？”

“湖南啊！不过具体什么地方就不记得了。你要找他的话我给你电话吧！”

“不不，谢谢。”

出来之后我一直沉默地开着车，老四也一反常态话很少，好半天他才冒出一句：“如果我是女人，可能也会爱上司南……你是不是想的和我一样？”

“不，我觉得他更蹊跷了，世上哪有那么多孤儿，你以为拍电视剧呢？”

老四给了我一个白眼：“我看你是为了打击情敌，歪曲事实。”

16

如果说芷兰是水，我是火，那司南就是冰。本质上司南是被风刀霜剑打磨过的水，芷兰是被万千宠爱融化了的冰，而我这团在俗世红尘翻滚着的火，本应与他们水火不容，事实却奇妙地水火共济。

我承认司南确实很优秀，但安老头是怎么看上他的，为何如此倚重他，我必须要知道答案。

从安氏加工厂出来我没有回广州，而是开回了揭阳，一听说趁放假回我家看看，老四特别高兴。除了回家看看爸妈，最要紧的是把我家老头带出来，只有带着他去看望安老头，我才能得到更多有效的信息，千万别因为安老头的邀请我就真的马上去第二次，那安老头百分百知道我别有用心。有钱人的热情和他们的堡垒一样深。

我爸这个倔老头还没等我说完来意就哇哇叫："我是不会去看他的！我比他年纪大，他都没来看我凭什么我去看他！"

"爸！就凭你子孙满堂他孤家寡人！"我有点恼了，"好歹你们也是当年一起打过江山的，你就不想他吗？他那么关心你，连你的血压、血脂都问到了，人家是不是大老板你也得感这份情吧？"

老爸的眼圈有一点红了。

第二天，我们顺利地接上我爸往深圳行驶，出门前老爸换了三件衬衫反复问我们穿哪件好，紧张得像去见情人一样。一路上老四这个马屁精把老头哄得不时开怀大笑，我因为心事重重倒是很少说话，只打听下了安老头是什么样的人，老爸重点描述了安老头的精明果断和狠劲，其他似乎跟普通的生意人也没啥区别。

倒是老四插了一句："这个安叔叔年轻时候风流吗？"

这问题问得太好了！我暗暗朝老四比划了个大拇指。

老爸脸色难看地说："怎么问这么不像话的问题！"

"爸，这有什么啊，聊聊天呗，皇上还三宫六院，有钱人哪个没有二房三房的。"我朝老四使了个脸色。

老四会意："叔叔，我们也是多方面研究下这些成功人士，看看有什么值得我们年轻人学习的。"

"这方面就不要学习了，你安叔叔倒也不是乱来的人，相好的难免有一两个，不过都没影响家庭的。虽然他样子不出众，倒还真是挺有魅力的一个人，女孩子喜欢也是正常的。"

我突然有了点灵感："爸，你认识他相好的女人吗？"

"有病啊！我怎么会认识他的野女人！光是听别人说说都听得来气！"老爸炸锅了，"一个男人对家庭不忠是我最看不起的，也因为这个后来我跟他疏远了。不过现在年纪大了，年轻时候那些花花草草估计也过去了，我是该去看看他了！"

我和老四对望一眼，都被我爸突然拔高八度的声音吓得吐了吐舌头。

进安家之前我还问了安万全，不过老爸只记得他很瘦弱，成绩特别好，他对别人家小孩的记忆永远只跟成绩相关。

安老头对我们的突然造访表示了极大的欢迎，他和我爸见面第一秒钟就搂到了一起，看着安老头一头白发，我爸痛心地湿了眼睛："你怎么老成这样了，年轻时候多黑的头发啊！"

哎！我爸永远这么不会说话，不过他跟安老头站在一块确实显得更年轻。两个多年不见的老朋友到一起有说不完的话，半小时之后他们还在说些陈芝麻烂谷子别人插不进嘴的事，我已经在沙发上扭来扭去坐不住了。安老头注意到长了猴子屁股的我："笑阳，我们老头子说的这些事情你不感兴趣吧？"

我嘿嘿笑着："叔叔，我同学是做设计的，他说你家装修特别有品位，我们能不能参观一下？"

"没问题，正好我也带你爸看看！"

安老头领着我爸走在前面，老四和我跟随其后，老四凑在我身旁小声地埋怨着：“你自己想看就说，干吗扯我出来当炮灰？”

我白了老四一眼：“少啰嗦，带你出来就要派上用场，不拿你当炮灰难道当神供吗？”

这栋带电梯的独栋别墅进深很深，负一层是红酒窖和视听室，带着花园泳池的一层是客厅、美式大厨房、餐厅和工人房，二楼是几间五星宾馆标准的客房，三楼是安老头的卧室、书房和洗浴桑拿房，大部分地方都是中式装修，用材摆设当然是极尽奢华，没见过世面的老四丢人现眼地一路啧啧称奇。往上还有一层，还在楼梯间我的心脏就已经跳到了嗓子眼，剩下的地方只可能是过去芷兰和安万全的房间了。现在脚下的每一步都曾经烙下过芷兰的足迹，这个空间里仿佛还回荡着她温柔的声音，不知道她在这里住过的几年都经历过什么呢？

不过安老头在通往四楼的楼梯间停了脚步：“上面，就不去看了。”

我心里着急却只能开玩笑掩饰：“上面肯定是安叔叔的藏宝洞吧？”

“上面是全儿的房间……”安老头的神情有些伤感。

老爸一脸嫌弃地瞪着我：“不去看不去看，不提那些伤心事。”

晚餐是在安家吃的，安老头说很久没有在家宴请过这么多客人。这年头，家宴意味着感情的深厚，还是我爸面子大。晚餐两老头都喝了不少红酒，我和老四又轮番敬了安老头两杯，他们喝着喝着话就多了，好不容易趁着聊往事的空当，我插了句话进去：“叔叔，听说您要收干儿子？”

安老头困惑地说：“谁说的？”

“都在说啊，说您要收司南当干儿子。”

安老头一怔，缓缓地摇摇头：“我和这孩子是有点缘分，不过没那回事。”

“也难怪人家都议论，您这么器重他，一般的职业经理人可没他这么走运。”

安老头喝了一口酒，略带点伤感地说：“说起来，司南首先是全儿看中的。你们不知道我家全儿，他是个对自己要求很严格的人，也很少能有看得上眼的人。那几年他主要在打理矿物园，原来矿物园只是个给客户看货的仓库，能变成现在这样标志性的博物馆、购物观光中心，全儿一手一脚花了很多心血……”

我和老四交换了一个会意的眼神，这还是第一次正面听到安万全这个人的有效信息，我紧张得都不敢喘气了，生怕安老头不再讲下去。

“注意到司南那天，正好是我陪几个客户去参观，才刚走到切割车间门口就听到全儿在发火。有块翡翠毛料开之前有争论，司南说是好料能出高货其他师傅都觉得不行，全儿听了大部分人的意见，结果把一块上好的料给开坏了起码损失几百万，本来做我们这行，一刀富一刀穷开坏毛料是常有的事，全儿就是不大想得开。我们在一边还没来得及说话，司南突然说他有办法补救，他重新切了几下，果然开出来都避开了大瑕疵，而且他把每块料都规划了一下，出多大圈口的镯子，镯心做什么雕件，边角料怎么利用，这样一来损失减少了70%，客户当时就说我们的师傅太有水平了……”

我爸听得竖起了大拇指：“这个师傅确实有料，我做了一辈子翡翠也还拿不准，这样的师傅要是去赌石说不定早大发了，你们有这样的人才真是捡到宝。”

“是啊，全儿那之后就对司南另眼相看了。难得听他夸一个人，那段时间隔三岔五就听到全儿说司南如何胆大心细做事漂亮，经他过目下刀的毛料，正确率能到90%……老郑，是不是有点像我年轻时候？”

“是啊，你起家不是就靠赌中了几块高货料吗？”

今天带我爸来真是太正确了，他简直就是专门来帮我套话的。

“哎，我那是运气，根本不是靠技术的。所以最开始全儿说司南厉害的时候我也没在意，做我们这行，确实有些人会在某个阶段走点狗屎运。直到后来又发生了另外一件事情，那是明珠那边的一个VIP客户，她收了明珠一颗36克拉的鸽血红红宝石，结果不小心给磕碎了一小块角，要明珠给她想办法补救，他们就来找我了……”

我忍不住说：“就为一颗红宝石找到您这儿来，这一定是个重要客户。”

“是啊，是个权贵夫人，我们确实很重视，当时召集了全国最有经验的切割师傅，甚至请了国外的专家，修改方案出了好几个，就是没有师傅敢下手，因为这要是改不好会影响这个特别重要的客户。最后司南站出来接下了这个活，本来我还有点怀疑但是全儿一定要交给他，结果他用的千禧切工，镶嵌设计是……车家人做的，取名蝶恋花。成品在明珠门店展示了几天，当时很轰动，客户收货时也特别满意，说火彩和镶嵌都比原来的强太多了……”

车家人出的镶嵌设计，只可能是芷兰。想象着司南完美的切工和芷兰出色的设计，那得是多么珠联璧合的一个作品啊！我一点都没吃醋，反而心潮澎湃。“爸，你不知道什么是千禧切工，那是给宝石切1000个刻面，每个面是内凹的，非常聚光，能最大限度让宝石变得明亮。工作量是平时的几十倍，对工艺师要求特别高。这个司南太牛了！”

“是啊，这件事帮明珠办得漂亮，全儿特别高兴，就邀请了司南跟我们全家一起出海……对了，老郑你可不能走，明天我带你们出海钓鱼去。”

我一脸恳求地看着我爸，生怕他这时候犯倔，好在他今天心情好特别配合，完全不假思索就同意了，饭局很快结束，也便中止了我们聊天。安老头要跟我爸夜弈，居然还让我们留宿他家，简直是想睡觉捡着个枕头。

这晚我在安家二楼的客房辗转难眠，好不容易等到夜深人静，我给老四发了个信息：到楼梯口来，赤脚来，我们一起去四楼探探究竟。

几分钟后，我和老四在黑暗的楼梯口会合了，一起轻手轻脚地往四楼走。第一次干这种偷偷摸摸的事，我紧张得全身都是汗。黑暗的楼道像一个神秘的时光机，而我们，正攥着通往那个诡异过去的钥匙。

不敢开灯，还好这晚月光明亮，到了四楼再加上我们的手机电筒当光源，基本能看清屋里摆设。

四楼的第一间是书房，虽然人去楼空，但还是非常干净，看得出来安老头每天都安排工人打扫，我第一眼就看到书架上有一排英文版《国家地理杂志》，这肯定是芷兰的最爱。就在我拿着手机东照照西照照时，一旁的老四奇怪地发问：“你有没发现这书架上的书摆得特别整齐？”

我扫一眼书架，确实是：“这没啥稀奇，好多人的书架都很整齐。”

“可是你看，它并不像我们平时那样把同一类别的书摆在一起，而且按照书的高低分类的，同一个高度的书都摆一个架子上……你看这一排，又是食谱又是系统宝石学又是诗经，一般人都不会把它们放一类啊！”

还真是，完全不搭界的书摆在同一排，只不过因为他们书高一样罢了。“是哦，这样不分类找一本书得多难啊！”

怕动静太大，我们没敢乱翻，径自去了第二个房间。这个淡蓝色调的房间是儿童房，也就是说这曾是小乖的卧室，和一般儿童房稍有不同的是，所有玩具公仔都按高矮摆得特别整齐。

老四嘟囔着：“有钱人有那么多佣人收拾房间真好。”

我没有太在意，其实更想看芷兰和安万全的卧室。

最后一个房间就是他们的卧室，原以为会和楼下一样风格的中式装修，谁知道竟然到了一个全白的房间，而且并非无人居住罩上白布防尘，倒像是主人偏好白色，白墙、白地、白家具、白窗帘、白色床上用品，连洗手间里的一切全都是全白的，洗手台、梳妆台、床头柜、小卧榻上没有任何一件摆设，昭示着空无一人的凄凉。有一扇窗户打开了，夜风吹动白色的纱幔在房间飞舞，月光斜斜照进来，四维空间里的灰埃那么不真实地飘扬着。

轻轻地打开衣柜看了一眼，原以为会是空空如也，没想到里面竟然装满了衣服。除了整齐还是整齐，挂着的衬衫颜色从深到浅排列，叠着的衣服也全按颜色分类。

全是男式衣服，没有一件是芷兰的。

老四也轻轻打开了床头柜，空空的抽屉里只放有一瓶开过的药：佐匹克隆片。这是治疗失眠用的，我妈有段时间吃过。

老四打量着屋子突然冒出一句：“这里真像个太平间。”

我打了个寒战。

17

对安万全和李修远来说，富贵荣华也许不过是场炫目的浮世绘，最繁华时最凄怆，最热烈处最冰凉。

第二天一早，我们已经抵达了车家的海滨别墅，哦，不，现在是安家的了。

安老头并没有像昨天一样给我爸介绍房子，到了屋前也没带我们进去，而是绕到屋右侧从挂壁栈道径直下到了海边的私家游艇码头，一进到这园子安老头就一直没说话，不知道是否因为这是车家的旧居让他想起了伤心事。

我真后悔带着老四出来，这没出息的家伙一路东张西望不时发出赞叹，我连瞪了他几眼这才老实，上了游艇没两分钟就吐得死去活来，一直到我们停下来他还面无人色地抱着个垃圾袋，可以好好享受的时间他却只能在舱内挺尸。

游艇在海中央放下了锚，我被两个老头和三根钓竿包围着，如果不是还想跟老头们聊天，看着那碧波荡漾的海水真想跳下去好好游个泳。哄老头我还是有一手的，跟安老头请教了下钓鱼方法聊了会鱼类，再把话题转到了司南身上："叔叔，您昨天不是说万全哥邀请司南参加你们的家庭聚会吗？是在这个游艇吧？"

安老头神情落寞地点点头："是啊，那天人都到齐了，那时候万全还没有结婚……"

我心里一惊，这意味着芷兰那天也来了，不知道当时身为安万全女朋友的她看到司南在场是什么心情，因为惧怕母亲，芷兰在重逢司南的第一天就已经说了分手，而司南这个人，就我目前对他的了解，可以肯定他不会这么轻易放手。

"全儿那天特别开心，一直在跟李修远和司南聊天，还介绍司南给他女朋友认识，全儿从小到大朋友都很少，除了修远，我还没见他跟谁在一起有这么多话……”

我发自内心地说：“愿意结交一个穷人做朋友，证明万全哥是个挺了不起的人。”

我爸连连点头称是，安老头脸上则是又安慰又苦涩的笑：“全儿这孩子就是这样，脾气对路了他不管别人身份地位的，不过司南也确实是难得一见的年轻人……那天他们聊得高兴了，全儿和修远就跳下海去游泳了，我当时一时兴起在学开游艇也没注意他们，突然司南拼命地拍打舱门，让我赶快熄火停下来……”

“为什么？”我爸好奇了。

“原来司南跟全儿女朋友站在船尾聊天，发现海里的全儿不对劲，像是站在海里睡着了，游艇发动的时候螺旋桨在转动，司南注意到全儿像是被螺旋桨带起的吸力吸了过来，就赶紧跑来让我们停止发动机。然后司南跳下海去，和修远一起把全儿救了上来，原来全儿溺水失去知觉了，如果司南不及时发现，他一定会被吸进螺旋桨，那后果不堪设想……”

我爸开始擦汗：“太可怕了，多亏了这个司南！经过这件事，你们可要好好重用他！”

安老头点点头：“是啊，救了全儿的命还能不重用吗？再说他本来就这么优秀。那天看到全儿在甲板上睁开眼睛，我第一句话就说：‘司南，你明天来公司总部报到，以后你就是我秘书了。’后来全儿还跟我生气，说我抢了他的人，要是司南一直在矿物园当个技师，是能给公司多赚点小钱，但绝对没有现在创造的价值大。特别是现在全儿不在了，我也老了，公司根本少不了司南。不过我现在很后悔，早知道全儿那么快离开我们，当初他想做什么就应该全由着他。”

“治民，你也别太伤心了，全儿这一世是来报你们的恩的，报完他就去天堂了，他这么好的一个孩子，来世肯定还会投个你这样的好人家。”

说着两个老头都湿了眼睛，老爸一反常态像个婆妈的老太一样用各种因果缘分来安慰安老头，我却悄悄离开他们走向了船尾。已经没有心情再听下去了，这是我非常不愿意了解的往事。司南救了安万全的命，这意味着他彻底摆脱了谋害安万全的嫌疑，如果他真的那么想得到芷兰，只要当时当作没看到安万全出危险就能不动声色除掉情敌，真的想谋杀安万全，何必等到4年之后再动手。

我所有的调查都回到了原点。

看着海水轻轻拍打着船身，我的心空落落地难受，连老四是什么时候到身边的都不知道，直到他猛地在身后拍了我一记：“在想什么呢？”

刚才还像一条死鱼的老四现在又生龙活虎了，我情绪低落地把刚才听到的往事复述给老四听，沮丧地下了结论：“现在我承认是我多疑了，司南没有问题，他就是个品行端正的男人，心里一直爱着芷兰但没有做过什么出格的事。”

“你这么容易就放弃了？”老四倒是来劲，“就算跟司南没关系吧，这个安万全和李修远还是死得很莫名其妙，你总得继续查吧？”

我灰心地看着远方：“也许还是不查的好，就当是个意外吧，这样芷兰才会少伤心一点。”

“你看看这是什么？”老四摊开手心，露出里面一个药瓶，又是佐匹克隆片，“这是我刚才在客舱里找到的，在床头的小抽屉里。”

我困惑地拿起药瓶：“这是谁失眠得这么厉害啊，连游艇里都放了药。”

我和老四回到了船头，在老头们的闲拉家常中，我适时地再次关心了安老头的健康状况，得知他除了血压高点其他都还好，特别是睡眠比较正常。我和老四交换了一个眼神，几乎可以肯定，助眠药不是芷兰就是安万全的。

现在我要调整一下思路了，把重点要移到了解安万全是个什么样的人。不过没等我掉转枪头，安老头接到了一个电话，嗯啊行了几句，抱歉地跟我们说：“我们先回去吃中饭吧，司南有几个重要的文件要请示我，咱们下午再继续钓鱼。”

这意味着我又要和司南碰面了，而且是当着安老头的面，这样他肯定知道我在背后调查他，如果是一小时之前我一定会找借口避开，但现在没这个必要了，司南已经排除了谋杀嫌疑，他不再对芷兰构成任何威胁，只要他不再和我争芷兰的话，我想和他做朋友。

海上归来，远看骄阳下的绝壁城堡更多了一份美丽的悲怆，而司南如同一座雕像伫立在游艇码头。他和这个城堡有如赤道与南极，但站在一起毫无违和感，一样绝杀人间的完美，一样高处不胜寒的孤独。

司南看到我肯定是意外的，但他只是静静地看着我们由远而近，安老头给我们介绍的时候，我抢先一步握住了司南的手：“司总你好，终于见到你了。”

安老头有些诧异：“你们真的认识？”

没等司南说话我又抢了：“明珠集团大名鼎鼎的总经理当然久仰，只是司总不认识我这种小生意人。”

司南似笑非笑地扯了下嘴角：“你好。”

安老头看样子真不把我们当外人了，司南送过来那几份重要文件他当着我们的面做了批示，整个过程完全没有要我们回避的意思。司南让安老头处理完公事匆匆告辞，我借口出去转转在园子里追上了他：“司南！”

司南转身，面无表情：“郑先生，有事吗？”

“司南，我可以看下你的身份证吗？”

司南沉默了一会儿，掏出了钱夹里的身份证递给我。原以为可以看出他的来路，没想到他的户口地址竟然是福田区的明珠大厦，我真傻，像司南这样优秀的人才，公司肯定一早把他的户口调到深圳了，在还给他之前我默念了一下他的身份证号码，结果只记住了前六位 430681……

“我还有最后一个问题问你，为什么那次出海要救安万全？你不是那么想和芷兰在一起吗？”

司南冷冷地看着我：“如果溺水的是你，我也会救你的。”

“对不起，原来怀疑你跟安万全和李修远的死有关，现在我收回怀疑……”我的道歉虽然来得有些晚，却是真诚的。

司南的眼神仍然是冷冷的：“这件事你最好不要再查了，如果真的为了芷兰好。”

“就是为了芷兰我才查的，这也是车君拜托我的，你以为我真的闲得蛋疼吗？”

“我再说一次，如果你真心喜欢芷兰，就让她忘了过去重新开始吧。”司南目光沉重地看着我。

我能看得出司南的诚恳，可是我也有我的要求：“如果我能让她忘了过去，也就意味着把你一起忘掉，你能接受吗？”

司南一怔，眼神变得异常痛楚：“这个应该由她决定，如果她真的能为了你忘记我，那我可以做到不打扰她。”

我长吁了一口气："我会努力，也希望你说话算数。"

司南没有接话，他转身离去的身影穿行在树林里，有种说不出的落寞。

中午我们在城堡用的餐，我心里搬掉了一块大石头有说不出的轻松，饭桌上和老四一唱一和讲笑话，逗得两老头乐不可支。倒是我爸这个好奇宝宝还会思维跳跃地问一两句司南，甚至问到了司南现在住哪里，安老头的答案让我非常吃惊，他说公司早给司南买了一套房子，不过司南因为工作忙很少回家，大部分时间都是住在自己的办公室。

我再一次想起了司南那间一览无遗的办公室，那实在不像个能住人的地方，莫非另有秘境？

安老头心情颇好，问到了我的私事："笑阳这么优秀一个男仔，喜欢你的女仔一定很多，老婆是哪里人啊？"

老爸白了我一眼："这个人还没玩够呢，哪有什么老婆！"

我灵机一动："安叔叔，我现在有个交往的对象，是湖南的，您说湖南女孩子好不好啊？"

老爸吃惊地看着我："什么时候交往的？我早说过找老婆不准找外地人！"

安老头倒是一脸慈祥："哎，老郑，你这就不对了，我看湖南女孩就挺好，湘女多情，湘女漂亮。"

"反正他要个找个外地人就别带回来见我！"我爸放下筷子拉黑了脸，当场就要发飙了。

安老头拍拍我爸的肩膀正要说些什么，这时他的电话响了起来，他照旧嗯啊地听着，讲电话当中突然打量起了我，不知道为什么，那一刻我突然有种不祥的预感。果然，放下电话安老头脸上的笑容已经没了，他一边给我爸夹了个虾一边若无其事地问我："笑阳，你现在住在什么地方啊？"

老爸没好气地说："租住在广州荔湾区一个叫铭辉的商住楼，放着家里好好的房子不住，好好的生意不管，非要在外边浪！"

"爸！"完了，飞机大炮也不能阻止老爸找解放军亲人诉苦。

安老头意味深长地看了我一眼，他的眼神一点都不凶狠，比起车君那叫一个天上一个地下，但是汗水涔涔地一直从我后脑勺往下流。为什么要把我爸带来？

真是成也萧何败也萧何。如果是安老头派人跟踪骚扰芷兰的，那他现在肯定知道是我收留的芷兰，那我来接近他的目的可谓居心叵测。刚才安老头接的电话一定是在核实我信息的爪牙，不知道他是什么时候对我起的疑心，我竟然浑然不觉。

端午小长假的最后这天下午对我来说是场酷刑，安老头仍然再次带我们出了海，也仍然对我们十分友好，但再也别想从他嘴里套到任何有价值的信息了，如坐针毡地熬到下午回市里去换车，临别前安老头和我爸仍然依依不舍。

钻进驾驶座之前安老头叫住了我，笑容可掬地给了我一句忠告："笑阳，一个男人和什么样的女人交往决定了他的生活甚至生死，看一个人可不要只看表面。"

我当然知道他在说什么，事已至此还是要最后挣扎一下："叔叔，天大的过错也已经没办法挽回了，得饶人处且饶人，您就放过她们，就当是给万全哥修修来生吧！"

安老头脸上的笑容消失了，他深深地、深深地看了我一眼，然后，转身。

安家的大门在我面前重重地关上了，我呼出了刚才一直没敢透的一口气，感到了莫名的失落。

18

查了这么久，现在惟一能确定的是安老头一直以来逼得芷兰一家走投无路，关键他也知道是我收留了芷兰，偌大一个世界，我竟然没有地方可以藏好芷兰保护周全。由于担心芷兰，把我爸送上回潮汕的高铁后，我们连夜赶回了广州。甚至我也开始担心老四的工作，老四倒是大大咧咧地表示无所谓，大不了换家公司打工。两人一路商量还有哪里可以妥善安置芷兰母子，头都大了也没有好主意。

到芷兰住处前我已经给她打过好几个电话，确定她和小乖平安无事，虽然我们到得很晚，芷兰仍然做了一桌子美味的家常菜等着我们，好些天没见到我的小乖一直跟我腻乎，把我在海边给她捡的几颗小贝壳当成宝贝玩了好久。

我们直到夜深才离开。在芷兰面前，关于调查的进度和悬在头顶的危机只字未提，走之前我给小区保安送了几箱水果，希望他们平时多留意下芷兰的住处，提防可疑人等出入。只要能够多给芷兰片刻安宁，我都要替她撑起塌下来的天。

这晚入睡前我仍然在跟老四商量："我想清楚了，我们已经得罪了安老头，躲是没有用的，必须要站起来跟他真刀真枪地战斗。"

"你怎么斗？人家拿的是核弹，你用的是水枪。"

我眼前浮现起安老头那张慈祥的笑脸，却感到不寒而栗。"一时半会他不会要芷兰的命，他现在的生活多无聊，就是想折磨芷兰来打发余生。所以我现在惟一能做的就是把安万全和李修远的死因调查个水落石出，彻底解了老头的心魔才能帮芷兰解脱。"

"嗯，这倒也是，不过司南这边没什么可查的了，安老头那里也不可能再套出安万全的信息，你又不肯直接问芷兰，那还怎么查？"

“查李修远。你想想，两个男人的争吵能为什么？要么就是为钱，要么就是为女人。李修远和安万全为钱索命的可能性不大，剩下只可能是为女人，这个女人可能是芷兰，也可能是共同的情人呢？”

老四向来思维比我跳跃，对我荒唐的猜测表示了肯定，规划好第二天的工作后，老四立刻打起了呼噜，这家伙患有鼻炎，那呼噜就像带了个鼻涕交响乐团，折磨得我一夜的梦里始终有他的伴奏。

第二天是我和肖律师约好一起去见车君的日子，接到肖律师之后我把这些天对司南的调查情况做了个汇报，虽然听说司南出身低微他有些诧异，但对排除司南嫌疑他仍然是那副“我早就知道是这样”的表情。车君再次见到我显得很欣慰，对我客气了不少，由于这次是跟律师一起来的，我们得到了一个较长的探监时间。肖律师先让车君签了一份委托书之后，我又把调查情况简单讲了一遍，只隐去了芷兰和司南的关系。车君听得很认真，难得地从头到尾没有打断我的话，而且一副边听边思考的表情。

“车董，我今天还是想要了解修远，还有您和安家的关系，重要的、不重要的细节都可以告诉我，只希望您客观。”客观，站在第三方的角度去评价，这大概是我对车君最大的要求了。

比起第一次见面，车君浑身的刀剑算是入了鞘，特别是在回忆修远的时候，眼里开始有份解冻的伤感。

“修远爸爸是在他8岁的时候过世的，那时候我们刚刚在国内开分店，他爸爸突然一走，当时我怀着芷兰，他爸爸家族的人还告我虐夫谋杀，就是想来抢我的家产，那时我真是内忧外患，差点崩溃。那段时间我整晚整晚地哭，有天半夜精神恍惚地走到阳台上去了，看着楼下车来车往，真的有跳下去的冲动，就在那个时候，修远突然在后面拉住了我的手：‘妈妈，你别怕，我会保护你，一辈子都保护你。’当时他还是个8岁的孩子啊，就是那句话救了我，我知道我不能倒下，我挺着大肚子跟李家人打官司，我像个男人一样去打江山，因为我要让修远和芷兰不再重复车君的童年。”

面对着这样一个女人很难不心生敬佩，我由衷地说：“确实您做到了……修远是在香港读书的吗？”

“不，很早我就看准内地市场，我们是最早来深圳开分店的香港金铺，所以修远从小一起就在深圳读书。我们刚到深圳开店时挺艰难的，明珠这个品牌在内地没有知名度，也没什么人脉，每个月的销售额还不够付铺租，当时我咬着牙撑着，心想如果一年之后还亏我就只能退回香港。就是在那个时候我认识的安治民……”

终于讲到车安两家的渊源了，我不禁为之一振：“您是怎么认识安治民的？”

“说起来是先认识安治民的太太再认识的他，安太太那时在我店里买了一些金饰，我们很聊得来，她信佛的，人非常好，见我一个女人又带孩子又开店特别不容易，就说她老公是做翡翠毛料的，看能不能帮我。那时候多亏了他们两口子，老安看出我们光卖金饰产品太单一，专门为我加工了一批翡翠成品免费给我试销，结果一下子就把我的店盘活了……”

我看了一眼肖律师，他显得很平静，看来这段渊源他一早知道，这家伙嘴真紧。

“二十年前老百姓对珠宝的认可度以翡翠和田玉为主，后来才带热了水晶、彩色宝石和有机宝石。老安的原矿生意越做越大，他总是先知先觉看好某个石种然后屯下大量的原矿，而我只要跟着他的脚步走，负责炒作某个阶段性的热销石种就行了。明珠在国内上市的时候我让老安入了股，我们挺默契地合作了二十几年。”

“所以因为你们两家合作的关系，修远、芷兰从小就跟万全一起玩？”

“是的，芷兰比他们小好几岁，小时候还是修远和万全关系最好。我记得有一次老安带万全来我们海边的房子，我们带孩子们去沙滩玩，我和老安在聊工作，两个男孩在一起用沙子垒城堡。还真别说两个孩子垒的城堡特别精美，也许我们做珠宝家庭出来的孩子都有点艺术天赋，不过眼看着整个城堡都快完成了，万全却一脚把城堡踢垮了，修远不开心了一整天，后来才告诉我，万全说有个基脚打得不正城堡有一点斜，不完美的东西他宁愿毁掉。”

我听得皱起了眉：“怎么万全是处女座吗？”

“什么处女座？”车君一脸茫然。

我笑了起来：“没什么，大概万全是比较龟毛的星座，对自己要求特别完美……您继续说说修远和万全的相处。”

“上次跟你聊完之后我想了很久，其实认真想想修远和万全相处得好，主要还是修远这个人随和，只要不碰到他的底线，你怎么样对他都可以。”

“那什么才是修远的底线呢？”我好奇地。

车君陷入了回忆：“芷兰18岁那年的平安夜，她突然说要和万全结婚，结得越快越好，于是我和老安就定了元月9号的吉日给他们举行婚礼，刚确定了日子，修远突然来找我，说芷兰绝对不能这么早结婚，我要他说理由，他说芷兰太小了根本不懂得什么是爱。这是什么话！芷兰已经成年了未来好坏都是她自己的决定我们不应该干涉，修远居然说芷兰的未来是被我决定的，我劈头盖脸把修远骂了一顿，后来芷兰听到动静过来劝架，哭得不成样子才制止了修远，那是修远惟一一次顶撞我，而且激动成那个样子真是不可思议……”

我突然起了疑心：“芷兰是元月9号结的婚，那小乖是什么时候出生的？”

“你想哪去了，小乖是9月15号生的。”车君敏感地露出了一脸不高兴。

我抱歉地转了话题：“看来修远还真是心疼妹妹，奇怪的是芷兰这么早就结婚了，为什么修远一直没结婚呢？”

“哎，他在洛杉矶上了六年学，去之前我就跟他说了，交女朋友可以，但他将来一定是要回来打理明珠的，所以妻子的人选肯定要为明珠服务……”

我暗叹一口气，可悲的修远和芷兰。

“他回来那几年，我倒是帮他物色好了对象。第一个是个高官的女儿，结果交往了不到一年那高官就出事进去了，婚事也就不了了之；第二个是另一个珠宝世家的孩子，如果我们联姻的话国内珠宝市场就没有人能抗衡，我也不至于完全受制于老安，可惜那孩子身体不太好，每次婚事提上议程，她就病怏怏地住院了，所以修远就一直耽误到了出事……哎，如果早知道是这样，哪怕他娶个打工妹我也不管！”车君此刻眼里的痛是真实的。

我反感地说：“为什么你们有钱人的婚姻全是政治婚姻呢？难道您就没有穷过吗？”

车君激动起来：“就是因为穷过才不想让孩子们再重复，有钱就一定不幸福吗？贫贱就一定快乐吗？吃大蒜的人怎么懂喝咖啡的乐趣？戴银饰的人怎么懂玩彩宝的美妙？听《我的世界只有你没有他》的人怎么懂听柴可夫斯基的享受？”

一大串的追问让我沉默了。

“在修远、芷兰的同学比谁的水晶更 A 一点，芷兰四岁时就懂得钻石要挑 FL 级了。从小手中玩的、眼里看的都不是同一个量级的人，哪来的共同语言？不管谁迁就谁都不会长久。”

我感到了内心的刺痛，车君说的距离同样是我和芷兰之间的差距。“可是爱，是一切共同语言的基础，没有爱，所有般配都是建立在沙堆上的城堡。”

“不，婚姻是合伙人制度，只有身份能力匹配的人才建得起牢固的城堡。”车君又变回了第一次见面时那个女王，自信到自大，坚强到坚硬。

我冷冷地看着眼前这个倨傲的老女人：“那您为什么还要把修远和芷兰扔去体验底层的生活？您就应该把他们在城堡里关一辈子！”

车君仍然是一脸自信的笑：“因为车家的财富都是老百姓手里积累来的。要了解和尊重下层人，因为他们是衣食父母，敬畏中层人，因为他们是明日敌人，结交上层人，因为他们是今时伙伴。不是一个层次谈什么爱情！”

我咬咬牙扔出一个大胆的猜测：“车董，那咱们就讨论下您那个层次的爱情，您是老安的旧情人吧？”

车君的脸色刷地失去了血色。

“万全在沙滩上把城堡毁了不是因为不完美，而是看到老安跟你很亲热，修远也不是个性随和才跟万全关系好，是他觉得对不起万全……我说得对吗？”

车君被打败了，她低下了高贵的头颅，一句也不接茬。一直默默旁听的肖律师推了一下我，示意我不要再说了，看来嘴紧的家伙也知道这秘密。可是我必须乘胜追击：“您不用介意，我知道得越多就离真相越近，因为老安的帮助，您打造了明珠的帝国，也因为老安的翻脸，他拿走了给您的一切，对吗？”

车君抬起头来，竟然给了我一个坦然的笑容：“是的，你确实很聪明，选你来调查修远的死，我没看错人。不过你还是错了，我的一切不是老安给的，他的江山没有我也不可能打得下来。”

“除了您和老安的关系，您还知道别的女人跟老安有来往吗？”

车君笑容变得有点苦涩：“这话你应该去问老安，而不是我……你为什么问这个，莫非还有什么疑点吗？”

我摇摇头：“我也说不上来，就是觉得哪儿有什么不对。”

这次与车君的会面收获很大，我捕捉到了一个早就该看穿的秘密。

从监狱出来时，我感叹地对肖律师说：“男人与男人之间的争吵真的多半是为女人，现在能让修远和万全争吵的女人除了芷兰还有车君了，就是不知道和修远有关系的女人还有谁。”

“我可能知道一个……”肖律师欲语又止。

“啊，是谁？”

“修远大前年让我帮他办过一套房产的过户手续，落到一个叫‘戚秀’的人名下。当时我问过他买这种小户型干吗，他说是帮朋友买的，不过钱是从他账上划出去的，我觉得有点奇怪但没敢多问，不知道这个戚秀是不是跟修远有关系。”

戚秀？我对了解李修远重新燃起了希望。

19

勤，未见就能补拙，但懒一定是万苦之源。

和肖律师约好等他先去查戚秀名下的房产地址，在回家路上我接到了芷兰的电话，在耳机里她汇报了这些天的销售情况和存在问题。做电商的这几年，我请过不少同龄的员工，从来没有像芷兰这么有执行力的人，大多数人都很懒，只想着打一份小工赚点小钱而已，好不容易培养一个有能力的，结局无一例外会单飞。做电商另起炉灶太容易了，直接拷贝我的成功模式就是。人力成本太高，一直是阻挡电商发展的大山。芷兰有那样强大的专业背景，还可以放下身份包袱来做这些琐碎的事情，不管是出于什么原因，我都欣赏她。

听芷兰温柔而认真的声音在电话里絮叨着真是一种享受，一个电话没有讲完我已经停到了她楼下，我打断了她："下楼吧，带你去吃饭。"

"啊，你到楼下了？不要出去浪费钱了，我给你做饭……"

"奖励一下我的员工行吗？这些天我都没管，每天的业绩都是同比两倍。下来吧，你也好多天没出门了……"

半个小时之后，我和芷兰打车到了珠江边的一个排档，吹着习习夜风，吃着烤串啤酒，看着船来船往，虽然这里嘈杂肮脏一点都不适合约会，却是我的最爱。芷兰东张西望对一切都很好奇，烤串跟我抢着吃，啤酒也喝得痛快，抛开过去的时候芷兰最美，一脸本应属于她这个年龄的天真活泼。

该名媛闺秀的时候她高贵，该温柔贤惠的时候她懂事，该放下身份的时候她洒脱。千面芷兰，神秘而美好，每一面都是我的最爱。

夜色里看着她，我有点小醉了："芷兰，你知道吗？这种地方我从来没带女孩子来过。”

芷兰正饶有兴趣地跟一串鸡爪搏斗，含糊不清地问：“为什么？”

“因为我得带女孩去‘蒙娜丽莎’那种地方去装逼，装完了才能骗她们干点坏事……”

听到这里芷兰笑出声来：“哈哈哈哈！你第一次约我真的好逊，还让四哥装大客户，你俩一唱一和挤眉弄眼我全看见了……今天带我来这里，是因为不再想干坏事了吗？”

“不，我比任何时候更想，但是我不急，我有足够的耐心等你爱上我，有时候觉得你不仅是我想了解的女人，而且是已经很熟悉的亲人，比如现在。”我拿起了啤酒瓶。

芷兰和我碰了一下，看我的眼睛里有种感动：“笑阳，你知道你最大的优点是什么吗？”

我挺直了腰板，臭屁地摆了个 POSE：“是我特别帅吗？”

“你特别真实、简单，就算有坏的想法也都写在脸上。”

我泄气了：“我就这么没档次？还以为很深沉呢。”

“跟你在一起不累、轻松，从来没人给过我这种感觉，连司南都没有……”芷兰看着江水里盈盈晃动的灯火。

这是芷兰第一次跟我主动提起司南，我却犹豫着要不要问下去，其实我真的已经不敌视司南了，而且现在气氛这么好，实在不想让司南的阴影又掺进我们的生活。

“我家在海边有座房子，晚上要是有月光海水也平静，就能看到现在这样的磷光，睡不着的夜里，我就会坐在房间的飘窗上，看着磷光发呆……”芷兰一手托腮，看着江水出了神。

她的回忆是如此美好，我有些不忍心打断她了。

“我和司南在晚宴上分手之后，我以为是真的分手了，所以万全把那颗鸽血红宝石拿来给我设计时，真的没想到是司南的作品，设计‘蝶恋花’的时候我心里一直想着司南，是把这个作品当成初恋的祭品来设计的。没想到那天我、哥哥和万全一家出海，万全竟然把司南带来了，万全还把我介绍给司南，夸我们出了一个珠联璧合的作品。当时我尴尬极了，好在万全没有看出来，只有哥哥发现有点不对，我悄悄说了司南是我在云南旅行时认识的朋友，哥哥就把万全叫走游泳去了……”

原来万全是被修远支开的，这意味着修远确实知道芷兰和司南的秘密吗？

“后来我站在船尾发呆，司南走过来问我是不是很不想看到他，我说我没办法像你们男人这样若无其事，司南让我给他几年时间，他需要时间来做一点事，将来会有能力娶我的。他越这样我就越害怕，我说自己的生活很平静不想有任何改变。后来司南就沉默了，我正想走开，突然司南像疯了一样冲到船舱，让他们停下发动机，然后跳下海去，原来万全溺水了，幸好司南救了他。司南在救万全的时候我心里矛盾极了，越发现司南的好就越痛苦，可是我又没办法改变命运，怎么办呢？”

虽然我已经知道了这件事，还是替司南叹了口气：“你对司南挺不公平的，都没有为爱情争取过，怎么知道和他一定没有将来呢？”

芷兰痛苦地闭上了眼睛：“是的，所以是我伤害了他，可是我真的从来没有反抗过妈妈，而且妈妈为了我们牺牲太多了，我不能为一个自己都不能确定的将来让妈妈痛苦。”

“后来他没有找过你吗？”

“有，当天晚上就来找我了……”

我一惊，这可是我没想到的续集。

“你不知道我家的结构，海边那个房子是建在峭壁上的，虽然修了一条挂壁栈道能下到海边，但只能绕到房子一侧，通道有铁门而且有保安，想要到我的房间，要么走正门，要么就得攀岩上来……”

其实芷兰说的这些我都有观察过，眼前顿时浮现了城堡的外观。

“那晚我根本没办法睡着，就坐到飘窗上看大海，看着看着就迷瞪了一会儿，突然我听到了司南的声音：‘芷兰，芷兰！’睁开眼一看，司南就站在身旁，我还以为在做梦呢，再也装不出对他狠心的样子，扑进了他怀里……”

“他怎么会出现？这也太夸张了吧！”我吃醋的样子一定很难看。

芷兰沉浸在她的往事里，根本都没抬眼看我：“司南是攀岩爬上来的，为了见我，他沿着海岸线走了一小时，又爬了半个小时才到我的屋子，他也不知道害怕，如果掉下去必死无疑……”

“色胆包天这词就是这么来的，还真是司南做事的风格。”我不高兴地嘟囔着。

“什么？”芷兰没听清。

“没什么，那你就这样跟他和好了？”

芷兰把目光重新投进江水里，脸上倒映着水中灯光的晃影，几分甜蜜又有几分忧伤：“确定不是做梦之后我向他道歉来着，感谢他救了万全，我每说一句‘对不起’和‘谢谢你’，司南就会用亲吻封住我，他说只想听到的三个字是‘我爱你’，可是我不能说，我不能承诺一个没有结果的未来给他。但我们还是和好了，那晚他呆到凌晨才走……”

“咔——”一根烤串在我手里被掐成了两截，芷兰吓得住了嘴，怯怯地看着我。

只是深呼吸了一下我便想通了：“对不起，你继续说吧，我不应该介意，那都是过去的事了，我理解你。”

芷兰抱歉地看着我：“今天我也不知道这是怎么了，特别想倾诉，喝了点酒有点放纵，也许到明天会特别后悔告诉你这些。”

我又拿起了酒瓶：“来，那今天我们就不醉不归。”

芷兰一口气喝了大半杯，然后俯靠在桥栏上，满眼柔情蜜意地看着远方：“那天晚上很可怕也很刺激，妈妈在楼下的房间大声地打电话训人，隔壁哥哥在看电视，我们只能很小声地说话，我再也不用对司南隐瞒什么了，跟他聊起了我的一切，聊妈妈的艰难，聊哥哥的保护，聊我当个驴友走遍天涯的梦想……”

“然后你们又做爱了吧？”话一问出口我自己都吓一跳。

芷兰羞涩地咬着嘴唇不敢看我：“嗯……很好的体验，比在云南的时候还好……”

我心里堵得慌，问完就想给自己一巴掌，这压根不是我想知道的细节，急忙地打断了芷兰：“修远难道没有追问你和司南的关系吗？”

“有，第二天上午哥哥过来敲门时我还没起床，哥哥一进来就关上了门，很严肃地问我：‘你和那个叫司南的到底是怎么回事？’从小到大我跟哥哥都最亲，就把我和司南的事情原原本本都告诉了他，哥哥立刻骂了我，说我怎么能这么随便把自己许给了一个陌生人，哥哥说我对不起妈妈，我被他骂哭了。”

“奇怪，我以为修远会赞同你和司南。”我想起了车君讲述的修远为反对芷兰结婚所做的努力。

“最开始哥哥是坚决反对的，因为他是最体谅妈妈的人，他自己就是这样做的，从小到大都克制着自己的想法，也不敢选择自己喜欢的女人……”

我突然想起一事：“你认识一个叫戚秀的女人吗？”

芷兰茫然地摇摇头。

“哥哥老跟我说一句话：‘妈妈太苦了，我答应过要保护她一辈子。’”

我叹息着：“修远真是个孝顺儿子，就是有点愚孝。”

“不过第二天发生了一件事让哥哥的想法动摇了。司南救了万全之后成了爸……安董的秘书……”

芷兰把安老头改口成安董了，关系的亲疏可见。

“司南刚当秘书的第一天是来送一份重要文件给哥哥签字，哥哥平时是个很温和很好打交道的人，可是他给司南来了个下马威，扣下了文件当中最重要的部分，想让司南回去交不了差，也是让他知难而退。不过司南刚走到电梯就发现了少了资料，立刻折还跟哥哥道歉说他工作疏忽，哥哥一口咬定资料不在他那里，接着忙自己的根本不理司南。结果整整一天哥哥走到哪司南就跟到哪，他也不找哥哥要资料，就是从他怎么到安氏打工讲起，讲他学艺的故事，讲他对我们这个行业的看法，讲他对明珠和安氏基层问题的分析……反正讲到下午快下班的时候哥哥把资料给了司南，那晚他跟我说：‘司南这个人不错，他不会穷很久的。’”

“那你哥哥支持你跟司南交往了？”

“没有支持也没有反对，不过我想他是默许的。因为那段时间我在公司的设计部实习，一到周末我就吵着要回海边住，因为那两晚司南会来见我，哥哥就住在我隔壁，他不可能不知道一点动静，特别是有一次司南刚上来，妈妈就过来敲我的门，当时我都快吓傻了，哥哥突然从他那边开门叫妈妈进去，说有件事要请示妈妈，如果没有哥哥掩护，那天司南就暴露了。”

“既然你跟司南这么好，又得到了修远的默许，为什么你突然要嫁万全？”

一问到这个问题，所有的小甜蜜都从芷兰的脸上消失了，她咕咕咕灌了自己一大杯酒，失魂落魄地说着："哥哥默许没有用的，没人可以反抗得了妈妈，我跟司南越好，心里的罪恶感就越强，何况还要经常面对安家的人，装模作样得我都恶心自己，我和司南偷偷交往的那几个月，到后来每一次见面我都在说分手，可是下一次司南还是会来，每次我都无法抗拒他……我觉得自己人格分裂，我瞧不起自己，为了摆脱这种困境，我问万全万一我爱上了别人怎么办，万全……"

芷兰突然打了个寒战，惊恐地看着某处，浑身发抖："万全说：'那我就杀了你和那个人！你是我的小公主，没有任何人可以把你抢走。'万全从来说一不二的，我崩溃了，我说万全那我们现在就结婚吧，结了婚就再也没有机会给人抢了……现在回过头看，为什么我那么蠢啊，我害了每一个人，害了所有的亲人……"

芷兰伏在桌上大哭了起来。很多人都往我们这边看。

我坐到芷兰的身边心疼地拍着她："别自责了，那时你就是个18岁的小姑娘，在人情世故善恶美丑面前你就是一张白纸，就算做错了也是正常的。"

芷兰醉了，醉后的恸哭来得更让人心碎。在那种碎心的感觉中，我似乎越来越理解芷兰和司南的爱情。

20

爱情可以是救世光明，也可以是利刃穿心。如何让你爱的人用你需要的方式爱你，是运气亦是种能力。

把芷兰送回去之后我打车回了家，这晚脑子里特别乱，芷兰的眼泪、司南的冷脸、万全的墓碑、白色的房间还有那瓶安眠药，我现在能理解失眠的痛苦了。一直没睡着，从来没醒过。再这样下去我也需要安眠药了。

第二天上午我接到了肖律师的电话，他找到了戚秀的房产地址。第一时间我便出了门，到芷兰的小区取车时我没有上去，只给保安递了两包烟，问了下这几天的治安。走之前我远远地看了一眼芷兰的窗子，希望她还在好梦里，哪怕她梦里回到了结婚前，因为那是她一生中最好的时光。

戚秀名下的房产在深圳盐田，位于海边城堡和车家市内住宅的中间点，在梧桐山脚下的一个安静小区，修远买下它的时候是大前年，也就是他过世前两年。虽然明珠经常投资房地产，但多以商用物业和大户型为主，像这样居家型的三房还是第一次，这也是肖律师当时为什么存疑的原因。不过老肖是个嘴紧心细的人，也就是得到了车君的委托才把这事告诉我。

一路上老肖一直回忆着印象中的修远："修远是我见过最孝顺的年轻人，别看他喝了那么多洋墨水，思维方式和生活习惯还都是纯中国的，早餐要吃豆浆油条，喜欢喝功夫茶，收藏茶具茶叶，醉心风水玄学，他西化的只是运动细胞，潜水和高尔夫他都玩得很好。修远杂学太多，在珠宝方面反而没有芷兰有天赋，如果他可以选择的话，我估计他可能最想去开个茶馆。"

"你见过修远跟人争执或者发火吗？"

“哦，不，从来没有过。修远是个慢性子，脾气好得很，怎么可能跟人吵架，所以最后他和万全吵起来我也想不通。”

“那你熟悉万全这个人吗？”

“偶尔见面打交道，如果要问我对万全的评价……”老肖想了想，“万全是个特别有教养的人。”

“你说的教养是指什么呢？”我追问。

“教养，就是让人觉得舒服。印象中的万全衣服永远整整齐齐，和人说话永远面带微笑，斯文有礼，其实修远也是这样。这些年我给不少富豪家庭服务，最大的感受是，真正大户人家的孩子通常比穷人多一样东西，好家教。”

这点我也有些感慨：“是啊，可是电视剧里那些有钱人家的女儿都是配角，专横跋扈，专门给灰姑娘女主角当炮灰。我就想不明白，为什么男主角放着白富美不爱，要贱兮兮地去被野蛮女友虐待？”

老肖笑了起来：“我不看国内的电视剧，大部分是老太太智商级别的。”

我乐了：“确实，那些编剧本身就是穷屌丝，整天做梦逆袭，就是没有最基本的常识——真把女儿当公主养的那是穷人的家教，没有公主的命最终只能得一身公主病，你说是吧？”

“是啊，富贵城堡里长大的姑娘其实被教育得很好，大多数都知书达理、单纯善良，像芷兰这样。”

听到别人对芷兰的赞美，我的心不禁小小地悸动了一下。

哦，芷兰，我亲爱的姑娘。

戚秀家在靠山边的那栋楼，一眼望去，只有她家的阳台被一大片红艳艳的三角梅簇拥着，阳光下那娇艳的红与山间那葱郁的绿交相呼应，十分赏心悦目，还没见到这个叫戚秀的女人我就对她有了点好感。

开门的是一个一袭黑色长裙的年轻女人，有着清秀的眉眼和纤瘦的身材。“你们找谁？”

“请问您是戚秀女士吗？”

“是的，我是戚秀，你们是？”她略显迷惘地看着我们。

“我是李修远的朋友，这位是修远哥原来的私人律师……”我顿住没往下说，想看看戚秀的反应再做打算。

她怔了一下，把门开全了：“请进来坐吧。”

这是一套原木装修简约田园风格的小三房，没什么简琐的摆设，从客厅能看到一个打开的房间，整面墙架摆着的全是茶叶和茶具，这应该是藏着修远个人喜好的地方。

戚秀给我们沏了茶。红褐茶汤，醇香轻扬，居然是真正的单株大红袍。这可不是住这种房子的人能消费得起的。我突然想到了第一次在司南办公室喝的茶，茶叶茶具款款均是极品，想来修远的收藏全成了司南的装逼利器，因为贵气是需要财富和时间来沉淀的，二者缺一不可，也正是那些完美的细节让我一点没想到他出身贫寒。

我和老肖会意地对视一眼，心想果然戚秀跟修远是旧识。

“你们为什么找我。”戚秀慢条斯理地再次斟茶，询问我们也是语气平缓，一副对答案可知可不知的态度。

这个人沉静如水，倒是应该和修远相投。我对肖律师使了个眼色，他赶紧拿出了来之前套好的说辞：“是这样，您这套房产过户就是李总让我帮您办理的，所以一直以来就知道您……”

我把话题接了过来：“其实修远哥前两年就跟我提过你，说万一有什么事要我帮他照顾戚秀，当时我追问你是谁，他欲语又止好像有什么不方便。他过世得很突然，家里又发生了这么大的变故，直到今天我才找到你，真是对不住修远哥。”

戚秀听着，怔怔地掉下一滴泪来。

戚秀和修远的关系，从这滴眼泪我已经看出七七八八了。于是我更有底气地追加着：“修远哥这辈子挺不容易的，车董控制了他的一切，修远哥跟我说过，他妈妈安排的结婚对象毫无感觉，这辈子最大的遗憾就是没办法娶自己心爱的女人。”

戚秀双手捂面，没有发出一点声音，眼泪却从指缝滑了出来，她捂着脸站起来：“对不起。”

戚秀在洗手间的时候，肖律师向我竖起了大拇指，我回应了一个苦笑，刚才不过是修远的灵魂进入了我的躯壳，替他说出了心里话罢了，但愿这份迟到的歉意能替修远抚慰他的女人。

戚秀再从洗手间出来时已经恢复平静，也没有再把我们当陌生人：“原先我是在安氏上班的，是安氏矿物园的一个文员，后来给安万全……安总当秘书……”

我和肖律师对望一眼，彼此都是一惊，果然又是一个跟李安两人都能扯上关系的女人，老肖对我使了个紧张的眼色，我明白他的意思，那是要我更慎重地套话。

我接了一句：“万全跟我也很熟，他这个人有点龟毛哦，他的秘书不好当吧。”

“嗯，他做事要求特别高，容不得出一点错，不过他人还是很好的，给我加过好几次工资，家里有事只要说一声就会给我批假。第一次见到修远那是五年前了，那天安总让我找一个文件，结果我不知道放在书架的哪里了，急得一身汗就是找不到……”

我突然想起了安万全的书房：“是不是他平时让你摆资料都按高矮摆，而不是按类别，所以不好找？”

“对。你是怎么知道的？”

和戚秀一样投来惊讶目光的还有肖律师，我解释了一下：“修远带我去万全家吃过饭，我看万全的书架就是这么摆的，当时我就说好奇怪的摆法，找书可难找了。”

戚秀如同找到了知音般连连点头：“是的，安总的书架资料特别多，他让我找几年前的一份设计图，我都急哭了也没找到，那天修远来找安总去打球，安总正好下车间了，修远一进办公室就看到我站在书架旁一边哭一边在翻资料。问明白怎么回事之后他让我别急，陪着我一个架子一个架子地翻，找了整整两小时才找到那份设计图，刚好赶在安总回来时交给他。走之前修远给了我一张名片，我非常不好意思，没想到他身份那么尊贵。”

“那你给他打电话了？就这样开始交往了？”我好奇地试探。

“怎么可能，我从来不做白日梦，修远那时对我也就是一个遥远的好心的王子，我连他的电话都没保存，他也没给我打过电话，给我名片应该不是对我感兴趣，只是出于礼貌。”

“对，修远就是这样一个人，不过听你这么一说才发现，表面上他看起来跟万全很像，其实性格差别还是有的。”老肖突然接了话头。

“是的，不过也可能我处的位置会感受不同，安总到底是我的老板，他对我要求高是应该的……第二次见到修远是那年的圣诞节，安总那天心情特别好，他约了修远陪几个客户去打高尔夫比赛，也叫上了我陪同。那天比赛修远的状态很不好，心事重重老是失误，安总笑他是总输记。那晚他们留在会所看表演，只有修远一个人坐在外面发呆，我看到他那个样子心里也不好受，他帮过我，我也想帮他，就过去陪他聊天。”

“圣诞节？是不是五年前？”我猛地想起那正是芷兰决定嫁给万全的时间。

“是的，我过去送了一瓶水给修远，问他是不是身体不舒服，他说心里不舒服，说妹妹要嫁给万全，可是他觉得这件事不应该，妹妹太小还不懂得爱情，不应该成为家庭的牺牲品，这个家有他一个牺牲品就够了。修远跟我说了好多事情，当时我也不明白他说什么，只是他说着我就听着，其实我也没为他做什么，走之前他抱了我，说他好多了，谢谢我肯听他的倾诉。”

想象着修远的心情，我的心也一样沉重：“那个时候他眼睁睁看着自己的妹妹在做错误的决定，如果阻止妹妹就是反抗妈妈，如果顺从妈妈就是害了妹妹，修远真的很痛苦……”

“那件事修远反不反对都没有用，最后他妹妹还是嫁给了安总，而修远也被他妈妈安排了交往对象。他经常给我打电话，那晚过后我们再没聊过太深的话题，就是聊聊我种的花花草草，他又收了什么茶叶茶具，他跟我说这些的时候最快乐，我能感觉到。有那么一年时间我们是比普通朋友好一点点的好朋友，从来没有在私下见过面。直到有一晚他打电话说在我宿舍楼下，我刚下去，就在马路边上，修远突然抱住我亲了我。他说他自由了，他那个结婚对象的老爸被抓了，车董不会再逼他娶那个女人了……”

不知怎的，我感到了由衷的高兴：“真好，原来修远是这样跟你开始的，他这个人就是慢热，拖了一年才表白，也不怕你被别人抢了。”

戚秀笑了，侧头看了看墙上的钟：“今天我不能跟你们聊了，跟修远约好要去看他的，你们要和我一起去吗？”

去看修远？只能是去墓地，我的妈，我想起了去看安万全的阴影，头皮一下麻了，赶紧摇头：“不不，我们也还有事……下次还能来拜访你吗？”

“当然可以，你是修远的朋友，也是我的朋友。”

我思考着提了一个要求：“如果你不介意的话，下次我可以多带一个朋友来吗？”

“谁呢？”戚秀笑眯眯地。

“修远的妹妹，芷兰，我想她应该也会很想见你的，你们有共同的亲人。”

戚秀脸上的笑容顿时消失了：“不，她就不要了，我们是两个世界的人。”

告辞出来之后，老半天我还在回味戚秀最后那句话的意思。

老肖纳闷地问：“你疯了，都还没摸清戚秀的底细就要带芷兰来见她，你就不怕她跟案子有什么关系吗？”

“我只是试试，没想到她反应这么怪。”我苦恼地挠着脑袋。

“你觉得戚秀的话可信吗？”老肖果然是律师，对一切证词都抱有科学的怀疑态度。

“还是可信的，至少跟我从其他渠道得到的信息能在时间上对得上。”我突然想起一件事，“对了老肖，我看过司南的身份证，开头是430681，按说这应该是他第一次办身份证时的户籍地，我百度了下是湖南一个叫汨罗的小城市，我想查查他的来历，最好能查到他的家庭背景，你能帮我吗？”

“你不是说司南已经排除嫌疑了吗？”

“在真相水落石出之前，任何人都仍然有可能。”

21

从戚秀家出来老肖还要事要办，我把他送到了目的地，在深圳街头晃来晃去，不知不觉又开到了明珠大厦楼下。想了好久还是拨通了司南的电话，电话那头的他仍然是冷冷的声音："喂。"

"你有空吗？"没等司南回话我立刻急着接话，"今天我不查那件事，保证一句都不问，我就是想像个朋友一样和你坐下来聊聊天，喝上两杯。真的。"

司南沉默了一会儿："我下午还有客户，不能喝酒。"

"咱们喝茶，我保证！"

能约到司南，我这会儿是真心高兴。就算不查那件事，司南也是我非常想接触的人。

于是又在上次见面的咖啡厅见着了司南，这天他没有穿标志性的白衬衫，而是难得地换了件蓝白色的高尔夫衫，清爽如同夏日里一阵海风，我是男人都不禁要给他点个赞："你今天这么打扮终于不像个吸血鬼了，下午约了客户打高尔夫？"

"你觉得我会打吗？装备可以伪装，球技装不了，只是客户约在球场谈事而已。"司南今天一点都没有带他的高富帅面具，点餐时居然点了个腊味煲仔饭，能证明他在我面前很放松了吗？

"可不可以把你的坦率理解成信任？现在我算是你的朋友了吧？"虽然放下面具的司南让我感觉亲近很多，但这话还是挺厚脸皮的。

司南淡淡地回应："我没有朋友。"

"连芷兰都不算朋友？"

“芷兰？”提到芷兰的名字司南怔了一下，“她是爱人，不是朋友。”

话很刺耳，但我知道他心里的确这么想。“不要对我这么有敌意，这些天我虽然在调查你，但是越调查越欣赏你，这是真心话，如果我们不是情敌，我想和你做真正的朋友。”

司南苦笑了一下：“如果我告诉你，前天是我打电话告诉安董，你正和芷兰交往密切，不知道你还想不想跟我做朋友？”

“为什么？”我瞪大了眼，“这件事我可是一点都没怀疑你！”

“没有理由，做了就做了。”

“你无非是想把我从芷兰身边赶跑，可那天你不是答应不打扰她了吗？难道你不想有人保护她，帮她对抗安老头？你自己做不到的事情为什么不让别人做？”我有点生气了。

司南只是冷笑了一下，不做任何解释。

司南不接招，我的拳头便无趣地落空了。僵持了一会儿我投降了，毕竟我约他的目的不是来吵架。“算了，说过今天不提那件事，争论到此为止……其实今天我是来请教你的，在你们明珠集团面前，我这种小电商就是只蝼蚁，不过这几年我从无到有发展得还是挺快，但未来的路我很迷茫，能在这个残酷的市场存活几年我也不知道。”

听着我诉说困惑，司南那张扑克脸渐渐放松了下来：“最近我也上你的店看了，不是做得还不错吗？”

我苦笑：“电商想上规模都是表面热闹，赔钱赚吆喝，销售模式变革太快，刚把网店做起来人气就跑朋友圈去了，好不容易把微商琢磨透将来也肯定会出现别的模式，我不知道怎样才可以跑在热点前面。”

司南思考的表情：“其实这也是我一直在观察的问题，你以为传统珠宝销售就好过吗？我们的门店已经很大程度沦为网络销售试效果的地方了，你们血拼价格，你们搞七日退换，已经把最不可能线上交易的珠宝抢了不少市场份额。”

“那我是不是要说对不起？”

司南摆摆手：“市场这么大，谁也不可能一统江湖，当你没有能力创造热点的时候只有跟上，以万变应万变，以不变应万变，万变的是销售方法与时俱进，不变的是品质和良心。”

我认真地听着，心里突然有点感动：“没想到你也研究线上销售。知己知彼，是不是你们明珠这么多年来一直当行业领头羊的秘诀？”

司南淡笑：“知己知彼，不是跟样学样。希望能对你有点用。”

我频频点头：“茅塞顿开，谢谢你点拨。来，以茶代酒敬你一杯！”

情敌和对手也可以做朋友吗？至少在这个愉快的中午，我们聊行业现状，聊彼此困境，相互给对方找突破点。我们几乎是朋友，不，我们就是朋友。司南说话的深度和高度是任何一个狐朋狗友都没法达到的，我真心地佩服这个出身寒微凭一己之力登上事业大舞台的男人。

我们聊得很投机，煲仔饭也吃得很香，我几乎把芷兰和那件事给忘了，还是司南自己把话题转了回来：“我能问问芷兰的情况吗？”

“不太好。我整天提心吊胆，生怕安老头又找到她。你这次通知安老头实在不应该。”我语气平和，但内心是焦虑的。

司南的脸略为抽搐了一下：“在我看来，你对她的危险比安董大。”

我笑了起来：“没想到你还会开玩笑！我没你想象的那么龌龊！除非芷兰也爱我，否则我不会强迫她的！”

司南此刻的眼神是感动的：“谢谢你。”

“实话说吧，昨晚芷兰喝醉了，说了很多你和她的事情，说到怎么感激你救了万全，怎么攀岩去见她，她怎么为了避开你嫁给万全……她挺后悔的，一直说对不起你。”

司南目不转睛地听着，眼睛潮潮的：“你为什么要告诉我这些？”

“芷兰的过去是真实发生过的，而且一直影响着她现在的生活，既然我无法回避，就只能面对。希望你能帮我，至少我们一点是相同的，都希望她幸福。”

不知道为什么，我觉得转告芷兰对司南的歉意，能抚慰这颗心很久，在司南和芷兰的爱情里，他更像个一厢情愿的单恋者。

“我不怪芷兰，是我的爱太炽热，把她烤得只能逃跑。她和安万全结婚那天简直就是我的受刑日，我还要作为安董的秘书全程参加她的婚礼。那天芷兰特别美，但我知道她不快乐，她不像新娘，更像是把自己献上了祭坛，我也想象电影里那样去抢新娘，可是我什么也没做，因为从我出现芷兰就用哀求的眼神看着我，她是在求我千万别捣乱。婚礼很热闹，我盼望着奇迹会出现，盼望芷兰会在神父问她是否愿意嫁给安万全的时候摘下头纱说不愿意，那我会不顾一切带她走的，但是我失望了。安万全，那个幸运的小子，安董说从没见他那么高兴过……”

“你还真忍得住，如果是我，可能会想把他杀了。”我愤愤不平，把自己想象成了当年那个倒霉的司南。

司南苦笑：“我也想……”

我一惊，不知道该如何接话了。

“那天晚上我潜伏在安家的花园里，听着房子里从喧闹到安静，闹洞房的人全部都散了，我还在看着四楼他们的卧室，我也不知道自己在等待什么。突然，卧室的灯灭了，那个时候我觉得自己掉进了地狱……不知道过了多久，卧室的灯又亮了，两个人影出现在窗前，那是安万全和芷兰，安万全显得很激动，挥着手臂在向芷兰训斥什么，然后很重地甩了芷兰一耳光，芷兰倒下去了……”司南痛苦地闭上了眼睛。

司南没有挑明，但我知道他在说什么，作为一个男人我理解新郎的心情。一定是万全发现芷兰不是处女发飙了，像万全那样一个对自己和别人都要求完美的人，结婚前把芷兰奉为公主般尊重的人，一定没有想到芷兰小小年纪家教良好竟然会失贞，他会怎样对芷兰，我完全不敢想象。

“当时我捏紧了拳头，准备冲进安家去救芷兰的，但是很快安万全蹲下去把芷兰抱了起来，过了一会儿灯又灭了……那天晚上我知道了，是我毁了芷兰的幸福，我根本不应该出现在她的生活里……”司南的脸痛苦地扭曲着。

我忍不住想开导下他：“这万全也太古板了，都什么年代了，谁还把这种事当回事啊？可能他只是一时接受不了，芷兰这么好，慢慢会想开的。”

“芷兰婚后究竟过得好不好是我最想知道的，但这种事情没办法从别人那里打听到。因为工作的关系，我有时会去到安家，偶尔会碰上芷兰，婚后芷兰没有去上课也没上班了，她看上去有些憔悴，她不是个能伪装的人，快不快乐我一眼就能看出来，我很想问候一下她，但她每次看到我就像看到蛇一样，有多远就躲多远。后来有一天我跟着她进了书房，我说芷兰你不要害怕，我只是想知道你过得好不好能为你做点什么，芷兰一脸的惊恐，她说：‘只要你离我远远的我就会过得很好，我已经怀孕了。’当时我的心都碎了……”

我突然替芷兰感到非常难过：“芷兰真可怜，她这辈子恐怕从来没有真正舒心的日子，结婚前有个像黑山老妖一样的老妈，结婚后又有个像玉皇大帝一样的老公，还要躲着像定时炸弹一样的你。你们每个人都用爱的名义逼她爱自己，有没有想过给她自己要的生活？”

“如果她跟我在一起没有快乐过，我怎么敢要求她？”司南放在桌上的双手捏紧了拳头，痛心地看着我，“当时她都说了那样的话，我还能再纠缠她吗？当天我就去找了修远，问能不能到他那边上班，修远听说我是想减少和芷兰碰面的机会，很高兴地答应了。回过头我又找安董，说想去明珠那边学习，也是为了安氏将来有更好的发展，安董也非常高兴，就向车君推荐了我。”

“所以你就这样成了修远的秘书？”

“是的，最开始车君想要我做秘书，不过修远把我要了过去。”

“修远是不是比万全容易相处得多？”问完我发现自己的兴趣点还真不少。

司南沉默地看着我，未置可否。

我一下又想到了戚秀：“对了，你知道修远有个女朋友叫戚秀吗？”

司南略显惊讶，但是并不回答。

“我知道你是个特别有职业道德的人，保密是秘书工作的首要原则，但修远都过世了，他的未亡人怎么也算芷兰的亲人，我想着是不是让她们碰个面，将来互相照应一下……”

“不用了，她们不可能成为亲人的。”司南打断了我。

“为什么？”司南的武断证明他是知情的，我必须把戚秀没有给我的答案从这里拿到。

“这是两个女人之间的事情，轮不着我来说是非，这件事就到此为止……”司南看了下手表。

我知道司南该走了，可还是不甘心地说：“司南，你既然把我和芷兰的关系捅给了安老头，就是让她在我身边呆不下去吧，万一她愿意见你了，你打算怎么保护她？到底你还是安家的人，要是你和芷兰的事公开，安老头能把你杀了。”

司南毫不犹豫地说："如果她肯跟我走，所有荣华富贵我都可以扔下。"

我摇摇头："我不信，你如果能扔下现在就扔，何必要等芷兰点头，说明你还是留着退路。"

司南迟疑了一会儿："我……还有事没做完，得有始有终。"

"什么事？"我又好奇了。

"好了，我也要上班了，今天该说的不该说的我都说了，希望你早点让我见到芷兰。"

"司南！"我叫住了他，"能帮我办一件事吗？车君想要看修远小时候的相册，不知道还在不在他们海边的房子，你能找找吗？"

其实我不是为车君要的，是想帮戚秀要。虽然这个女人身上同样藏着一些我不知道的秘密，但可以肯定的是她对修远的感情，这也是修远需要的，也许她是修远最后最深的牵挂。

司南想了一会儿，略微点了下头。

22

回广州后正好赶上我们网店的周年庆，芷兰策划的促销活动非常成功，销售额猛增了好几倍，整个公司疯狂忙碌了几天才消停下来。那天快累瘫了的我接到了两个来自深圳的快递，我先拆了那个沉甸甸的包裹，原来是司南如约寄来的相册，记录着修远从一个流着口水的胖娃娃成长为一个英俊少年的历程，但奇怪的是只是修远的个人影集，来回找了好几遍也没有和芷兰的合影，也是我妄想，有的话早就被司南扣下了。

第二封是薄薄的资料件，寄件人写着安氏矿业，可能也是来自司南。我漫不经心地拆开了，里面只有薄薄的一张纸，定睛一看，全身的血液都凝固了。

这是一份亲子鉴定报告，被鉴定人是安万全和安慕兰。在一表格云山雾罩的数据下面，写着结果解释：父系可能性为 0.5%。

安慕兰是小乖的大名。

虽然我没有学过医，但这份亲子鉴定报告还是能看懂的，这意味着小乖不是万全的孩子！

没有猜错的话，这份报告是安老头寄给我的，他不再用撬门锁泼油漆这种小儿科了，直接揭开了我心爱女人最丑陋的秘密，我视若珍宝的姑娘有着如此肮脏的过去，安老头倒要看看我到底有多爱她。尽管无数次怀疑过、期盼过、否定过，在得到证实的这一瞬间，我才知道自己骨子里是如此相信芷兰的美好，还是被凭空一个炸雷劈倒在座位上，大口地喘着气，抱着垃圾桶干呕了好一阵。

半个小时后，浑身发抖的我敲响了芷兰的门，身着围裙的芷兰开门看到我，一脸的惊喜："笑阳，你怎么来了？正准备打电话问你要不要过来吃饭呢，煲了你最喜欢的菜干汤……”

我把那张鉴定报告扔在了芷兰脸上，报告书盖住了芷兰的笑容然后慢悠悠飘落在地，芷兰困惑地捡起来看了一眼，脸色立刻变得苍白。我踉踉跄跄地往屋内走，芷兰过来想扶我，我把手一抬，她被甩出了几步远，摸扶着沙发跌坐进去，那种天旋地转的感觉这才好了一些。

“对不起……”话还没说完，芷兰的眼泪已经掉下来了。

“不要再跟我说对不起！不要再跟我掉眼泪！我已经烦透了这一套！你就会用这副楚楚可怜的样子把刀子扎进每一个爱你的人心上！”我歇斯底里地吼了起来。

芷兰已经站不住了，她虚弱地扶靠在了身后的墙壁上，没有发出任何声息。

“从见到你第一面，我认定你是个不良少女而小乖是你的私生子，只想跟你玩一玩，到后来知道你的身世，我对你又怜又爱，你给了那么多机会我都没有碰你，是因为觉得你值得尊重，是因为相信小乖和你一样，都是清清白白的……你毁了我的信任！”

面对我乱七八糟一通叫吼，芷兰只是站在一旁全身颤抖地流泪。

看到她的样子我一点也没有发泄的快感，而是心痛如割：“你是不是觉得我很可笑？和你结婚的人不是我，让你怀孕的人也不是我，甚至被你甩掉的人也不是我，凭什么来跟你发火？我只不过是你落难的时候抓住的一根稻草，我是一张饭票……对，我他妈就是一张饭票！我像个傻子一样为你担心，为你东奔西跑，得到的就是你的隐瞒和欺骗！”

“笑阳……”芷兰声音哽咽地说，“你不是饭票，你是我喜欢的人……在展会你帮我赶跑大叔的时候我就喜欢你了……可是，我怎么能够喜欢你，我全身都是污点，我有那么多丑陋的过去，可就是这样的我，你还把我当公主……我经常问自己，还有什么可以为你做的……我多么想重新活一次，这样就能干干净净地喜欢你，和你有一份自始至终的爱情……”

芷兰泪流满面，我的眼泪也不知不觉掉了下来。

我走了过去，把芷兰抱在了怀里：“对不起……”

现在轮到我说对不起了。是的，芷兰如果要找个饭票，随时能找到比我有钱十倍的。平凡如我，能给芷兰的也就是一份平淡的安心，就是司南现在也比我强得多，他们有轰轰烈烈的过去，何况他们还有爱情的结晶……我的心又被刺扎了。哦，不，爱一个人难道不是要接受她的一切吗？

在我们全都平静下来后，我终于知道了芷兰婚后的生活。

“嫁给万全很匆忙，我以为这样就能最彻底地告别司南，但是我错了。那天晚上闹洞房的客人都散了之后，万全来抱我，他问我：‘你知道为什么我一定要等到结了婚才要你吗？你是我从小就酿好的一坛女儿红，我要等到酒最醇最香的时候再喝，别笑我老派，是因为太珍惜你！’……结果，结果，我让他失望了，他打了我，逼问是谁动了他的封印，整整一晚上，万全都在疯狂地要我，一边要一边逼问那个男人是谁。”

我于心不忍地问：“你说了吗？”

“我能说吗？我要是说了，司南那么辛苦才得到的机会就会瞬间毁掉，他和我们是不一样的人，我们随随便便拥有的生活，他可能要付出一辈子的努力。我拿定了主意不能把司南供出来，只咬定是在去云南旅行的时候被坏人强暴了。这样的谎言让万全稍微好受一点，白天当着别人的面万全对我特别好，每天晚上却都在逼问我被强暴的细节，为什么不报警，为什么不早告诉他……那种噩梦一样的日子是在发现我怀孕之后变得好起来的，万全的心思转移到了孩子身上，而司南也调去给哥哥工作，我不用再提心吊胆地看到他了。”

“你婚后真的没有和司南来往了吗？”我还是不确定地。

“我发誓没有！”芷兰一脸的痛苦，“你们根本不知道万全是什么样的人，结婚前我也只知道他是个很有教养，很爱整洁，对自己和别人都要求完美的人，却不知道他有那么严重的迫害妄想，那么严重的强迫症……”

“强迫症？”我想起了万全书架上那些书奇怪的摆法和衣柜里那些按颜色叠放的衣服，恍然大悟地给它们找到了答案，是的，安万全确实是强迫症！“万全是不是还失眠得厉害？”

“你怎么知道？”芷兰纳闷地问我。

我不知道这段时间的调查该从何说起，只得先截取了一段最简单的事实：“我爸跟安老头是老朋友，我们去了安家……”

芷兰吃惊地看着我。

“安老头现在已经知道是我把你藏起来了，这份亲子鉴定报告就是他寄给我的……”

芷兰把目光移向门口，像在思考着什么，我立刻握住了她的手：“芷兰，别瞎想，你不需要逃跑，我跟小区保安都打过招呼了，好歹也是个法制社会，我想一时半会他还不会对你怎么样，只是想让我离开你而已。”

芷兰把忧虑的目光转向了我。我赶紧继续解释：“虽然今天我很犯浑，请相信那不是我本意，干脆你和小乖还是住回我那边去吧，公司人多势众，我照顾你们也更方便些，同时也是告诉安老头，郑笑阳对车芷兰是真心的，不管她是什么样的人我都会在她身边。”

芷兰的眼睛又红了，我最见不得她为我哭，只得转移话题：“接着说你婚后的生活好吗？”

“其实不光万全有失眠症，我也有，因为他睡不着的时候就会折磨我。你不知道长期失眠有多么痛苦，人生都是黑暗的，活着没有一点意思，很长时间我特别害怕夜晚，是住到你家之后失眠才突然好了……万全的失眠症是从小乖一岁的时候开始的，因为小乖周岁宴的时候很多客人都说小乖长得像我一点都不像万全，这事就成了万全的心病。那天晚上我刚睡着就被万全摇醒了，他又要我说被强暴的细节，我给逼得没办法只好瞎编电影里的情节，说着说着万全就打了我，说我跟以前交代的不一样。我真的记不起来以前说了什么，最后万全说是什么我就全认，有时候实在是太困在被拷问的时候我睡着了，每次都会被他打醒，说他睡不着我也不能睡……”

回忆这样的过去对芷兰真的太残忍了，她在沙发上缩成一团，惊恐地看着某处，全身都在颤抖，就算我把她搂在怀里也无济于事，可是我必须要残忍一次，把事情彻底弄明白，否则这个噩梦还会跟随芷兰一辈子。

“你们每天晚上这么闹，难道安家父母不知道吗？万全这么欺负你，你家里人不管吗？”

芷兰失魂落魄地摇头：“我们就住楼上楼下，他父母怎么可能不知道！但是从来没人问过。有时我脸上身上会留下万全暴力的痕迹，我会用厚厚的粉底去掩盖，我不能让妈妈和哥哥知道。一切都是我的命，只要小乖还好好地在身边，所有的痛苦我都能忍受。”

“那司南能忍受？我不信。”

芷兰脸上浮起一丝凄笑：“你说得对，有一天我推着小乖去公园散步，被司南给拦住了，那天刚好我的眼睛被万全打肿了，我戴了个墨镜才能遮住。司南问我过得好不好，我说特别好，司南抢下了我的墨镜说我在撒谎，他经常晚上蹲在我家花园里，听到也看到过万全对我动粗，他劝我离婚不要再对这个婚姻有什么幻想了……”

“莫非，你又和司南来往了？”我试探地。

“不不，绝对没有，我被万全打怕了，连跟别的男人多说一句话都胆战心惊，怎么可能会出轨？那天我几乎是歇斯底里地让司南滚开，我要他永远都别再出现在我的生活里。但是，我的忍受并没有让日子好过一点，终于有一天，万全说要带小乖去做亲子鉴定，当时我也挺赞同的，我以为这样可以解了万全的心结，万万没有想到鉴定结果出来竟然是这样……”

芷兰指着地上那张亲子鉴定报告，痛苦地闭上了眼睛。

我还是有些存疑：“我问这个你别不好意思，最后一次跟司南私会是什么时间？”

“平安夜的前一晚，12 月 23 号，就是那晚司南要我跟他远走高飞，才让我下决心第二天去问万全，万全说如果我变心会把我和我爱的人都杀掉，我才一时糊涂提出跟他结婚。”

“你们是元月 9 号结的婚，小乖是 9 月 15 号出生的，孩子是谁的难道你不知道吗？”

“我的经期不太准，小乖出生的时候医生说超过预产期了，连胎盘老化了，还是打催产素生下来的，那时候想都没想过小乖可能是别人的孩子。”

“那司南知道小乖是他的孩子吗？”

“不知道，虽然万全天天跟我闹，我打死也不会把这件事告诉司南的，小乖就是我的孩子，我不想她有个那么不光彩的来历。万全知道结果之后简直发疯了，他每天都恶毒地诅咒我，骂我和妈妈一样都是不要脸的坏女人，我求他离婚他却不肯，他把我手机里所有男性联系人都逼供了一遍，就是要查出谁是孩子爸爸。万全知道结果的时间也就是他出事的前一个月，到后来他已经精神恍惚得厉害，有时候在晚上他折磨我的空当，我迷糊一会儿醒来，会发现他朝外坐在窗户上发呆，出事前一周，他在书房也闹过一次跳楼，让安董给拦了下来……”

“啊！”我吃惊地说，“这么说出事前万全已经有自杀倾向？”

芷兰黯然地说：“不知道，反正结果是他死了，还连累了哥哥……”

“这些事情你都跟警方说过吗？”

“没有，安家不让我说，万全那么要求完美的一个人，不能死了还因为我沾上污点。”

“那你妈还要我查什么死因！我看就是安万全跑到你哥哥办公室闹自杀，然后你哥哥去救他，结果两个人一起出事了。这个安万全死得活该！把你折磨得这么惨，还害了你哥哥！”我咬着牙恨恨地。

芷兰打了个寒战，心有余悸地捂住了头，我心疼地搂住了她：“都过去了，咱们以后再也不提这件事了，我们去接小乖看电影吧？”

芷兰脸上还挂着泪，给了我一个感激的笑容。

23

其实我还有很多疑问，为什么戚秀对芷兰如此敌视芷兰却不认识她，修远和万全究竟是怎么出事的，已经排除谋杀嫌疑的司南现在又找到了新的作案动机。以我对他的了解，他一定想解救芷兰……可不管是什么我都不想再查了，让这件事情到此为止吧，我觉得这件事里每个人都可怜，每个人的过错都情有可原，哪怕是让我想起来就咬牙的万全。

在电影院听着小乖和芷兰不时发出的笑声，我心里有满满的感动，我给她们安心，她们给我幸福，这就是我以后最想要的生活了，何必再去翻旧账，牵手的路还会风雨兼程，只求这一路有她们同行。

看电影的空当接到了肖律师打来的电话，我让他查司南原籍所在地的事有眉目了，老肖通过司南目前户口地的管辖派出所，调阅了司南调户口之前的户籍所在地，确实是一个叫汨罗市的一家社会福利院，如果想了解他的家庭背景，那家福利院肯定有原始档案，老肖建议和我去一趟湖南，把事情彻底查清楚。我却告诉老肖不想再查这个案子了，老肖不解地问我原因，我怔了一下才回答："为了活着的人。"

拿定主意不再查这件事，但还是有两件扫尾工作要做：第一，把我了解的前因后果原原本本告诉车君，也是想劝狱中的车君放弃追查，免得无谓地自我折磨；第二，把修远的相册去送给戚秀，这原本是我想套戚秀真话的武器，但现在我只想真心地送去一份安慰。

这次见车君，她仍然是一见面就急切地发问："查到什么新线索没？"

眼前这个和安老头一样经历了丧子之痛的母亲，也同样把悲痛化为了力量，一个对车君一家穷追猛打，一个则固执地把追查那个根本不存在的凶手当成了余生重任。我几乎是竹筒倒豆子地把芷兰和司南的关系，万全对芷兰的折磨和修远与戚秀的交往全倒给了车君，最后还把那张亲子鉴定报告贴在隔离玻璃上给车君看。车君全程都在惊诧地摇头："这怎么可能？这怎么可能？"

"车董，这些全都是真实发生的事，为了您这个母亲的梦想，您知道您的孩子们做出了多大的牺牲吗？"

车君喃喃着："他们为什么不告诉我？我难道就那么不近人情吗？"

"您岂止是不近人情，您把自己这辈子的苦难和梦想全都压在了孩子们身上，您剥夺了他们的身心自由，您这个母亲，只能打30分！"我越说越生气。

车君沮丧地低下了头，好像一下子苍老了好几岁，过了好久才慢慢说道："笑阳，谢谢你告诉我这些，还能请你帮我办两件事吗？我想见见司南和戚秀……"

"您有完没完？还在怀疑他们吗？还没折磨够他们吗？"我愤怒地喊了起来，"反正不管您怎么说，我都不会再查下去了，哪怕真的有凶手也不会查了！"

"不，戚秀是修远爱的人，修远生前没能给她个名分，我想替他道个歉，就是不知道戚秀愿不愿意接受我这个阶下囚的忏悔……"

这句话让我舒坦了很多，我慢慢平静下来。

"至于司南，我以前没有太留意他，也没想到他跟芷兰有那么深的关系，既然芷兰那么爱他，我想跟他聊聊，也跟他道个歉……"

"这个就不必了，发生了那么多事情之后，芷兰现在根本不愿意见他，而且也不想让他知道小乖是他的孩子。"还有句话我没说出来，现在芷兰喜欢的人是我，要给芷兰未来的人也是我。车君这种人，永远高高在上搞不清状况！

车君思忖了一会儿："那这样，修远的办公室……不，现在是司南的办公室了，他套间的衣帽间里还收了些修远小时候的玩具，不知道他们清掉了没，方便的话你帮我去找找……"

"什么？那个办公室我去过好几次了，哪有什么套间，就一个大通间。"我纳闷了，同时也想起安老头说司南经常住在办公室，他不会每天睡沙发吧？

"哦，你有所不知，书架墙后面有一个套房可以住人，以前修远就在那儿午休，开关做得比较隐秘，在书架左边第三层第六格，这是修远的设计，他说办公室直接看到住房会风水不好，所以 80 楼和 79 楼都是这样的设计。”

这么隐秘，难怪我去了两次也没看到。那一瞬间我已经平静的脑子里又激起了很多乱七八糟的念头，但只是一瞬间，什么也没捕捉到。

“如果你能帮我拿到，就全部给戚秀吧，那些东西对别人不值钱，可能戚秀会珍惜的。”

我点点头，虽然是亡羊补牢之举，终于流露了车君作为母亲的本性，我也第一次因为车君感到了一丝暖意。

又一次要去骚扰司南，我感到了一丝歉意，为找一个合适的借口挠破了头皮。案子是放弃追查了，也不想再逼问司南什么问题，再拿请教生意的由头实在显得无耻，最后还是决定把车君想见他的想法转达一下，因为芷兰，司南一向对车君没好感，想来他也不会赴约。

没好意思直接约司南，这次我是到了明珠大厦一楼，然后让保安给司南秘书打电话，再请示司南是否可以接见我。我想着万一司南不愿意就算了，反正有修远的相册给戚秀，多不多修远小时候的玩具不过是锦上添花。意外的是司南竟然让我直接上去。

又一次站在了这间诡异的办公室，我仍然是硬着头皮才敢进去。司南像第一次一样从龙椅后面绕出来迎接我，还没等他开口，我立刻致歉：“今天我不是代表我来的，千万别烦我。”

司南领着我在沙发坐下，淡淡地说着：“我说烦你了吗？”

“你不说我也得有自知之明，我要是你，早把我打到南极去了。”

司南难得地笑了：“我能奢望你代表芷兰来找我吗？”

“不，我是代表车君来的……”

司南停下斟茶的手吃惊地看着我。

“我把你和芷兰、修远和戚秀的事都告诉车君了，我觉得她开始忏悔了，说希望能见见你和戚秀，跟你们聊一聊。”

司南想了一会儿：“行，我现在就跟你去见她。”

我刚喝了一口滚烫的茶，差点喷了出来，司南答应见车君是我所料未及的。“不不，今天见不了，这周的探监时间我已经用完了，想见也得下周。”

司南落寞地端起了茶杯。

“你为什么肯见车君？”我实在忍不住要问。

“你可以理解为我想见芷兰想疯了，所有跟她有关的人我都愿意见，包括你。”

我尴尬地笑着：“我没那么讨厌，那件事我打算放弃追查了……”

“哦？”司南诧异地看着我。

“现在芷兰和万全的婚姻是什么样子、万全是个什么样的人我也大致清楚了。万全死了对她是种解脱，再查来查去还有什么意思？说实话我也烦了这个案子，对它的好奇心已经没了。”

司南脸上露出了发自内心的笑意：“笑阳，谢谢你。”

“谢我干吗？我是你情敌，现在胜算比你大。如果芷兰选择了我，你可别恨我。”

司南微笑不答，给我续满了茶杯。

“对了，还有一件事要拜托你……”我想起了车君要找修远的玩具。

这时司南的手机响了，他接了起来，皱着眉头听了一会儿，然后捂着电话对我说：“我有事要下去处理一下，你在这里等我吧，很快就回来。”

司南边听电话边往电梯间走了，只留下我独自在这间偌大的办公室。明媚的阳光洒满了整间屋子，也许是冷气太足，只觉得领子和袖口都凉飕飕有风往里灌，越是心虚，目光越被吸引地往那扇致命的窗子看了一眼。还好，一切如常，只是一眼我立刻转开了目光。只要多想一下那个诡异的事件就头皮发麻，我这种人肯定不能干革命，如果被俘只要敌人装鬼吓吓只怕就会投降。

当目光落到司南龙椅后面的整墙书架时，我突然想起了车君说的套房，不禁走过去，数到书架左边第三层第六格，这是一个放着一套莫言文集的格架，似乎看不出什么异常，直到挪开几本书，露出了里面一个白色的按钮开关。我好奇地按了一下，只听得轻微的马达声中，书架像两扇大门一样从中旁开，露出藏在里面的另外一个天地。

这是一个蓝、白、灰三色调的卧室套间，一看就是司南喜欢的风格，和办公室一样，这里拥有着无敌的超高层城市景观，留意了下整面的玻璃墙，这里没有开通风窗，也就是说，办公室那扇大通风窗确实是79层惟一的窗户。卧室的摆设很全，像个奢华又低调的超五星宾馆，床头柜上摆着一叠杂志，远远地看了一眼，全是英文版的《国家地理杂志》，这应该是受了芷兰的影响。

我好奇地打开洗手间看了一眼，大浴缸大淋浴间大洗手台全自动马桶一应俱全，有钱人真会享受。不过在这里我发现了另一扇窗户，面积小很多，也是下外推式的，想来是给浴室散潮通风用的，我还特地越过浴缸去开了下那扇窗户，同样只能推到一张 A4 纸的角度，如果不是铆钉锁死的话，这也是够一个大男人掉下去的，想到这里我打了个寒战。

怎么又吓自己。

从浴室出来，惦记着要帮车君找修远的玩具，于是我推开了更衣室的门。虽然是个位于内间的暗屋子，但一开门屋里灯就亮了，这个更衣室居然比我的卧室还要大。司南的衣服不多，仅仅只是放了一个柜子，他的衣服虽然也叠挂整齐，但没有像万全的衣柜那样严格分类。司南是个正常人。真好。

大部分柜子都空着，当开到最后一个柜子的时候我已经不抱什么希望，修远都死了一年多了，他那些旧物怎么可能还被新主人留下。最后一个柜子是最大的柜，打开一看，居然里面有东西，不过不是衣服，而是两副担架。

担架。对，像是医院拿来急救用的担架，不过这两副担架已经很破旧了，而且很脏，深绿色的帆布面上已经留下了很多肮脏的印迹，我打开看了一眼，觉得担架上的深紫色印迹有点像个人形。是的，两副担架都有人形印迹，我仿佛闻到了担架散发着的消毒水的味道。

那一瞬间我整个人都起鸡皮了，赶紧把担架塞了回去，然后关好更衣室逃出来，再按下书架里那个白色按钮，书架门缓缓地在我面前关上了。

回到沙发上，我喝了一大口茶来压惊，心脏在胸膛里疯狂地撞击着，全身乏力像虚脱了一般。

见到过各种稀奇古怪的收藏，还是第一次见着这么变态的。

这时正好司南从外面走进来，他难得地一脸笑容可掬："笑阳，又让你久等了，你刚才说还有什么事找我？"

"啊？"我还没回过神来，被司南抓了个睁眼圆，"哦哦，是这样，呃，有个，有个为难的事儿，芷兰说想家了，不知道方不方便安排她回海边的房子看看？

当然，你不能在场，也千万不要让安老头知道。”

情急之下我编了一个蹩脚的谎言，第一直觉不能让司南知道我进过他的房间，而芷兰是惟一能转移他注意力的法宝。

司南果然露出了惊喜的表情：“当然可以！只要是芷兰想做的，我什么都可以为她做！我需要一点时间安排下，把里面的人员调开，这些都是小事……不过，我可以看她一眼吗？我不出现，只要远远地看她一眼就行，可以吗？”

这实在不是个过分的请求，我答应了，但能不能把芷兰带回城堡心里还没底。这天告辞时司南把我一直送到了停车场，兴奋地规划着芷兰来那天他该准备些什么，认识以来还是第一次看到他高兴成这样。而这仅仅是因为我替芷兰做主，让司南得到了一个远远看她的机会。

我怜悯司南的痴心，同时也下了个结论，一个在卧室里藏着担架的人，一定有着不可告人的秘密。

24

从明珠出来我已经没有心情去给戚秀送相册了，第一时间打电话给了肖律师，当听到我要立刻、马上去湖南调查司南的家庭背景，一直那么职业冷静的老肖问我是不是疯了。

我确实是疯了，这一个多月来几乎每天都奔波在路上，为的就是这件我已经厌烦的破案子，我不是警察也不是受害者更不代表正义，到底它跟我有没有一毛钱关系？我是该痛恨它，它让我心爱的女人活得像一只惊弓之鸟，可我也该感谢它，是它把我的姑娘送到了身边。

无论如何，我想了结它。彻底地。

两个小时之后，我和肖律师坐上了最快去湖南的高铁，听了我在司南办公室的新发现，肖律师脸色变得很凝重，他负责任地肯定了我的发现很有价值。高铁一路呼啸北上，我的心情很复杂，既希望揭开谜底又害怕结果，开始希望此行是为了帮司南洗脱嫌疑而非验证有罪，我已经把他当朋友了，对他的欣赏甚至不亚于芷兰。哦，我居然喜欢上了一个男人，也够变态的。

到达汨罗的时候已是下午四点，在当地人的指点下，我们坐上了一辆叫“踩死”的带棚三轮车，一路“叭叭叭”地到了那家社会福利院。幸好带了肖律师来，找这种公益机构公关，老肖的律师证还是十分管用的，只是两个回合之后，院长就亲自接待了我们。这位年近花甲的老院长据说在这家福利院已经工作了二十年，没有理由没见过司南。不过老院长带着老花镜看了手机上的照片很久还是没有印象，那是我从网上新闻下载的司南的照片，照片上的他西服笔挺气宇轩昂得像个超模。

老肖对我摇摇头："司南 18 岁就离开福利院了，现在都十几年了，估计模样变化挺大的，咱们能不能请老院长查查十几年前的档案？"

老院长非常配合，叫了两个老师帮忙翻档案，终于在找到了 15 年前司南入院的登记资料，老院长一看资料上的照片就喊了起来："哎呀，就是南伢子啊，我想起来了！"

我和老肖对望一眼，都是喜出望外。

"这个伢子是 14 岁到我们福利院的，好可怜的，他父母亲都死了……"

我既替司南难过又有些安慰，至少我现在排除了司南是安老头的私生子，也便是排除了一个俗套的私生子复仇记的动机。"我们能知道司南父母的死因吗？"

院长戴上眼镜看一眼档案资料："火灾。不过具体是怎么回事我们这里就没有登记了。"

火灾？我心里一惊。

"这个伢子在我们福利院住了四年，刚来的前半年几乎没主动讲过一句话，不过很多家庭突然遭到变故的小孩都有这种应激反应，我们的老师做了很多思想工作。我对他印象很好是他很懂礼貌，从来不跟别的孩子争什么，一有时间就一个人看书，我们图书室的书不到半年他就用课余时间看完了，来这里读了一年初三就考上了重点高中，成绩也一直很好，高考他考上了地质大学，还是学什么……珠宝设计专业……"

"那他为什么没去读书？是没钱读吗？"我太惊讶了，如果司南当年去读大学的话，那他就是我师兄了，以他的天分和努力，在设计上的成就绝不会低于芷兰。

"怎么会，我们已经给他找到了资助人，就算没有资助人，只要打个报告，他成绩那么好，政府也会帮他读完大学，是他自己不去读的。"

我皱起了眉头，司南这个人实在是不按常理出牌。

"拿到录取通知书那天我们院都轰动了，这是建院以来我们这里第一个考上大学的孩子，对这些孤儿们是很大的鼓励。我记得那天把录取通知书送到司南宿舍，好多人都跟进来看热闹，司南拿着录取通知书看了一看，他笑了……对了他很少笑的，那好像是他在这里几年惟一一次看到他笑。司南笑完就把通知书给撕了，当时我们所有人都'啊'的一声叫了出来，我惊讶地问他怎么回事，他说：

‘院长妈妈，我不去读大学了，我还有更重要的事要做。’”

“什么事？”我和老肖同时问了出来。对一个孤儿来说，读大学是最好的前途，会有什么事情比它更重要？我不敢联想。

老院长摇摇头：“我也问了，不过他没说，我们几个老师苦口婆心劝了他两三天，他就是一口咬定不想读大学，后来我都发火了，问他：‘你不读大学去参加高考干什么？’司南说：‘考上大学是我给自己定的第一个目标，我参加考试是看自己能不能达到。’……你们说这伢子怪不怪。”

我和老肖都心事重重地点了点头。

老院长似乎想起了什么，紧张了起来：“你们知道他现在怎么样吗？不会是犯了什么事吧？”

我赶紧解释：“您放心，司南非常优秀，现在是一家上市公司的总经理，他没有丢您的脸，还为这些孤儿们争了光！”

“太好了，太好了，我就知道这个伢子会有出息。”老院长高兴地抹着眼泪。

“不知道司南老家是哪里，还有些什么人，我们也想去寻访一下，哦，是这样，我是电视台的记者，想报道一下司南司总，他这种寒门子弟能奋斗到现在这个位置真的不容易，我们觉得他的故事非常励志。”

这是个很冠冕堂皇而且很给司南面子的理由。老院长非常高兴地找出了司南入院登记时填报的地址，是一个叫白水镇青源村一队四组的地方。千恩万谢地告辞出来，老肖看着我直摇头：“董事长选你来做调查真是选对人了，你是比警察更缜密比狗仔队更厚脸皮的变色龙。”

我没有心思跟老肖开玩笑。天气已晚，只能明天再做打算。我们在福利院附近找了个大排档，跑堂的向路边掌勺的高声报着我们点的菜名，掌勺的把锅子快活地甩得老高，辣椒、大蒜的呛香和夏日的热浪一起包围着我们，不远处是个广场，大妈们正甩着膀子跳得欢快。我回望了一下福利院的宿舍楼，窗口有几个孩子正探头看着这边，这一派活色生香的小百姓安逸明明近在咫尺，对于司南这样的人来说却如此奢侈。

“你在想什么？”

这好像是老肖最近特别爱问我的问题。“我在想还要不要查下去，越接近真相我就越害怕，像司南这样的人，即使犯了错，我相信也是可以被原谅的。”

“对于我们来说，法律是衡量对错的惟一标准，不管你是什么人，什么原因。”

我盯着老肖：“你们搞法律的人都是些冷血怪物。”

白水镇青源村一队四组位于一个山坳坳里，说是一个组也不过五户人家，而且每家隔了一个山窝，而且五户里有四户只有空巢老人和留守儿童，青壮年们全部出去打工了，老人、篱笆和狗是这些寂寞的人们全部的生活。跟他们打听司南，乡里人倒是很热情：“司家人早就死光啰！只有一个细伢子还送到福利院去了。”

“不会吧，总有一些远房亲戚什么的吧？”

有个老人想起司南确实还有一个堂叔，于是指点我们又走到了另一个山坳，我们找到了正在田里劳作的一个精瘦黝黑的老头。照例堂叔先问了我们的来意，我说是司南以前在福利院的同学，如今失去联络很多年很想找到他，就通过福利院找到了这里。堂叔立刻表达了司南也多年没联系过他，但讲起司南这个人，他似乎有一肚子的苦水要倒。

坐在田埂边的树荫下，三个人，一包烟，在知了声声和麻雀啾啾中，我们终于得知了司南的前世今生。

“我那个堂兄弟司伯先，也就是南伢子的爸爸，他在我们乡下是个脑壳灵泛的人，很早就带着堂客陈桂莲到广东打工去了，后来我叔叔过世之后没人带南伢子，他们就把南伢子也带到广东读书了。我们好多年没联系，那年大队部突然找我，说我兄弟一家在广东出事了，我兄弟这边也没其他当家的人，大队部要我无论如何去广东一趟。”

“他们在广东出的事？”我心里又是一惊。

“到那家医院的时候，我兄弟和老弟嫂已经只剩下半口气了，烧得那个样子啊都认不出人了，说是全身95%的烧伤，要治的话怕是上百万也不见得能保到命，我们哪来的钱啊！医院把他们扔在太平间，说最多一晚就会去见马克思。我那个南伢子都哭傻了，问他是怎么出的事为什么没有老板管都不会答话了，医院还拿了个放弃治疗的单子要我签字。我怎么能签那个字呢？我一冒得钱二负不起责任，再说让乡里乡亲知道是我放弃治疗的话，我担不起一世的罪名啊！南伢子看着他父母那个痛苦的样子，他说他来签字，14岁啊，他才14岁，要签那个放弃治疗的字，我不晓得他怎么签得下去的……"

我的心好像被堵了一块大石头，想哭却哭不出来的感觉。

"那晚南伢子就在太平间守了一晚，讲实在话我都怕得要死。因为那里停了好几个死人，只有他父母是吊着半口气的，医院来催了几次要我们出去，南伢子就是不肯走。我上半夜还陪着他，半夜三更的时候真的太吓人了，他父母喉咙里发出的那种咕咕声，现在想一想我还困不得觉，实在是对不住南伢子，下半夜我受不了逃走了……第二天早上我去的时候他们两个已经走了，南伢子一滴眼泪都冒再流了，殡仪馆来收尸的时候医院连担架一起扔上了车，南伢子问医院的人是不是不要担架了，医院的人嫌弃得不得了，讲那么脏还有什么用！"

原来这就是那两副担架的来历，石头已经堵到了我的嗓子眼，一句话也说不出来了。

"反正我是带着南伢子和两个骨灰盒两副担架回来的，抢救的钱、火化的钱都是我出的，我还债还了好几年，也算尽了力了。回来后大队部问我能不能收养南伢子，我说当然是我收养不然他还能去哪里，只是我家条件也不好，南伢子要跟着我吃苦了，南伢子却让大队部把他送到福利院去，那么小的伢子这么有主意我还没见过。我怕别人讲我这个堂叔的闲话，做了好久的思想工作他都不肯，哎……也是各有各命，这么多年也不晓得南伢子到了哪里，他从来都冒回来过，但是逢年过节我都会收到他寄来的钱，好多好多钱，我都不敢用，我怕南伢子还怪我当年冒陪他……哎，你们两个这是怎么了？"

我看着肖律师，肖律师也看着我，我们发现对方同样两眼通红。

堂叔带着我们去山里看了司伯先陈桂莲夫妇的坟墓。一条青石板路直通到半山一个新修的水泥合葬墓，墓地周围的杂草除得干干净净，墓碑也是新打的，立碑人是孝子司南。堂叔说是用司南寄回的钱新修的，每逢祭日、清明、七月半他都会来拜祭，他觉得这应该也是司南的愿望，希望司南哪天突然回来时不至于看到父母的墓地太凄凉。我请堂叔帮我放了一挂鞭炮，替司南在坟前磕了三个头。

我在坟前祈祷：叔叔、阿姨请安息，请你们保佑司南平平安安心想事成，但千万不要因为你们的死让他变成一个背负血海深仇的恶魔。

下山之前我看到墓地附近的一株野菊花开得正艳，摘下一朵夹进了钱包。

回程的高铁我们一直没有说话，整个世界乌云压顶。直到快进广州了我才问肖律师："咱们不查了行吗？"

"不，事情查到这个程度已经不能是你我说不查就不查的，作为一个律师的职业道德和良心，我必须对真相负责。"

去他妈的真相。老肖那张松垮垮的脸现在看起来特别讨厌。

25

拖着疲惫的身心打开家门，穿着家居服的芷兰笑吟吟地来给我接包拿拖鞋，一桌子热腾腾的饭菜在等着我，差点忘了已经安排她和老四调换住处了。今天是小乖的上学日，老四住时的乱象已经不见，家里焕然一新，又回到芷兰第一天来时的洁净和温馨。芷兰有一点特别好，从不追问我在干什么，总是无条件地信任我，不像我那些没有断奶的前女友，一分钟不见人就要问去哪儿了。

饭在桌上，妻在床上，我从来没有像现在这样渴望拥有自己的家庭。我深深认识到，家给一个男人的幸福感不是一夜情和钟点工能够取代的。

但，前提是两情相悦。

饭菜很可口，可我一口也吃不下，还没办法从司南父母的悲惨世界里挣扎出来，我放下筷子搓了搓脸，努力想搓去心里的阴影。芷兰敏感地问："怎么了笑阳，咸了吗？"

"不，非常好，只是我没有胃口。"我捏住芷兰的小手放到嘴边亲了一下，"可能是今天太累了，我先回办公室休息，你也早点睡吧。"

我站了起来，芷兰略有些歉疚地说："要不你就睡这儿吧，我去睡那边……"

呆呆地看了芷兰一会儿，突然不想走了，虽然不知道芷兰对司南究竟了解多少，但我决定把司南的身世告诉她，哪怕她听了之后决定离开我，我也要说出真相。把芷兰拉到沙发上，我艰难地开了口："芷兰，本来答应你不再提过去了，但是有一件很残酷的事情你必须知道，我有责任让你知道真相……"

十分钟后，芷兰已经变成了泪人儿，而我也红了眼圈，心头压抑得像暴雨要来临。说出司南的身世只是我想讲述的事实，更重要的是我的猜测："芷兰，现在我们还不知道司南父母究竟是怎么出的事，但我想一定跟你家或者安家有很大的关系，如果真的是这样，那他从一开始接近你们就很可疑……”

芷兰哭喊了出来：“不是这样的，司南不是坏人，只是我不知道他还藏着这么悲惨的过去……”

“如果，我是说如果他来到你身边真的是另有目的，你告诉我现在该怎么办？”

芷兰握住了我的手，怔怔地看着我，眼里全是哀求：“就算他别有用心，也一定是我们先对不起他，他不会伤害我的，求求你别再查了，放过司南吧……”

我就知道芷兰会有这反应，表面上她躲着司南，其实心里始终装着他，初恋在一个女人身心烙下的封印是无法消除的。我的心情比刚才更难受了，一把抱住芷兰，把头埋在她的头发里，痛苦地追问：“如果他父母的死真的是你妈妈造成的，你会因为内疚离开我回到他身边吗？”

芷兰没有答话，只是用力抱紧了我。

我不知道这样的拥抱是出于她感激、怜悯还是留恋，也许下一秒钟，她就会像我发过的一场春梦一样消失。我们就这样痛苦地恐惧地各怀心事地紧紧拥抱着，直到芷兰抬起头探索着，在我的耳畔、脸颊、眼睛缓缓烙下一个个印记，最后给我送上了一个略带咸味先咸后甜的吻。这是她第一次主动吻我。她娇嫩的双唇如饱含蜜汁的花瓣，在触到她的瞬间我突然变成了一棵蒲公英，在阳光下轻轻飞翔、缓缓降落。

世界静止了。

她停了下来看着我，温柔却不容反抗：“笑阳，要我。”

此刻我看她的眼神一定是非常挣扎的：“我说过，只有等你爱上了我，我们才可以……”

芷兰突然起身骑坐在了我身上，她像个举着皮鞭的主人一样居高临下地看着我，我们的脸上都还残留着刚才的泪，就这样她上我下地沉默地忧虑地对视着。她薄棉家居服里的凸起与我的眼睛平齐，那可是让我无数个夜里辗转难眠的身体，此刻我却没有伸手进去的想法。

她突然俯身下来，再一次吻住了我的唇，这次的吻热烈如一个饥饿的婴儿。

我从来没想过如此温柔的她却有着飓风旋涡式的吻，毫无欲望的我几乎在碰到她的第一秒钟就被点燃了，我身不由己地跟着她旋转，旋转。

不知道过了多久，我用最后的力气推开了她，喃喃问着：“告诉我，是因为爱我还是因为爱他？”

芷兰不答，抓住自己的家居服一撕，纽扣和衣服都应声而落，呈现在我眼前的，是全世界最美丽的雪峰，全宇宙最迷人的鲜花。她用最猛烈的炮火向我发起了进攻，一点喘气的机会都不给我。我的意志瓦解了，我像头被放出牢笼的狮子一样，一头扎进了我的宝藏，喘息着对她一通搓揉啃咬，然后抱起她扔在床上，扑了上去。

从来没想过我们的第一次会是在如此痛苦的心情下发生，从来不曾拥有，却强烈地感觉要失去，于是这个第一次便如同出征般悲壮。

我一刻也不愿和她分离地撕咬着，而她也同样热烈地纠缠、吮吸着我。那是火山爆发式的热力和猛烈，那是野兽将死前的怒吼和挣扎。我知道她现在和我一样痛苦，甚至和拥有对方的欲望一样强烈。我们像穷途末路的两个孩子，偎依着取暖，厮杀着求援。

我眼前有许许多多画面，太平间的担架，万全的墓碑，司南的眼神，小乖的笑脸。我只能用更快的节奏和更强的力度来撞碎所有痛苦和绝望，而每一次碰撞，身下的她都会发出娇弱无力的，令人意乱神迷的呻吟。

终于，一阵海啸般的浪潮汹涌而来，送我攀上了一个前所未有的高度，然后在高空炸开一朵蘑菇云，身体每一个部位的闸口都被打开，炮弹依次减力连发喷出。

所有的幻象都消失了。

我长长地低吼了一声，跪败在她裙下。

我的脑子被清空了，人也清醒了过来，看清了芷兰羊脂白玉般的身体到处是被我抓红的印记，我心疼地抚摸和亲吻着那些地方：“兰，对不起。”

芷兰也心疼地抚摸着我身上她的指痕，低低地问：“阳，疼吗？”

我们对视着，此时的眼里只有对方一人，我们再一次拥抱在一起，这次的拥抱是深情的、温柔的。我在她耳边低语着：“我从来没有像现在这样渴望一个女人爱我，似乎也感觉到你是爱我的……”

没等芷兰回答我就害怕地捂住了她的嘴："你什么都别说，千万别说，你把自己给了我，那就算爱。"

黑暗中芷兰双眼熠熠，流光溢彩。

在不停的亲吻中，我们开始了第二轮的追逐。这次是柔情的、从容的，如我一直以来梦想的那样，我用亲吻探索了她身上每一寸神秘花园。如果可以抛开所有故事纯粹只评价现在的芷兰，那她真的是个绝世的尤物，太青涩和太老到的女人我都不喜欢，而她，娇羞如初春的冰雪，热烈如末日的夺掠，享受如盛世的王爵。

她的身体就是令人无法自拔的泥潭，潮湿、火热，每一次探不到底的尝试，都会拖泥带水拉动更强磁力的探索。感谢前女友们把我的枪棍磨得火力十足，第二次我就轻松找着了芷兰的兴奋点，轻轻搅拌几下她便发出了销魂的呻吟。她身体紧绷得像一张满弦的弓，抱住我臀部的手指深深掐陷进去，迎合着我的节拍肆无忌惮地旋转着。有那么几秒她突然停下了动作，似乎屏住了呼吸，也没有发出任何声音，就像是不想太快攀上高峰需要在最后一个平台歇歇脚，以积蓄力量发起最猛的冲刺。我也随之把动作放缓，放轻，放柔，如春风拂面，如小溪奔流。短暂的歇停之后她以百米冲刺的速度冲了上来，她的肌肤开始爆起一颗颗小豆粒，掐着我的手指力度猛地加大再一点一点地被抽走，然后她突然喊了出来。那令人发疯的十几秒里她全程叫的都是我的名字："笑阳……阳……啊……阳……"

这是我听过我名字最动人的叫法，没有之一。

这一晚，我们从华灯初上做到了晨光微明，我迷恋她叫我名字的方式，迷恋她那时双颊潮红微汗战栗的神情，我知道在那个时刻她的生命里只有我一个人，我渴望这样的时刻能多一些，久一些。

但是，再美的时刻也是要结束的。黎明前我还像个八爪鱼一样和她纠缠着，我们同向而睡，她的头枕在我臂上，我的手揣在她怀里，把玩着掌中的蜜桃。就像那个在哭泣中沉睡春梦中醒来的清晨一样，只是这次我和她之间再没有距离。

性，其实是检验是否爱一个人的方式。多少次我和一个陌生女人一起醒在这样的清晨里，性的极度满足过后是极度的厌倦，身边的女人一到结束就变得丑陋和恶心是件很困扰的事，提上裤子就走人的事我也干过不是一回两回。像这样得到了她之后还会是更强烈想拥有的感觉，还是破天荒头一遭。

“兰，你想家吗？”

“想，特别想，有时候一觉醒来以为自己还睡在海边的房子里。”她像个老婆一样用手指在我手背上轻轻划拉着。

“带你回去看看好吗？”

芷兰轻笑了，但是笑得苦涩：“那已经不是我的家了，不可能再回得去。”

“回得去，我已经跟司南说好了，他会把一切都安排好……”

划拉停住了，芷兰的身体变得僵硬而冷漠。

我艰难地选择着自己的词汇：“其实这段时间我跟司南已经见过很多次面了，他一直非常想见你……”

芷兰翻身坐了起来，背对着我一言不发地把衣服穿好。

“兰，听我说，最开始我真的是因为你妈妈的拜托去见司南的，后来跟他接触越多越欣赏这个人，我现在已经决定不再查那件事了，包括司南的身世我也不想再插手。你说得对，就算他别有用心，我相信也一定是别人先对不起他。他是个挺磊落的人，这一年多如果他真想找你，分分钟可以找到，可是他一直忍着，等着……”

天色微明中芷兰的声音痛楚地传来：“笑阳，你把我推到他身边到底要做什么呢？”

“你们的故事我现在已经很清楚了，虽然我不知道你跟他之间有什么约定，但是他那么痴心地等待你，至少你应该给他一个交代。”

芷兰转过来恨恨地看着我：“你就不怕我跟他走了吗？”

“我怕，怕得要死……”我捉住芷兰的手拉过来，“可是你不是我的私有物品，我尊重你过去和将来所有的选择，如果你留下，我用我的一生呵护你，如果你离开，我也会为你祝福。”

我把芷兰那只冰凉的小手按在我胸膛上，它慢慢地又有了正常的温度。

芷兰突然扑哧笑了：“我算明白了，你才不在乎我留不留呢，我走了你正好可以再当个快活的单身狗。”

原来她没有生气，我绷起的心头顿时一松，一把把她拉了回来：“好啊，你走试试看，把郑笑阳女朋友的位置腾出来，看看会有多少女孩竞争上岗，正好我也好久没骗炮了，她们都等哭了，你听见她们在喊没：笑阳哥！我爱你！我爱你~~”

话尾我自带了回声音效，把芷兰乐得咯咯直笑，边笑还边打我了一掌：“不要脸！”

“你不就是喜欢我不要脸吗？”

我把她扑在身下，嬉笑打闹地又揩了一次油。重新把她搂在怀里之后，我再次提起了那个话题：“兰，你决定去还是不去？见还是不见？”

芷兰轻轻叹了口气：“去吧，见吧，是福是祸，我给他也给自己一个交代。”

那个清晨我睡得很不踏实，梦见自己在用电脑，梦里鼠标怎么也不听话，不管怎么急出一身汗，鼠标就是不能定位到我想要点开的网页。

26

美剧总是从修复一段关系开始，我们的故事总是从结识一个新人开始，也许这代表着不同社会主流对待感情的态度。一段有裂痕的感情就像我们玩坏的玩具，大多时候以扔掉为结局，很少有人愿意花比购买新玩具更多的时间和代价去修复它，更有甚者对丢弃的玩具加以摧毁，己所不欲亦人勿染指。

不过，司南是个例外。

我该拿什么感谢你？这是司南听说芷兰不仅愿意来城堡而且答应见他之后的反应。说实话我心里特别不是滋味，芷兰现在是我的女人了，我却脑子进水说服她去见前男友，最重要的是我还特别欣赏和怜悯她的前男友，说出去能让人笑掉大牙。

虽然支持他们见面，但我并不是要把芷兰送给司南，无论如何也要陪芷兰走这一趟，保证把我的女人完完整整带回来。

到达城堡时接近 12 点，晴空万里，碧海蓝天，雨季中难得的好天气。临近城堡芷兰便开始沉默，和见车君的紧张害怕不同，此时的芷兰眉宇之间透的全是伤感。城堡大门没有关，轻轻一推就吱呀呀地开了，满庭葱郁迎面而来，天那么热，一进这个树荫遮蔽的院子就凉爽了。芷兰默默地跟着我走着，她的小手在我掌心冰凉得没有一丝热度，在林荫道中她停了下来，阳光透过树荫的缝隙投射在她脸上，她仰头环顾着，眯起眼睛深呼吸着。

我和芷兰心情完全不同，左右张望如同鬼子进村，紧张得手心出汗浑身燥热，因为司南马上就会在什么地方出现。

从林荫到石阶上行到城堡前庭，院子里都静悄悄没有任何声息。但屋前的一幕让我惊呆了，那里摆着一个用淡蓝色玫瑰扎成的巨幅心型墙，中间用深红玫瑰拼缀出一个字——兰。蓝色玫瑰全是蓝色妖姬，一种比普通玫瑰贵很多倍的品种，我咬咬牙撇撇嘴表示鄙视，高富帅的套路没想到也让司南这种寒门子弟学了个全。芷兰看到心形玫瑰墙并没什么惊讶，倒是首先转头看看我的表情。我尴尬地笑了笑："别看我，这套是高富帅泡妞专用，有钱我去资助几个山区学生也不会这么浪费。"

芷兰回应一个拿我没办法的微笑。

绕过花墙进入房门大开的城堡，屋里还是静悄悄地没人，芷兰放松地在沙发上坐坐，吧台椅上转转，欣慰而又伤感地说："这里什么都跟原来一样，真好……"

其实这跟两次我到城堡看到的摆设完全不同，想来安老头接手后要求把所有家具都换掉，但司南有心地全留了下来，而且为了芷兰的到来全部复原，为的就是给芷兰营造原来的家，这个人真是用心良苦，我可不会为了哪个女人花这么多心思。对我来说，两个人在一起是要走心，但太用心就会变成沉重的形式，能够细水长流的只有深深喜欢浅浅爱。

餐桌上又是一盒心形蓝色妖姬，上面有张卡片，龙飞凤舞地写着：芷兰，欢迎你回家！

满满一桌饭菜想来全是芷兰以前最爱吃的，最讽刺的是其中有一样是薄如纸张的比萨饼，这肯定又是那位米其林三星主厨的杰作。我捻起其中一片，自我解嘲："这才是比萨饼，我带小乖去吃那个全世界最正宗的比萨只能叫打卤馕！"

芷兰赶紧解释："我就喜欢吃打卤馕，那跟咱们老百姓才最接地气。"

"芷兰，你是这个城堡的公主，真的甘心跟我过那种租房子吃打卤馕的日子吗？"我的心情已经糟糕起来了，不等芷兰回答立刻自己又接茬，"算了，你不用回答，今天是陪你来怀旧的，别让我破坏你的心情。"

芷兰真的没有答话，站在餐厅朝海的窗子前看了很久，没有笑容也没有眼泪，她只是怔怔地要么远眺大海，要么低头沉思。潮潮的海风撩动着她的长发和衣襟，有时感觉她就要乘风而去一样。她沉思得太久，而这个过程司南始终没有出现，我倒是急得像等待行刑的囚犯，干脆一枪毙了我也比现在熬着好受。于是我走过去拉起芷兰的手："走吧，我们上去看看。"

到了二楼，芷兰似乎心情好了点，给我介绍客房、书房和车君的卧室，整体车家的装修走的是简约田园风，比安家的纯中式感觉要亲民很多，车君的床上用品铺的居然全是小碎花，芷兰说都是车君亲自挑选的，我实在想不出那样一个大女人居然还有这么小儿女的情怀。

到了三楼芷兰的心情又有些黯然了，第一个房间是修远的，她走进去一句话也没说，坐在修远的书桌前看着大海又发了好一会儿呆。不忍心让她想起伤心事，我再次拉起了她："走，看看你的闺房去。"

芷兰脸上露出了今天的第一个真心笑容。

和所有打开的房门不一样，芷兰的门是关着的，推开门的时候我就已经有点不好的感觉了。果然，司南像一尊雕像一样站在屋里，眼巴巴地看着我们进来，一进门芷兰就愣住了，她的手此刻还握在我的掌心，司南的眼神飞快落到了我们牵着的手上，我顿时感到自己的手辣辣地痛。我悄悄地放开了芷兰，芷兰却反手又握住了我。

司南的眼神落回芷兰脸上，几乎要把内心深情喊出来："兰，你还好吗？"

"我很好。"芷兰梗着脖子硬着嗓子的回答显得如此没有情分。

司南有些尴尬地环顾着屋子："兰，你瞧瞧，这个屋子一直保持你原来住的样子，你的《国家地理杂志》、你的画架还有你的睡裙……"

司南把衣柜打开，魔法般地变出了我上次并没看到过的一柜子衣服。他拉出其中一件纯白钉花曳地棉长袍，充满柔情地抚摸着它："还记得它吗？你最喜欢的睡袍，以前你经常穿着它坐在窗台等……"

"司南！"芷兰及时制止了司南的下文，抱歉地看着我。

可是晚了，我已经知道司南要说什么，我站在这里简直就是个第三者，真是愚蠢透了。司南此时用一种几乎是哀求的眼神看着我，我已经挂不住了，不得不恳求芷兰："你们谈一谈，我下去等你吧。"

"不，你就在这里陪我。"芷兰把我的手抓得更紧了，她手上的温度升了上来，而且已经出汗了，迎着司南灼热的目光，她大声地说着，"司南，我今天来就是要告诉你，我和你已经结束了，早就结束了，我现在的男朋友是笑阳，你忘了我吧！"

认识芷兰以来第一次看到她这么勇敢，竟然是为了我这个刚成为她男人的普通人。为芷兰感动，也为司南感到难过，一时间让我不知所措。

司南的脸上露出了让我都感到心碎的表情："兰，你就对我这么狠心吗？你不是答应过我，要我别去找你，等你把有些事情想明白就会回来找我吗？"

原来这就是他们之间那个约定。

芷兰把脸别过一边："我想明白了，你不适合我。"

"怎么会？你说过你最爱的人是我，你忘了我们在一起那些快乐的日子吗？"

芷兰双手捂住了耳朵，几乎有些抓狂地喊着："不要说了——！我跟你在一起的时候是年少无知，为了那点快乐我已经家破人亡了，害我害得还不够吗？"

看到芷兰如此神情，司南痛苦地往前迈了一步，伸出手来似乎想来抱她。我赶紧拦在他们两人中间，看着司南非常诚恳地说："别逼她，有话好好说，行吗？你答应过给她选择的权利……"

司南落寞地退后两步靠在了墙后的背光处，那么一个大个子竟然像个正在受罚的孩子一样可怜。我把芷兰推到床边坐下，然后搬了个椅子坐在他们中间，当着司南的面我不想跟芷兰太亲热，我知道他受不了。"司南，不管你认不认，我当你是朋友。芷兰，她现在是我女朋友，说实话今天坐在这里当你们的和事佬，我觉得自己特傻逼……司南，你先说，为什么不肯放手？"

司南沉默了一会儿，冷冷地看着我："我是小乖的爸爸，这个理由够吗？"

"小乖是万全的孩子！"芷兰大声喊了一句，她都不敢正视司南。

司南从口袋里掏出了一张纸递给我："那这是什么？"

这是一份亲子鉴定报告，鉴定结果是司南与安慕兰之间的父系可能是99.99%。

我的眼睛和嘴巴都O成了傻蛋，递给芷兰看，她也是一脸的错愕，和我一对视她立刻摇头，我明白她的意思，她那是发誓绝对不知道还有这份报告。

"陪安万全和小乖去做亲子鉴定的时候，我顺便也做了一份，当然，这份报告他们不知道。其实我一直怀疑小乖是我的孩子，很幸运，上天终于眷顾了我一次。"

说这句话的时候，司南又变回了职业经理人，他仍然看着芷兰，但是眼神不再脆弱和慌乱。

倒是芷兰崩溃地双手捂面哭了起来，刚才她为我挺身的勇气消失了，她被最不愿意接受的事实打败了。

“笑阳，谢谢你把我当朋友，也谢谢你替我照顾芷兰母子。对孩子来说，没有什么比跟亲生父母在一起更幸福，希望你能够给一点空间让我和芷兰谈谈孩子的事……”

不能不承认司南的厉害，他三言两语把我又干趴下了。我算什么呀，人家要谈他们的孩子，我能说我要当小乖的后爸吗？看了芷兰一眼，她也正眼泪汪汪地看着我，我看出了她的妥协。惟一不让自己更掉面子的方法是：“你俩出去走走吧，我在这里静静。”

我不能把他俩留在屋子里，司南还不定干出什么事来，以我对男人的了解，他和我不是同类人。我是会为忘记一个女人找一百个女人上床的人，而他，真的会为芷兰守身如玉，把一个饥渴的男人和他等了几年的孩子她妈关一个屋，我的亲娘。

芷兰率先走出了屋子，司南跟着她后面小心翼翼用手隔着一段距离护着她。饶是如此，我胸口也像被打了一记闷棍。我在芷兰的闺房烦躁地走来走去，最后一身大汗不得不坐在飘窗上吹海风，过了半个小时他们还杳无音讯，司南不会把芷兰给绑架走了吧？这会儿我连杀人的心都有了。真的。

就在我几乎要冲出去的时候，芷兰和司南出现在了窗台直落下方的沙滩上。芷兰直冲冲地走在前头，司南紧随其后在追喊她，芷兰一直小跑到游艇码头的尽头已经无路可走才停了下来，终于还是被司南追上了。司南去抓芷兰的手，芷兰立刻把他的手甩开，情绪激动地在说些什么，司南也挥动着手臂似乎在极力解释什么。我把身子探出窗去，但是太远了，完全听不清他们的声音，只能居高临下地呆看他们演默片。

司南不停地在说着什么，芷兰渐渐地低下了头，一手托头有些苦恼的样子。司南居然伸手搂住了她的肩膀，弯着腰凑到她跟前在说着什么，过了一会儿，不知道司南说了些什么，芷兰居然点了点头，然后两人一起慢慢往回走，司南继续在说着什么，芷兰侧着头认真地听着，而司南的一只手臂始终搭在芷兰的肩上。

看着他们的身影逐渐消失在视线下方，我的心也说不出的焦虑和失望，我了解司南的厉害，只要给他机会，他是能够不慌不忙打败全世界的人，那他跟芷兰谈判的结果会是什么呢?

我急不可待地下楼，在屋前与返回的他们相遇。此时司南已经把他的手从芷兰肩上移开，一脸神清气爽，而芷兰也没有哭泣或愤怒的表情，倒显得有点呆。我假装对司南视而不见，走过去一把搂住了芷兰的腰："咱们回家吧？"

芷兰顺从地点了点头，而司南竟然也十分配合："我送你们上车吧。"

我亲热地搂着芷兰走前面，司南跟随其后，虽然我一直觉得自己那条手臂被辣辣的目光炙烤，但一直到我们上车离开都畅通无阻。上了车芷兰一直扭头看着路边，陷在她莫名的沉思里，还没等到我开口，芷兰便堵住了我的话："笑阳，什么都不要问，我不想骗你。"

他们肯定达成了某种默契，而且是让痴心的司南能够容忍芷兰继续留在我身边的默契，这个默契到底是什么呢?

27

离开深圳前我还有件事要做，把相册去送给戚秀。

车已经穿行在闹市区，发现外面一派嘈杂，芷兰这时才回过神来："笑阳，怎么我们没上高速？"

"我要先去见一个人，但是不能带你去，一会儿安排你在咖啡厅等我。"我不能带芷兰去，戚秀对芷兰似乎有着很深的敌意。

"是……要去见一个女人吗？"芷兰小声地问着。

"嗯。"我在想戚秀家附近有什么合适的地方。

"是……去见前女友吗？"芷兰的声音有些受伤了。

我回过了味儿，哈哈大笑起来，芷兰居然为我吃醋了，我还真是高兴："小醋坛子，我是去见你哥哥的女朋友。"

芷兰一脸惊讶地看着我。

"你真的不认识一个叫戚秀的人？再想想。"

芷兰歪着头想了好一会儿："仔细想名字有点熟，好像在哪儿听过，哦，我想起来了，万全的秘书好像就叫戚秀，不过我对她没什么印象。"

"她是修远没有公开的女朋友，修远三年前给她买了套房，好像两人感情挺好。"

芷兰两手合十放在胸前祈祷着什么，好一会才露出了笑容："感谢上帝！哥哥有自己爱的人居然没告诉过我。我可以跟你一起去看看她吗？"

芷兰的表情确实是第一次知情的样子，不过我更不明白了："可是戚秀说过她不想见你，到底为什么呢？"

芷兰先是有些诧异，但很快黯然地低下头不再追问。看样子芷兰也想明白戚秀为什么敌视她了，不过似乎并不想说原因，我也没有追问，还是去戚秀那边探探底吧。

把芷兰安顿在附近之后，我捧着修远的相册敲响了戚秀的家门。戚秀仍然是一袭黑衣，仍然是波澜不惊沉静如水的神情，接待我的也仍然是看似寻常，入口惊艳的古树冰岛。对于我的到来，这个古墓派的女人显然是欢迎的。这次带我参观了她的家，三房当中居然有两间房都是修远屯的茶叶、茶具，茶叶大都是名贵生普，紫砂壶几乎囊括了所有品种的泥料及其大部分壶型，我尤其喜爱其中一套全手工曼生十八式。在感叹修远收藏眼光的同时，也可以肯定修远在这上头花了大量时间研究，也难怪他在明珠碌碌无为，他的兴趣点真的不在珠宝上。不过也幸好修远的眼光，在家破人亡后还留下了珍贵的遗产，戚秀完全可以靠它们开个茶馆为生了。

对于我的建议，戚秀只是笑笑：“我不会卖的，这些都是修远的最爱，把它们放在这里就是托付给了我，我要是保管不好，他会生气的。”

我心下有点恻然，戚秀其实并没接受修远离去的事实，对一个逝者用情太深，不知道究竟算不算修远的福气。

我把相册拿出来时得到了戚秀的惊喜和感谢，她迫不及待当着我的面便开始翻看，从第一页起就开心地和我分享：“呀，原来修远小时候这么胖！你看！他小时候还留过中分头呢！这张应该是他读高中拍的吧，那时就这么帅了……”

戚秀抚摸着照片上的英俊少年，满眼爱慕和不舍，其实我对这些照片并无兴趣，但实在不忍心打断戚秀，就替修远多安慰一下他寂寞的女人吧。“可惜这本相册都是修远小时候的，我没找到修远大了的相册，也可能后来都用数码相机拍照，保存到电脑了。”

戚秀今天情绪不错，立刻笑吟吟地接茬：“其实他长大之后的相册都在我这儿呢！数码拍的我也打印了不少出来。”

戚秀回屋拿了一本相册出来，那本果然记载了到洛杉矶求学后的修远，在每一张世界各地的背景前都有修远略显腼腆的笑容，不过奇怪的是翻到后面发现好些照片都只剩下一半甚至三分之一，分明是好好的照片被剪去了和他合影的人，而那些残照的背景看起来都像是在高尔夫球场、海边和家里，我困惑地指着那些残照：“这是怎么回事？”

本来在热心介绍照片拍摄地和拍摄时间的戚秀怔住了，扯着嘴角强笑：“那都是些不应该留下的人，我就把他们剪掉了。”

我仔细辨认着一张只剩 1/3 的照片，可以肯定背景是在车家游艇上，照片上修远张开双臂一左一右抱着什么人，不过因为两边都被剪掉，连修远的手臂都不见了，还能有什么人让戚秀恨到去之为快，哪怕不惜剪掉修远的手臂呢。我试探地问：“这张是在他家游艇上吧？那剪掉的只能是芷兰和万全？”

戚秀脸上的笑容彻底消失了，她沉默地交抱手臂，虽然扭头看着别处，我还是看到她的眼睛抽搐了一下。

“事情都过去了，也许我不应该追问，但是修远哥走得这么不明不白，我真替他不甘心……”我看着戚秀的脸色小心地说着，“我和修远兄弟一场，现在就想把他生前所有的遗憾都给补上，能找到你真的很幸运，我想让你见见芷兰，你俩和车董是他在这个世上最爱的三个女人……”

戚秀神情抑郁：“爱有什么用，爱有时候会变成催命符……”

“这话怎么说？”我吃惊地瞪着戚秀。

戚秀似乎有些后悔失言，端起茶杯放到嘴边，但就那么端着不喝，眼睛失神地看着前方，茶杯倒像是为了封口而存在。

“据我所知，车董是比较霸道，但修远、芷兰两兄妹的感情是非常好的，芷兰是个非常温良的姑娘，无论如何都不会伤害哥哥吧？”

戚秀冷笑了一下，眼睛又痉挛了一下。

虽然如此接近真相，但戚秀这副神情我也不能再追问了，合上相册我叹了口气：“不知道还能为你做点什么，既然过去那么伤心就不要执著了，我相信修远哥也会希望你放下，忘了他开始新的生活吧。”

“不，就算全世界把修远忘了我也不会忘的，如果不是我，修远也不会……”戚秀有些激动起来了。

这次我离真相只有 0.1 秒的距离，但我没有做任何努力，也没奢望戚秀真的说出来，我答应过芷兰和司南不再追问这事的。我端起了最后一杯茶，打算清完杯底就告辞。

但戚秀这次竟然把话头接了下去："你们说芷兰好，那是都被她的外表迷惑了，她就是个表面纯洁里子烂透的绿茶婊！"

完全无法想象，一个像戚秀这样沉静的女人如此咬牙切齿地说脏话有多么可怕，而且她把绿茶婊这么狠毒的评价送给了芷兰，我吓得差点以为自己耳朵出问题了，只能尴尬地替芷兰辩护："怎么会？她那么温柔，那么优秀。"

"温柔！优秀！那都是面具！"这次戚秀的嗓门拔高了，"真的那么好就不会怀着野种嫁给安万全！"

我目瞪口呆，令我吃惊的不只是戚秀再次爆了粗口。既然她知道芷兰的秘密，这也意味着修远肯定知道这件事，修远的知情很可能来自芷兰，也可能来自万全，那事情更复杂了。

"那，那修远哥对这件事什么看法？你大概也知道车董和安老头的关系，修远哥是个很正直的人，因为车董的事他从小觉得对不起万全，不知道这件事他会帮万全还是帮芷兰？"

大概是我对修远公正的评价安慰了戚秀，她开始平静了下来。

"自从我搬到这边以后，修远只要不应酬不陪妈妈都会来这里吃晚饭。你知道他是个情绪稳定的人，很少有什么事情能让他乱了分寸，但去年那晚他一来就不对劲，茶饭不思唉声叹气。我问他怎么回事，他说芷兰出大事了，安家去做了亲子鉴定，小乖竟然不是万全亲生的，现在万全不肯离婚就是天天折磨芷兰。修远不想把事情闹到妈妈那儿去，他说这件事的确是对不起万全，妈妈和安老头的事再加上芷兰的事，他欠万全太多了，可是又不能眼睁睁看着芷兰被折磨……"

"这事确实是芷兰理亏，可万全也挺过分的，他想开点离婚不就完了……"

"要这么容易就好了，安万……安总就是个特别想不开的人，他折磨自己也折磨芷兰，听说那段时间都发展到在家里闹跳楼的地步，修远很矛盾也很痛苦，他说想要他们安生地过日子，先得解了安总的心魔，出了那么大的事，心理不平衡的话这个坎是过不去的……"

我皱起眉头："怎么平衡得了，孩子不是自己亲生的，这种事换哪个男人都平衡不了，要是个穷人你们还可以赔钱，万全缺钱吗？除非你们重新赔万全一个老婆一个孩子……”

话到此处，戚秀又呆呆地端起了茶杯，还是和刚才一样端而不喝，看来她还有秘密。

突然，一个可怕的念头在我脑子里冒了出来：“万全知道你和修远的关系吗？”

“知道，但修远说他不赞同，还跟修远说过以后结了婚就别再跟我有关系了……”戚秀看到我一脸狐疑的表情突然停了下来，意识到什么似的眼神慌乱地看向别处。

我小心地扔出一个猜测：“不会万全把对车董和芷兰的恨都发泄在你头上了吧？”

戚秀被我问得瞠目结舌，半天没有接话。

我已经猜对了：“万全因为心理不平衡，你在他身边上班又是修远的女人，一定会加倍找你的茬，说不定……说不定还会对你动邪念，用来报复车家的女人？”

看来我戳中了戚秀的痛处，她的眼圈红了。

“孩子的鉴定结果出来之后，安万全确实整天焦躁不安，逮谁都发火，我每天跟他打交道最多，是被骂得最多的人。我都想辞职了，但修远让我再忍一忍，等安万全过了最艰难的这段时间再走，也算是帮芷兰还点债。他们出事前一周，安万全整个人都已经不太好了，虽然每天都会准时来上班，但大多数时间他都坐在椅子上一言不发，我送进去的文件从早到晚都没有动过，我不得不加班处理堆积的工作。那晚大家都下班了，我在秘书室打一个文件，都不知道安万全是什么时候进来的，等我发现的时候发现他站在我身后，两眼通红地看着我，我有点被他的样子吓着了，问他是不是不舒服，结果他突然一拳打在我脸上，我一下就被他打倒在地上了，他，他扑上来……就在秘书室的地毯上，把我给……给……”

看着戚秀泣不成声，我心里也说不出的压抑和难过：“修远知道这件事吗？”

戚秀捂着脸点了点头：“那晚我回家时修远在家等我，看见我那个样子他简直要发疯了，他要报警让我给阻止了，让人知道我被安万全强暴了以后怎么办……”

又一个可怕的念头在我脑子里萌生了："芷兰被威胁再加上你受辱，修远会不会就这样和万全结了仇？所以和他在办公室争执了起来，修远一时动了杀机，结果在推搡的过程中两人一起掉下去了？"

戚秀仍然捂着脸不看我："怎么可能！修远这么好一个人，从来只有他为朋友吃亏的份，他不会去杀人的。何况本来他家就欠安万全一个心理平衡。"

"那万全他平衡了吗？"我追问。

戚秀一怔，捂脸的手放了下来，神情失落地摇了摇头。

"真是太疯狂了，万全本来就心理有病的，连续受这么多刺激不崩溃才怪！后来又发生什么事了？"

"第二天修远就不让我去上班了，再后来，就是突然出大事了，都是我不好，我当时应该把修远带走的……对不起……"戚秀起身跑向了洗手间。

对于戚秀的痛苦，似乎无论我怎样的安慰都是苍白无力的，只能是静静地等待她在洗手间压抑的哭声停下来。

这天告辞前我不抱希望地提了车君想见戚秀的想法，但这次又出乎了我的意料，听说了车君的忏悔，戚秀竟然也和司南一样答应了去看看车君。

我得到了一些答案，但似乎又有了更多疑问，这桩诡异的破事怎么就跟我没完没了呢？

28

我们一生都在错过，错过心心念念的爱人，一举成名的机会，拥有豪宅的点位。但庆幸的是没有错过那像花蜜一样芬芳柔软的牵手时光，像晨风一样清澈洒脱的青春旅途，像婴儿一样纯真明亮的真心笑容。

回家之后，我和芷兰有几天快乐的同居时光，虽然各怀心事，但谁也不会在对方面前提起，我们默契而愉快地工作、做饭、打扫、做爱，周末小乖在家时我们还邀请了老四来吃饭，老四已经成了小乖的新朋友。除了做爱频率过高，我们已经像对老夫妻一样平淡而习惯对方的存在了。偶尔我仍会有种日子是偷来借来的感觉，我常常在半夜惊醒，要亲亲芷兰才证实她还在身边，而那时的芷兰总是酣睡得像个孩子。给她一个不再失眠的夜晚，这大概是我给她最大的幸福。

如果不是司南连续的催促，我差点忘了答应安排他和车君会面。带着几分厌倦的情绪，我和司南在女子监狱门口碰了面，这天的司南居然很正式地系了根领带，好像他不是去探监而是去参加新闻发布会一样，比得永远一身休闲衫的我像个邋遢老头。我调侃了他一句："你这是去见前女友的妈，不是丈母娘！"

司南只是淡笑着："我从来没有把车董当丈母娘过。"

我琢磨着司南话里的意思，能不能理解成他从来没想过要娶芷兰？

车君看到司南出现没有我想象中的惊喜，而是从第一秒起就盯着司南看，那种认真的打量好像司南不是她熟识多年的员工，而是个第一次见面的陌生人。而司南，迎着车君那种刀剑一般锋利的眼神，表情始终无喜无悲。还是我反感地打断了车君："车董，您要见的人可是帮您带来了，您不是要跟他道歉吗？"

"你到底是什么人？你父母是谁？"

车君探究的眼神始终停留在司南脸上，仿佛要从这张脸上找到别人的印迹。那一瞬间我明白了，我真傻，怎么会以为车君真的要道歉，她让我去司南办公室找修远的玩具，她提出要见司南，完全因为她还在怀疑司南，她还没有放弃对凶手的追踪。

司南冷冷地和车君对视着：“我是谁无关紧要，重要的是您对过去的自己忏悔了吗？”

“我为什么要忏悔？”

“您为人处世那种冷酷狠毒的方式，对自己的孩子那种霸道自私的态度，难道这些您不应该忏悔吗？”

车君傲慢地仰着脖：“我对我的孩子怎么样那是家事，轮不着你来管。至于为人处世，我都活了五十多年还用得着你教吗？不过我可以告诉你，我对做过的决定从来也永远不会后悔！”

司南还没有说话，我倒是气愤地喊了出来：“车董您太过分了，是您说对往事忏悔我才带司南来的，您骗我难道就是为了说这些毫无意义的话吗？”

“笑阳，你能理解一个母亲的心吗？如果不替修远查出真相，我死也不会瞑目的。”车君收敛了语气，但还是狠狠地盯着司南，“你跟安治民到底是什么关系？是不是他的私生子？”

司南失笑。

我再次爆发了：“车董！司南跟安治民没有任何关系！他父母就是普通的农民工，而且在十几年前就因为火灾去世了，司南是福利院长大的，这个我已经去他老家确认过了！”

他俩都瞪大了眼看着我，比车君更显得吃惊的是司南。不过也就是几秒钟功夫他便恢复了正常，仿佛我揭开的不是他什么刻意隐瞒的隐私，倒是转头失望地看着车君：“经历了这么大的事，我以为您至少会检讨下自己，看来还是我太天真了。”

车君有几秒钟的沮丧，但很快她就像抓到救命稻草一样看着我：“帮我把戚秀带来，现在惟一的突破口在她那里了。”

“车董！”我简直要崩溃了，“您以为我还会上当吗？戚秀什么都不知道，她就是个特别可怜的女人，安万全为芷兰的事发疯，为了报复你家都把她强暴了！”

司南和车君又同时瞪大眼看着我。让我意外的是司南那不知情的表情，不过他仍然只是一两秒钟又变回扑克脸，车君则使劲地摇头：“是她告诉你的？那她骗了你，我以修远的名义起誓，万全绝对不会强暴她，那孩子是我看着长大的，我了解他！”

“这太讽刺了！您了解安万全的话就不会让他折磨了芷兰那么久！”

我激动的样子引起了管教注意，我被警告并且管教站在了我们面前盯着，我们谁也没法再提那些糟心的话题，临别前车君还是希望我把戚秀带来，她保证这是最后一次努力，而且发誓绝对不伤害戚秀。

车君的话，我还能信吗？

出监狱后我向司南道了歉，但同时也替车君提出了问题：“我相信你跟安老头真的没关系，但是你那么费尽心机地接近他们，到底是为什么？”

司南和我对视的眼神得像一泓深潭：“出人头地，这理由你信吗？”

“信。”其实我不信，表情已经出卖了我，“可是如果去上大学、去经营玉雕工作室、去赌石，你都有本事出人头地，为什么一定要在车安两家？你到底要做什么事？”

司南笑了：“也许很快你就会明白的。再见笑阳，谢谢你，真心地。”

和司南分道扬镳之后，拖着沉重的脑袋和步子去开车，我接到了肖律师的电话，原来让他帮我申请调阅案发当日的视频已经批下来了，我犹豫着不想去看，但老肖极力怂恿我，他说我现在是最了解这个案子的人，如果有谁能找到真凶一定非我莫属。我强调现在对这件事的厌恶，老肖却说这件事如果不揭开谜底，会成为我一辈子的心病，也将变成永远阻拦在我和芷兰之间的阴影。

芷兰是我的软肋，我又没有原则地被肖律师说服了。

我们是在明珠大厦案发当地所辖派出所查阅的监控视频，作为一个警方都束手无策的悬案，如果不是车君的坚持，可能很快就要像许多不解之谜一样消失在这个繁忙喧嚣的世界。

是从案发当日的清晨查起的，首先查看的是修远办公室门口装的一个监控头，它监控着所有进出修远办公室的人员。

4 月 24 日 8:35，修远肩挂一个方包走进了办公室。

8:40，餐厅员工打扮的人推着送餐车进了修远办公室，3 分钟后离开，30 分钟之后，员工又来推走了餐车。

9:23，安万全出现，他从电梯出来慢慢走进修远办公室。这十来秒钟我反复看了好多遍，发现万全步履蹒跚神态疲惫，像是一个刚跑完马拉松和铁人三项之后的运动员。联系他严重强迫症、长期失眠、亲子鉴定打击和强暴戚秀的连续强冲击，我想那天真的到了万全精神崩溃的临界点，老肖也深以为是。

10:28:02，司南拿着一个文件夹从电梯出来，快步走进了修远办公室，10:33:46 后他又拿着文件夹出来了，步伐稍显得有点迟疑。由于司南个子很高走路喜欢略低着头，从上方俯拍的这个监控头看不到司南的表情。

10:48:04，司南从电梯口冲出来飞奔进办公室。这已经是出事之后的时间了。我放慢镜头看了好几遍然后定格在一帧画面上，屏幕上的司南在奔跑中，他略仰着头睁大着眼表情很复杂。我和老肖讨论了很久，谁也不能确定司南到底是紧张还是惊惶的表情，认识他这么久，从没见过一张扑克脸的他有过如此强烈的表情，那一瞬间他肯定没有伪装。

11:08:52，司南的背影从办公室出来，他按下了电梯，大概嫌电梯上来慢有点着急，他连续按了三次，然后进了电梯。

12:08，几个身着警察制服的人从电梯出来走进办公室。

这就是出事前后修远办公室人员进出的所有记录。确实，这天上午进入事发地的非当事人除了送餐员工就只有司南，而且见过修远和万全争吵的人只有司南。换句话说，是不是真的争吵了也只有司南一个证人，而且司南是事后第一个进入案发地的人并且停留了 20 分钟，虽然警方就是那个时间接到司南的报警电话，但也有可能在这 20 分钟时间里，司南销毁了现场的痕迹，让事发一个多小时后到 79 楼查案的警方一无所获。

肖律师第二个帮我调看的是 78 楼秘书办的视频。78 楼的监控头要多几个，电梯与办公区的过道，秘书办与几间副总经理室的过道，最重要的是秘书办室内也有一个监控头。这间秘书室摆着两张办公桌，一张是司南的，另一张是车君秘书的。

4月24日8:26，司南拎着一个文件包走进了秘书办，一直在办公桌前忙碌，由于监控头范围只能照到他的办公桌，因此只看到他的手在屏幕边角忙碌，却看不到他的表情，估计这是相对照顾个人隐私一点的监控方法。随后另一个办公桌的秘书也进来坐在桌前忙碌。这之后的一个小时，两人各起身去到监控头范围死角的洗手间一趟。

10:26:04，司南拿着一个文件夹从秘书办出来进了电梯，7分钟之后他回到了秘书办，接着他进了洗手间，在里面呆了18分钟才出来。

10:41:17，秘书办里司南的手拿起桌上反扣着的手机，原地听了几秒钟后他继续听着电话飞快地走出了秘书室，就在他出门后两分钟另一个秘书也接起了办公电话，然后咚地站了起来，跑出了办公室。司南在电梯过道时按了电话又重新接听，所有镜头都看不到他的表情。

11:10:36，司南从电梯出来进入空无一人的秘书室，径直走进了监控范围外的洗手间。18分钟后，司南回到办公桌整理文件。

确如老肖一早就说过的，司南所有出现在监控里的时间都排除了他的嫌疑，可我还是很困惑："老肖，出事后的第一时间司南接的是谁的电话？"

"哦，是大厦保安打给司南的，只有他的员工卡才能刷电梯进到79楼，保安怀疑是修远那层出的事，让司南进去确认下，他屋内另一个秘书后来也接到电话去80楼查看了。"

"司南第一次从79层下来在洗手间呆了18分钟，事发后又第一个进现场呆了20分钟，回到秘书室又进洗手间呆了18分钟，明明已经出了事，回来后他居然还坐回办公桌整理文件，你觉得正常吗？"

"他的证词说当时出了事心里很乱，慌得不知道在干吗。还是那句话，我们觉得正不正常没用，要确定可疑得有事实依据……"肖律师拿出了几张纸出来，"这是明珠大厦的主体结构图和各楼层的平面图，你研究下看能不能找到问题。"

现在我实在没心情看那些破图纸："老肖，这件事现在有好几个可能。第一，最大可能是万全精神崩溃在79楼闹自杀，修远去救他结果两人一起掉下去了，当然，前提是那扇通风窗的铆钉刚好老化松了；第二，修远要帮芷兰摆脱困境和因为戚秀那件事想报复，在和万全理论不成后起了杀心，把万全推下窗，但万全掉下去之前也把修远带了下来；第三，司南也因为想帮芷兰，设计了一个完美的谋杀，而且成功地帮自己洗脱了嫌疑……”

“没错，你说的修远和司南现在的确都有作案动机，但修远要杀万全的话何必选在办公室？就算成功那也会让自己成为最大的嫌疑人，修远应该不会这么傻。”

我被肖律师给说哑了。

把我说哑壳老肖还不满意：“其实，还有一个人也可以有作案动机……”

我不解地看着老肖。

“你别忘了，芷兰长期受万全折磨，她也可以动杀念让修远帮她的。”

“开什么玩笑！”我拉黑脸站了起来，“芷兰怎么可能想杀人？怎么杀得了人？好吧，就算可能，出事之前万全就已经半夜坐在窗户上发呆了，她想杀万全直接推下去就了事了，何必费那么大劲到修远办公室来！”

老肖喃喃着：“这也是我没想明白的地方……”

这个破案子再查下去肯定能把我搞疯。我把老肖给的案情资料和大厦平面图胡乱塞进了包里，现在我只想回家搂着我的女人睡觉，让老肖去和他的真相证据滚床单吧！

29

满怀着对芷兰的歉意，我在回家前买了一大堆芷兰喜欢吃的菜，今晚要亲自为我的女人做一顿饭，虽然厨艺很糟却能代表我想和她过日子的真心。让司南的鲜花和安家的珠宝见鬼去吧。

在电梯里我接到了老四的电话，他在那头心急火燎地喊着：“老三你怎么老不接电话？赶紧带着芷兰逃跑吧！你家里人找到我宿舍来了！”

我当时两手都拿着菜，只能用耳朵和肩膀夹着手机，一听就乐了：“我开车接不了！下次开玩笑编个靠谱点的啊！想蹭饭就直说，今晚我亲自下厨……”

“我没给你开玩笑！你爸妈刚来我宿舍找芷兰，怪我帮你藏了个坏女人，估计是安治民那个破老头看离间不了你和芷兰，就出损招让你爸来收拾你……”

“叮——”电梯门开了。可惜老四这个电话接得太晚了，从电梯到我宿舍门口堵了一堆人，正是我爸妈、三个姐姐和姐夫们，一看到他们，我手里的菜啪地全掉在了地上，转身就想逃跑，但大姐夫已经眼明脚快地拦住了电梯。定睛一看，芷兰围着围裙站在门里，奇怪地看着这群不速之客，显然他们也是刚到，我心里大喊不妙，硬着头皮嬉皮笑脸地说：“爸，妈，姐夫，姐姐，你们真是稀客啊，走走，我请你们吃海鲜去……”

二姐对我挤眉弄眼又对芷兰努努嘴，示意我已经大祸临头。

老爸憋着红脸梗着脖子大喊了一声：“都给我进来！别在门口丢人现眼！”

五分钟之后，我的小客厅被人群挤满了，老爸老妈坐着，姐姐姐夫们围着，我和芷兰贴墙站着，像两个被审判的罪犯一样被他们堵得无处可逃。特别是芷兰，可怜她单薄的短衣短裤和围裙已经被他们用目光撕得粉碎，她只敢低头看地下，拖鞋里她的脚指头紧张不安地动着，我感觉到了她的身体在微微发抖。事已至此，我干脆一把握住了芷兰的手。立刻，我感到了射向我们手臂的数道凶光。

“爸，妈，姐姐，姐夫，我给你们介绍下，这是我女朋友车芷兰……”

“就是那个怀着别人的孩子嫁给万全，然后把自己丈夫和哥哥都害死了的坏女人吗？”老爸这张炮筒嘴今天火力格外猛。

芷兰的手在我掌心抽搐了一下，我把她拉到身后挡住，生气地提高了嗓门：“爸！你不清楚情况就不要乱讲！她现在是我女朋友！”

“我怎么不清楚情况？你说，她那个小孩是不是万全的？丈夫和哥哥是不是因为她的丑事被曝光之后跳楼的？”

老爸今天绝对是做了准备来的，连骂人都比平时有条理，竟然说得我哑口无言，我如何能拿前因后果来反驳这些确实发生的事实啊！

老妈看不下去地插嘴进来，她倒是语气很和善：“这位车小姐，我看你长得挺斯文的，本来跟我家笑阳模样倒是般配，不过你应该清楚自己那些事，我家笑阳是要找个身世清白的好姑娘结婚的，你不应该耽误他的前程。”

“是啊，笑阳不可能找一个二婚的女人。”“不可能找个拖个孩子的。”“更不可能找一个拖着私生子的。”姐姐姐夫们七嘴八舌地助威着。

芷兰在我身后动了一下，似乎有冲出重围的意思，我双手反后环抱住她，大声地说：“你们说什么都行，反正我是要跟芷兰在一起的，我不仅要她做我女朋友，将来还要当我老婆，至于她的孩子，就是我的孩子，我可以当好她的爸爸！”

老爸倏地站了起来，浑身发抖地抽了我一记响亮的耳光。众人发出了一声惊呼，两个姐姐赶紧一边一个把老爸按回了沙发，老爸一手捂着心脏，吹胡子瞪眼地喘着大气：“反了，真是反了，上次他非要接我去看老安，也是为了这个女人去的，人家安家到现在也不能原谅她，这死仔倒好，非要接手一个人家扔掉的垃圾桶！”

芷兰的身子在我身后剧烈地颤抖着。我痛心地大喊出来：“爸！你非要这么侮辱人的话就请出去！”

大姐生气地冲我嚷嚷：“笑阳，你是不是鬼迷心窍了！为了这么个不上道的女人敢这样跟爸妈说话！”

我压低了嗓门，痛苦地看着他们：“爸，妈，你们是我的亲人，可是芷兰也是我的亲人，如果你们容不下她就是容不下我，你们走吧，哪天你们能接受她了我再带她回家！”

老妈焦急地朝姐姐们摇了摇头，她们交换着眼色，二姐和颜悦色地往我身后拉芷兰：“笑阳，我理解你们，这样吧，我跟芷兰谈一谈，你来做爸妈的工作。”

我警惕地挟着芷兰往旁一躲：“二姐，有什么话你在这里明说，不要当笑面虎，我不会让你拿软刀子伤害她的。”

芷兰这时突然推开我站出来，小声地回应着：“叔叔，阿姨，姐姐，姐夫……”

“不要喊我！我不认识你这么脏的人！”老爸吼了起来。

芷兰被刺中地身子晃了一下，但还是稳住了，而且提高了一点声音继续说：“我真的是个有污点的人，也知道现在的我配不上笑阳……”

“不，芷兰，不准你胡说！”我着急了。

“笑阳，让我说完好吗？”芷兰给了我一个凄美的笑容，“其实不用你们说，我从来不敢奢望拥有笑阳的未来，我是真心喜欢他，喜欢他的善良、正直和阳光，这么好的一个男人，他会有一个特别干净特别完美的妻子，但肯定不是我……”

“芷兰！”我的眼圈红了，“我只会娶你一个人，不准你胡说……”

“所以叔叔、阿姨，你们真的不用担心，老天爷让我碰到笑阳，只是要我还一个上辈子的债，等以后把债还完了，我自然会离开的……”

我捂住了芷兰的嘴把她搂进怀里，心碎地哽咽着：“你敢走试试，你到哪我到哪，我可不是你，被父母吓一吓就要逃跑，大不了，大不了……大不了……”

屋子里一片静寂，都在侧耳倾听着我说下文。大不了跟家里断绝关系……电视剧里这种台词我说不出口，在遇到芷兰之前，这个屋子里的人就是组成我生命的血与肉，虽然不像藤和树那般亲密纠缠，但一个都不能缺少，而芷兰就是我的心肝，没了哪一样我都不能活，至少无法再展欢颜。为任何一方放弃另一方的承诺，我都说不出口。我突然真切体会到芷兰当年放弃司南时的痛苦，只是世事无常，她由当年那个别人高攀不上的对象变成了如今被人嫌弃的那个，我为自己无力挽救这一切感到了深深的痛苦。

还是跟我关系最好的二姐来打了圆场：“爸，妈，你们也看到了，芷兰答应不会纠缠笑阳的，你们也别把笑阳逼得太紧，该回家的时候他会回家的，我们今天就先走吧。”

老爸不愿意走，还在小声地骂骂咧咧：“不行，这死仔今天不给我个明白话我绝不走，有这个女人就没我们，有我们就没她！”

“爸！”二姐急了，“你是不是要逼得笑阳现在就跟你断绝关系才满意？没必要做得这么难看，年轻人的事说不准的，就是你不反对他们也未必会在一起，你这么闹倒是会逼出一对梁山伯与祝英台！”

老爸嘟囔着被他们带出去了，其他的人也鱼贯而出。我紧抱了芷兰一下，低语让她等我一分钟，然后尾随家人走到电梯口。其他人都上了电梯，只有二姐让他们先下去，我抱歉地看着二姐：“姐，谢谢你解围。”

“笑阳，我从来没看到你为哪个女孩认真成这样，你真的那么爱她吗？”二姐看我的眼神充满了忧虑。

“是的，姐，你们了解的只是谣传中的芷兰，根本不知道她有多好，她只是被人伤了……”

“我是想问你，如果她没有你想象的那么好，或者将来你发现自己承受不了和她一起的生活，你打算再伤她一次吗？”

我沉默了，在我看来世上没有任何一件事情是永恒不变的，我能承诺的只能是现在。二姐终于松了一口气：“笑阳，姐不是一定要反对你选择谁，只是男人不要轻易承诺，一旦承诺了就要做到。”

回屋之后只觉得家里静得可怕，我心惊肉跳地喊着芷兰，却发现她在厨房择菜，看见我进来她迅速擦去眼角一滴眼泪，露出一个温柔的笑容：“阳，我给你做饭呢，你去外面等着吧。”

这天剩下的时间里，我就像是芷兰的跟屁虫，一刻不离地粘在她身后。道歉的话太苍白我说不出口，只能在她颈背上印下一个个饱含歉意的吻，芷兰也不提那些烦心事，只是絮絮叨叨油盐酱醋放在什么位置，哪件衣服收在什么柜子，要我注意电脑姿势防止颈椎病不要老喝冰冻饮料有空给自己熬点薏米红豆水去湿……起先我还认真地听着，越听越害怕，她这些交代太像临别前的嘱托，我有几次都粗暴地打断她：“不要说了！有你在我身边，这些都是该你操心的事。”

芷兰每次都只是静静地笑："你现在就嫌我唠叨了吗？一辈子那么长怎么办？"

这句半真半假的嗔怪让我放心了不少。

这晚我们比往常更缠绵地做爱，只有在那样的时刻才能驱赶末日痛苦和分离恐惧。芷兰比任何一晚都显得激情，我尤其钟爱她像个女王一样骑在我身上奔跑厮杀，她那迷离幻乱的眼神、销魂蚀骨的呻吟和此起彼伏的双峰，组合成一副令我心旌神迷的画面，就是没有其他的一切，光是床上的芷兰也能把我迷死。有时我会有现在就死在她裙下算了的想法，我是个没出息的肉欲的男人。

在某个销魂的时刻我抱着芷兰疯狂地喊："兰，明天我们就去领证吧！"

回应我的还是那令人抓狂的呼唤："啊，阳……啊……阳……"

平静下来之后我们还像连体婴一样缠绕着，我一刻也不想放手地抱着芷兰："我是说真的，兰，我们结婚吧。生米煮成熟饭，我家人就只能慢慢接受了……"

芷兰微笑着摇摇头："我已经用家破人亡的代价为第一次闪婚买单了，不会再有第二次了……"

"那我们怎么办？我想永远和你在一起，有什么法子能过了我家老爷子那关……"在唇齿相依的夜里，在半睡半醒的状态，我没有再掩饰自己的脆弱无力。

"睡吧，亲爱的，等睡醒了就会有办法了……"

在芷兰温柔的抚摸中，我真的沉沉睡去了。梦里我和芷兰在海边穿着结婚礼服快乐地奔跑，阳光穿过芷兰的头纱温暖地照在我脸上，芷兰发出了一连串风铃般悦耳的笑声。

醒来的时候已是日上三竿，芷兰那半边床和往常一样空着，通常这个时候她都在为我的早餐忙碌。果然，床头柜放着一碗温热的红枣黑米粥，旁边静静地反扣着她的手机，而她的睡衣懒懒地搭在床头，我意犹未尽地扯过来闻了一下，那上面还有独属于她的体香。"芷兰，芷兰！"

芷兰不在厨房，也没在办公室。

我突然有些害怕了起来，立刻跑去翻看柜子。完了，她的行李箱不见了，和箱子一起消失的，是她和小乖所有的衣服，甚至洗手台上她仅有的百雀羚洗面奶和护肤霜也不见了。也就是到这个时候我才发现自己没有送过芷兰任何礼物，我曾经为那些不上道的一夜情荒唐地一掷千金，却因为芷兰出身高贵而自卑，觉得寻常女人喜欢的礼物太俗气，而且总认为来日方长我会把最好的一切都给她。越想要给最心爱的女人一份与众不同的爱，越成了一个吝啬的骗炮党。

芷兰走了，在我的犹豫和迷茫中。

30

为了得到爱，你会努力让自己变得更美好，这是爱情存在的意义。

整整三天，我和老四一直来回转悠在车站机场，芷兰走得很坚决，不仅接走了小乖，连手机都没带，为的就是不让我找到她。我是那时才明白什么叫人海茫茫，每天擦肩而过的人那么多，可我还是把自己最爱的人弄丢了。

老四那几天一刻不离地陪着我，哪怕大部分时间只是一起发呆，他会认真地帮我分析芷兰的去向，行李、孩子，芷兰带着他们肯定走不远，所以老四觉得芷兰还在广州，于是我们又把展会和地摊点地毯式搜索了一次，结果当然一无所获。这里会是芷兰重点提防我的地方，其实是她最不可能来的。一个穷困潦倒的母亲带着那么小的孩子，因为要躲的人太多，谋生难度可想而知。这是最让我焦心的事。

假设芷兰真的没出城，那总得找个住处，城中村是手头缺粮的芷兰惟一的选择。我们把全城的城中村又找了一遍，几乎是挨家挨户地问过，但没有任何人见过她们。芷兰为躲我没法去摆地摊，那总得找份工作，于是我和老四像疯子一样把遍布在上下九附近做珠宝的商户公司又打听了一遍，仍然没有任何下落。

其实芷兰挺狠心的，当年她甩司南的时候也是这样坚决吧，甚至对万全也无心有意地给了最致命的一击。我能算她什么人呢，不过是过渡期的一张饭票，情热时的一个炮友，爽完就可以提裤子走人。她是说喜欢我但从来没说过爱我，她在床上那样激情的表现不过因为自己也饥渴。他们说得对，她真的是一个坏女人。

心痛、指责、怨恨，芷兰对我这么绝情，我也要忘了她。

翻开好久不刷的通讯录，随便约了个以前的炮友，那是个有着魔鬼身材天使面孔的辣妹，罩杯比芷兰大好几码，我们有过几次非常刺激的野战，如果抛开爱纯论性，辣妹是可以打败芷兰的，我现在就需要更猛烈的炮火来炸毁芷兰留下的烙印。这晚，在久违的酒吧我喝得很嗨，在震耳欲聋的音乐里我蹦得大汗淋漓，辣妹一直紧贴我蛇舞般撩拨着，我的手肆无忌惮地在她身上游走着。在酒吧后巷我们迫不及待地搂在了一起，但辣妹在送上她的嘴唇时我下意识避开了，辣妹把一条腿盘在我身上，伸手进来握住了我，娇喘吁吁地在我耳边低语："要我！"

芷兰的声音同时在我耳边响了起来。

我浑身的热血一下子冷却了，在辣妹手里迅速地萎靡了下去，一阵酒意翻涌上来，我推开辣妹呕吐了起来。

"郑笑阳，你丫废了！"辣妹鄙视地甩下一句话走了。

吐完后被夜风一吹，我终于清醒了，一阵的空虚和沮丧过后，我庆幸自己没有再变回那个自己也憎恶的人渣。即使芷兰离开，我也可以守住自己，这是对自己的承诺，与忠贞无关。我怎么能怪芷兰，就算她伤害了全世界，她也从来没有伤害过我，跟司南对她无条件的深爱比起来，我的爱是那么浅薄。仅凭这一点，芷兰放弃我也是无可厚非的。

一个人在深夜的街头孤单地走着，我想明白了很多事，脚步比来时轻松了很多。我急切地想要找一碗粿条果腹，幸运的是不远处有家潮汕小食店仍然亮着灯，我走了过去。

这间长长窄窄的条型店铺此刻已没有客人，贴墙的桌凳中间是长长的过道，一个服务员在拖地，她低着头用力撴着一个超大的拖把，额前几绺头发垂落下来，细细的汗珠从鼻尖冒出来。一个小女孩站在她身边，嗲嗲地仰着头："妈妈，你什么时候带我回阳叔叔家？"

年轻的妈妈柔声道："小乖真乖，咱们现在就住这里，一会儿妈妈就给你铺床，好吗？"

"妈妈，我想阳叔叔，我们还能看到他吗？"小女孩的声音里带了点哭腔。

妈妈低下头不答，呆呆看着地上某处出了神，拿拖把的手机械地在原地动作着。

站在门口的我已经红了眼圈，几大步跨进去一把抱起了小乖："宝贝，我现在就带你们回家……"

“阳叔叔！”小乖兴奋地喊了起来。

芷兰慌乱地扔了拖把要来抱小乖，但小乖搂住我的脖子怎么也不肯撒手。芷兰徒劳地努力了一会儿，沮丧地坐了下去：“你就不能给我们一条活路吗？”

“为什么要离家出走？是的，我们是遇到了一点困难，但是为什么不想办法一起去解决，而是做逃兵呢？”

芷兰崩溃地喊道：“我不逃又能怎么办？我的过去不可能像粉笔字一样擦掉，我也不会要求你为了我跟家人反目……我们只是萍水相逢，我已经把你忘了，你也忘了我吧！”

听到这话我反而高兴了：“你要真想忘了我就不会还留在广州，也不会来这种潮汕小食店打工，你就是想着离我近一点，每天吃着我的家乡小吃，就好像还和我在一起一样，是吗？”

芷兰被我气笑的表情：“你真的非常、非常自作多情。”

“那也是因为我对你有心，多少人哭着喊着我也不会对她们自作多情的。”我发现其实芷兰挺喜欢我的不要脸，每次我嬉闹表白都比深情的效果好，也许是一本正经的司南和完美主义的万全给她的阴影太深了。

芷兰扭过头没有理我，但我能看出她在忍笑，于是掉转枪口：“小乖，阳叔叔想跟你妈妈结婚，可以吗？”

“什么是结婚？”小乖眨巴着天真的眼睛。

“结婚就是一起过家家，一起做好吃的，一起去水上乐园，谁要是生病了，另外一个人就照顾她，也照顾小乖……阳叔叔想当你的爸爸，你愿意吗？”

小乖看看芷兰，芷兰也转头看着她，眼神忧虑而伤感。

小乖突然再次搂住了我的脖子：“阳爸爸！”

那一瞬间我立刻又红了眼圈，眼前这个孩子从小受尽了歧视和漂泊，她的信任比十个芷兰的责任还要重大，我的喉咙被一团哽咽的感动憋得说不出话，只能亲着小乖的小脸，暗暗告诉自己：从今往后我就是个有家的人了，和混乱的过去永远说再见，你能做到的，郑笑阳！

这世上只有一个人是和你真正彼此拥有的，让你没有退路地去热爱，去付出，去原谅……也许这才是婚姻的意义吧。如果18岁时相遇，我们一定不会这么相爱，只有此时，酒正浓，花未谢，香满怀，牵手才是最美的时光。

我会记得这晚我抱着小乖、芷兰拖着行李一起回家的感觉。谁也没有说话，但我们心跳的节奏是一样，那是爱与信任的节奏。

把芷兰母子重新带回家后，我让她把手按在心脏上对我发个誓——以后没有我的允许绝对不会一声不响离开。哪个家庭没有经历过雨雪风霜，如果一有阻力就逃跑还叫什么一家人，虽然我还没有解决问题的办法，而且不敢承诺永远，但我会从现在开始全力以赴去创造未来。芷兰噙着泪发了誓。

把她们安顿好之后我背上包去了老四家，理由是有男人的事要办。

把老四的宿舍门捶了老半天他才来开门。一见是我，他又重新扑回了床上："你这一会儿要死要活，一会儿整宿不睡的，你不活我还想活！"

我用力把他从被窝拖了出来："珠宝界的柯南，到了你建功立业的时候了！快发挥你的推理能力吧！"

老四一骨碌爬了起来："你要干吗？"

我把肖律师给的案件资料和大厦图纸一张张摊在了地上："我找到芷兰了，现在我要重新开始那个案件的调查，为芷兰洗脱难听的名声，只有这样才能让我家人接受芷兰。"

老四打着呵欠抱怨我是个不折不扣重色轻友的损友，但还是磨蹭地下了床，一张张看起资料来。不过警方的资料真的没什么新亮点，翻来覆去就是那些毫无意义的证人证词。倒是老四在拿着明珠大厦平面图时突然精神了："笑阳，你看，78 楼的秘书室是不是上面刚好是总经理办公室里那个套房？"

老四把两张图纸摆在我面前。明珠大厦是一座圆形结构的超高楼，基本上办公区都是环绕中间的电梯而设，79 楼的总经理办公室从平面图上看呈扇面型，占到了整层的 2/3 面积，套房加衣帽间洗手间占 1/3，紧邻 79 楼套房洗手间的是消防楼梯。而 78 层格局又不同，除了几个副总经理室就是秘书办，每间办公室都带有独立的洗手间，有的洗手间在前半部带窗，有的则靠中间是个暗房。秘书室的上方的确刚好是套房，而且它的洗手间上方正是套房的洗手间，也有一扇同样大小的通风窗，那天我还推开过那扇通风窗，想到过那个位置足够一个大男人通过，如果是在低楼层的案件里，那肯定会成为警方重点排查的疑点。

我突然想起一个问题："你平时一天大号几次，每次多长时间？"

老四皱起眉瞪着我："你也太穿越了，跟这个案子有关系吗？"

"当然有。"

"好吧，每天一次，时间就要看带不带手机进去了，如果玩手机的话，一小时也是有的。你为什么问这个？"

一个大胆的假设冒了出来："你看，司南第一次从 79 楼下来进洗手间呆了 18 分钟，第二次事情发生之后他从 79 楼下来又呆了 18 分钟，你说会不会……"

老四接了我的话头："你说司南从洗手间爬上去杀了那两个人？不可能不可能，那可是 78、79 楼！高空两百多米，全是光溜溜的玻璃，怎么可能爬得上去？就算给你套上安全绳也能把人吓破胆，别说爬了。"

我想起了司南攀岩去城堡见芷兰，喃喃说道："别人是不可能做到，但是司南真的可以，他有体力，有胆量，有谋略，修远也好，万全也好，甚至包括车君和安老头，没有一个人是他的对手。"

"不对不对，那两个人掉下去的时间司南正坐在办公桌前，怎么可能做得到？"不能不承认老四的思维是比我缜密。

我挠着脑袋灵机一动："也许，他用了定时装置？"

老四哈哈大笑了起来："如果那两个人是被炸弹炸死的，那我就承认你的话有道理，问题人家是从楼下掉下来摔死的，你能用什么遥控装备准确控制两个大男人在什么时间跳楼吗？"

我摇摇头。

"再说了，司南只是因为芷兰对安万全怀恨，他要杀也应该只想杀安万全一个人，你不是说他跟李修远关系还不错吗？有必要多杀一个陪葬吗？"

"莫非，司南跟修远也有过节？"我困惑地。

"用法律界的话来说，他的作案动机呢？李修远是芷兰的哥哥，两兄妹关系一直很好，你也说过结婚前李修远还护过司南，后来在工作上又待司南不错，司南就算想杀掉一个敌人，也没必要杀一个朋友吧？"

"司南说过，他没有朋友……"司南那张总是冷冰冰的脸浮现在我眼前。

"但至少不是敌人，我不相信司南会滥杀无辜，哪怕他杀了车君都有理由，就是不应该杀李修远。”老四还真是司南的铁粉。

我努力地拼凑着那些来自不同人嘴里的修远。确实，这个温和的慢性子的男人，是世上最疼爱芷兰的哥哥，又是给了司南发展机会的上司，就算司南不喜欢他，也没有理由让司南妄动杀机。也许修远惟一的原罪，就是身为一个男人却活得如此窝囊，无力保护任何人。

我刚捕捉到的一点灵感被老四全盘推翻了，一晚的辛苦等于白费，后来我们的研究和讨论再也没有进展，最后只能一脑门雾水疲惫地睡了。

早上我是被肖律师的电话吵醒的，睡眼惺忪地刚喂了一下，电话里就传来了老肖激动的声音：“笑阳，你马上过来找我！我找到一个知道司南父母情况的人了！”

我一下清醒了，从床上一跃而起。

31

这个肖律师，现在对司南的兴趣比我还大。

从湖南回来之后，肖律师一直在寻找司南父母的来历，但安氏和明珠从来没有发生过火灾伤亡事件。由于司南一开始就进入安氏打工，老肖把目标锁定在安氏过往的员工，但一直没找到司伯先、陈桂莲的员工档案。于是肖律师这才把调查点转回明珠集团，终于在十几年前的员工资料里找到一个叫陈桂莲的营业员，由于时间久远陈桂莲又身份低微，集团里根本无人认识，但老肖找到上一任为车君服务过的杜律师，一问陈桂莲对方仍记忆犹新，同意把前因后果告诉我们。

肖律师领着我去了退休律师老杜的家，我们听到了一个令人目瞪口呆的故事。

“我是车董在内地合作的第一个律师，那时候明珠还不是集团，只是迅速地在全国扩张开连锁店，那时候员工的流动很大，劳资纠纷也不少。陈桂莲就是明珠在四会市一家分店招聘的店员，不过她刚到公司工作一个月就被查出得了肺癌，那时候她还是试用期，一般都是三个月试用期过了之后才买社保医保，这个人可以说一点贡献都没为公司做过，公司就为她治病垫付了几万块。那时车董让我想想办法，说肺癌是个无底洞，公司不可能一直当冤大头。也怪我一时糊涂，就帮车董想了个馊主意，我们查到陈桂莲没正常上过几天班，就给她来了个旷工辞退处理，而且把辞退通知日期放在她确诊前，这样就算她打官司也没得打，车董还多给了一个月工资给陈桂莲，他们当时也没有闹，静悄悄地就离开了……”

我吃惊且憎恶地看着这个白发苍苍的杜老头：“你们律师怎么能干这么缺德阴损的事呢？”

老肖尴尬地用力清清嗓子，对我使眼色让我别乱说话。

杜律师注意到了老肖的脸色，苦笑了：“没关系，小郑说得对，这事我挺后悔的，真的不知道后来会发展成那样……那个陈桂莲的丈夫，好像叫什么司伯先，对，就是司伯先，他当时是一个装修队的泥水工，大概也是着急筹钱给陈桂莲治病，东拼西凑借了两万块钱，结果去医院时路过安氏开的一家赌石坊，看到别人以小博大赚了很多钱，就把所有的钱都拿出来换了一块石头。赌石这东西，内行都不一定看得准，何况他一个门外汉，结果可想而知，他把老婆的救命钱给砸进去了，血本无归……”

我急切地追问：“那他怎么给老婆治病？”

杜律师重重地叹息了一声：“农民工你是知道的，那点救命钱输掉可就输红了眼，找赌石坊又哭又闹非要把钱要回来，安氏怎么可能退钱？说实话安氏也就是靠赌石坊发家的，一年不知道有多少人栽在他们的石头上，愿赌服输，要是坏了规矩以后还怎么在行业里混。”

老肖喃喃着：“道理是这个道理，就是司伯先这个情况实在特殊，后来他们是怎么死于火灾的？”

“哪有什么火灾！就是自焚！”

我和老肖眼珠子都快掉下来了。

“赌输后的第二天，司伯先推着他老婆到了玉石文化广场中心，给自己和老婆全身上下都点上汽油，一手拿着打火机，点名要明珠和安氏来救命。那天车董和安董都不敢出面，是叫我去处理的，当时很多人围观，那对夫妇正在读初中的儿子也在场。很多人都费劲唇舌劝他们不要干傻事，特别是他们那个孩子，撕心裂肺地喊着：‘爸爸，妈妈，你们不要我了吗？爸，咱们回家吧，我不上学了，我可以做小工给妈妈治病的，爸爸，你们要走就带我一起走吧……’好几个消防兵拽着孩子才没让他扑过去，孩子后来喊得嗓子都失声了，那场面我一辈子也忘不了……”

我沉默地看着一脸苦恼的杜律师，如果目光可以杀人，他一定被烧死了。

“我们顶着大太阳僵持了两个多小时，消防车当时也来了，看热闹的人都说司伯先不是真想死，我也觉得不会出什么事，就想等司伯先晒得脱水晕倒再让消防兵解救。但司伯先可能觉得真的没希望救他老婆了，没有一点征兆地就扑到了陈桂莲身上，两个人瞬间变成了火球，他们发出的惨叫声啊……场面太可怕了，陈桂莲儿子也疯了一样往前冲，好几个大男人使出吃奶的力气才压住他……后来火球终于被扑灭了，担架抬上救护车的时候，他们已经成了炭人……”

杜律师双手撑头，不堪回首地哽咽着：“那么多人看着他们出事，但是没有一个工友送他们去医院，之前他们为了治病已经把能借的人都借遍了，事情到那份上借钱的都认倒霉了，谁还敢去医院堵窟窿……帮车董把陈桂莲赶走是我这辈子做过最亏心的事，也是我一辈子的噩梦和心病，我没法再当他们的律师，后来他们才找的老肖。”

老肖看着两眼通红的我，面色凝重：“我知道你现在不愿意听，但司南确实有比救芷兰更重要的作案动机，他潜伏在安氏和明珠十几年，就是要为司伯先和陈桂莲两条人命讨个公道。”

“证据！证据！”我崩溃地吼了起来，“没有证据就是有一万个作案动机司南也没有杀人！”

其实我心里已经绝望地肯定了，一定是司南谋杀了修远和万全。也许从太平间那个恐怖的夜晚14岁的司南就开始筹划了，这就是他出人头地的目的，是比考大学、成为玉雕大师、做赌石大亨更重要的事情，十几年的潜伏，用两命抵两命，再吃掉明珠和安氏两个帝国。司南啊司南，你有着怎样一颗百孔千疮血迹斑斑的心啊！

离开杜律师家后我郑重地找老肖商量，希望他能当这段时间的调查没有发生过，即便最后认定司南有罪，逝去的人也不可能再回来了，我希望两命抵两命能换来所有人的安宁。肖律师感叹我这个人不能在法律界工作，否则如此感情用事一定会天下大乱。他已经申请重新启动司法程序，以后的调查将不再由我们控制。

说真的，我特别想揍老肖。

我在夏日里炽热的阳光下失魂落魄地游荡着，心里为那个残酷的故事感到彻骨寒冷。接到戚秀电话时我才意识到，这天是一早约好带她去见车君的日子。其实我一秒钟也不想再看到那个狠毒的老女人了，但可怜的戚秀一片痴心百里迢迢来怀念她逝去的爱人，我不忍心再破碎掉她那小小的慰藉。

应该说这天的车君是认识以来表现最好的一次。从第一眼看到戚秀，车君就噙着泪把身子贴到了隔离玻璃前："戚秀，你过来让妈妈好好看看你，多好的姑娘啊，可惜我们修远没有福气，都怪妈妈不好，妈妈欠你们的太多了，要怎么才能还得清啊！"

戚秀一下子泪崩了，哭得上气不接下气："不怪你，妈妈，是我命不好，是我没有把修远照顾好……"

车君隔着玻璃轻轻抚摸戚秀的手："孩子，你为了修远吃大苦了，这几年没名没分地跟着他，最后还要为让他的朋友心理平衡，牺牲你自己的贞节……"

我吃惊地瞪着车君，戚秀也吓得停止了哭泣。

车君怜悯地看着戚秀："阿秀，笑阳告诉我，出事前你被万全强暴了，其实不是那么回事，对吗？"

戚秀把嘴唇咬得发白，显然内心在剧烈地斗争，过了很久她才点了点头："那个亲子鉴定结果出来后，安万全像疯了一样折磨芷兰，芷兰实在顶不住就告诉了修远，修远那些天愁得跟自己在遭罪一样，他说因为您和老安总……从小就觉得对不起安万全，芷兰虽然现在受折磨，但起因也的确是亏欠安万全，修远一直在想，如果能补偿一下安万全，让他心理平衡了，也许这件事就能过去了……"

车君怔怔地看着戚秀："所以你背着修远跟万全他……你以为这样就能让万全心理平衡？"

戚秀的眼泪掉了下来："我太天真了，我以为牺牲自己就能帮到修远。那晚安万全像往常一样坐在办公室发呆，公司里的人都下班了，我看他还像个雕塑一样一动不动，就给他送了一杯水过去，里面，里面放了一颗伟哥……我回到办公室加班，没多久感觉到安万全站在我身边，眼睛红得像兔子一样看着我，我刚站起来喊他，他一拳就打到了我脸上，然后把我扑倒在了地毯上……"

我叹了一口气："原来，你才是压垮万全的最后一根稻草……"

车君也苦笑着："像万全这样一个从小对自己要求完美的人，绝对不允许自己做这种出格的事情，非但不能心理平衡，反而会精神崩溃。"

"那晚我被折磨得面目全非回到家，修远一看我的样子就气疯了，他非要去报警，我不得已才说清楚是我给安万全下了春药，修远抱着我哭了，他再也不准我去安氏上班了。我以为我的计划有效果，没想到第二天修远就说安万全彻底疯掉了，半夜拿着刀架到芷兰脖子上，说自己也已经变脏了，要和肮脏的她同归于尽，第二天白天也在家闹了一次跳楼，就这样安家还不送他去医院，光知道骂芷兰，芷兰已经吓得逃出了安家。修远那时候很紧张，他说要保护芷兰保护我，再不准让任何人伤害我们，谁敢动我们一根手指头，他就杀了谁……”

我心里一动，还没等我问出来，车君已经抢先说了：“秀，你实话实说我不怪你，是不是修远真的计划杀万全？”

戚秀再一次咬住了嘴唇，低头犹豫着。

车君凄笑着：“不用怕，就算是修远杀的，他也已经不在这世上了，不用承担责任，妈妈这心里要是不得到一个答案，死也不会闭眼的。”

戚秀下定决心地抬起了头：“出事的三天前，修远失魂落魄地回来了，他一进门就抱着我浑身发抖，他说：‘怎么办？我今天差点把万全给杀了！’我当时都吓蒙了，问他怎么回事。修远说安万全找他要芷兰，他好不容易才劝住安万全一起去潜水散心。他们都是有潜水执照的，从小玩到大一直都很配合，但是这天在海底修远看到安万全在前面游着，那个瞬间他突然特别恨安万全，这个人已经威胁到芷兰的生命了，而且还玷污了我。修远说那一瞬间像被鬼附身了一样，他从背后游了过去，悄悄拔掉了安万全的氧气管，然后扯住了安万全的腿，修远说安万全在海底拼命挣扎着，乱踢着，不知怎么被他扯脱了脚蹼浮了上去，让他逃脱了……”

“那万全还能让修远好好地回来吗？”我不解地。

“修远说当时他也很害怕，不过安万全上岸之后什么也没说，他光会发呆，好像失忆了一样。那段时间安万全本来就精神很不正常，未必能记得海里发生过什么事情。”

“所以，修远那傻孩子就真的在三天后计划再次谋杀万全？”车君的声音颤抖了。

戚秀摇摇头：“我不知道，后面修远有没有计划真的没跟我说，那天潜水差点出事只是修远一时犯了糊涂。我的猜想可能是在办公室他俩吵了起来，然后修远一时糊涂又去杀他，结果，结果失手和他一起摔下来了。”

车君仰起头长长地吁出一口气，两行热泪滚滚而下：“这一年多来修远的死每天都折磨着我，真的没想到凶手竟然是修远自己，这一切都是我的原罪，我的罪……”

戚秀泪如雨下：“我也有罪，我不该自作主张，我应该把修远带走，我……”

这是不可思议的一幕，不可一世的女王车君对一个以前绝对不会瞧上眼的儿媳声声忏悔，而正是她的诚意让本要保住修远名声的戚秀说了真话。如果我能说服戚秀把真相说出来的话，那司南就可以洗脱谋杀嫌疑了，哪怕他有一万个作案动机，只要他没有付诸实践，那就还是安全的。

司南，你到底有没有罪？

32

我没有把司南父母是谁告诉车君，对她来说，就当修远是凶手反而天下太平，至少目前是这样。出于一个正常人的良心，我想帮司南一把，也同时是还原真相，而现在问题的关键在戚秀。

探监出来，戚秀迎着太阳伸了一个懒腰，她微眯着眼露出一个发自内心的笑容：“我突然觉得轻松了。”

“是因为这几年你一直活在黑暗里，现在终于得到了修远母亲的承认吗？”

戚秀摇摇头：“不，是终于把秘密说出来了，不管我是什么样的人，修远是什么样的人，以后都不用我一个人苦苦守着了。”

我似乎看到了希望：“那干脆把你知道的情况告诉警方吧，这样就能结案了。”

戚秀皱起眉头看着我：“我不会再告诉第三个人了，万一不是修远做的，那他不是要背着一个杀人犯的罪名？不不，我绝对不会说的。”

“可是你也是这个家的一分子，有责任帮他们还一份孽债……”

站在监狱外面的大榕树下，我给戚秀讲了一个曲折离奇不可思议的故事。司南父母是什么人，怎样因为车君和安老头的冷酷走上自焚绝路，14岁在太平间过了一晚把自己送进福利院的司南，他如何从福利院进入安氏打工，一步步奋斗到现在的位置，但事发时因为没有作案时间被排除，现在又因为他的身世重新被警方重点调查……如我所愿，虽然戚秀有过一些谎言，但总归是个善良的姑娘，她从一开始就掉泪了，愤怒、同情、质疑、理解，随着我的讲述她纠结在各种情绪里。

没再等我恳求，戚秀很干脆地做了个决定：“好吧，我们现在就去录口供，你说得对，修远妈妈欠下的债，我有责任帮她还，不能让警方为难一个可怜的好人。”

我心里充满了感动。

我们马不停蹄赶去了深圳，我叫上了肖律师，是他陪戚秀在派出所录的口供。至今为止是这个案子最有价值的证人证词，虽然不知道警方是否如我所愿结案，但至少我尽力了，用肖律师的话说，对真相负责。

而且这对所有人来说都是最好的结局。尽管，尽管我心里还有很多疑问。

这次的等待对我来说并不漫长，戚秀先从派出所出来。比起探监后的状态，她现在甚至可以说是神采奕奕，之前笼罩在她身上一种无形的枷锁已经彻底抛开了。我迎了上去，欣慰地笑着：“你现在好像整个人被解除魔法了一样。”

“是啊，我有种重生了的感觉，从没想过说出来会这么好……可是，我这算不算对修远的背叛？”戚秀略有些困惑。

“不，我了解修远，他是一个正直、善良的人，你替他还了一份良心债，帮了一个清白的人，他会非常感激你的。而且修远这辈子也没有随自己心愿做的事，你让他身后成为一个勇敢的人，我替你们自豪。”我不知道自己能否替修远发言，但我知道戚秀很需要这份安慰。

戚秀把双手按在心脏位置，闭上眼睛微笑着长吁了一口气。

“你以后有什么打算？”

“我想好了，再也不能躲在家里了，你那天的建议不错，我就去开家茶馆吧，这也是以前修远的梦想。有时间我会替修远去看他妈妈，别的，就听上天安排吧！”

“你，肯见芷兰吗？”我犹豫着还是问了出来，“连车董你都原谅了，我想芷兰对你没有那么大的伤害。”

戚秀的笑容略有些黯然：“是的，我一直恨她，要是她私生活检点一点，或者是干脆勇敢一点选择爱情，所有的恶果都不会发生。我还需要一点时间，也许将来可以和她做朋友，但不是现在。”

“不管怎么说，谢谢你，祝福你。”

我和戚秀握了握手，戚秀步履轻快地走进了夕阳余晖中。

肖律师还要跟民警办手续，我蹲在派出所的屋檐下抽烟等老肖，不知道为什么，我心里还是压抑得慌。老肖一脸轻松地出来，也走到我身边蹲了下来，我递给他一根烟："办完了？"

"完了。终于完了。"老肖如释重负地呼了一个烟圈，"虽然没想到是这样的真相，但大家终于可以睡个安稳觉了。你这是怎么了？为啥还是一脸愁云惨雾？"

"我开心不起来，不管真相是什么，跟这个案子有关的每一个人都是输家。"

"你现在想的就是哲学高度的问题了，对被害人来说，他们只需要真相。"只要谈到跟案子有关的话题，老肖永远都是这个油盐不进的熊样。

我有些迷茫了："真相真的有那么重要吗？"

"当然。如果你觉得真相情有可原，可以马马虎虎掩盖过去，那下一次不幸可能就会轮到你头上，那时候谁来为你的真相负责呢？这个案子发生前，万全是威胁芷兰生命的人，如果安家肯面对事实把万全送进医院，根本不会发生后面的事，当时要是芷兰出了事谁对她负责？后来案子发生了，修远是凶手，万全成了被害人，凶手也好，被害人也罢，那都是人命。死者不会说话，活着的人必须替他们找出真相。"

我愣住了，傻在原地陷入了沉思。

"好了，笑阳，这些日子也够难为你的了，忘了这件事，回去好好跟芷兰过日子吧。我相信车董今后也不会再强求你了。"

"可是，可是，我还有疑问……"我犹豫地、艰难地说着。

老肖不解地看着我。

"你注意到戚秀说的话没？出事前万全已经疯了，半夜把刀架在芷兰脖子上要杀她，白天在家也闹过跳楼，芷兰在出事前已经逃出了安家，万全来找修远要人，修远才把他带去潜水而且动了杀机的。"

老肖沉思着："你是说，修远把芷兰藏起来了？"

"是啊，虽然戚秀不清楚这件事，我也没听芷兰说过，但是出事前芷兰藏到了哪里呢？"

"他们从头到尾这事都瞒着车君，所以肯定不会让芷兰回娘家。据我所知，修远除了戚秀那儿，并没有其他据点……"老肖迟疑着。

"办公室！""办公室！"

我和老肖同时喊了出来。

如果芷兰那几天藏在办公室，那证明出事那天她在现场，而且是目睹了整个事件。这可怕的念头让我万分惊恐，我感觉脸都吓麻了。

“不会的不会的，也许修远给芷兰找了个酒店住下了，也许安排芷兰出去旅游了，也许……”老肖想安慰我，但是越说自己也越没底气。

芷兰当时一定身心俱碎，那种状态根本没可能出去旅游，而一心要保护妹妹的修远一定会把她藏到身边，只有这样他才最放心。

我下了一个决心：“我上次申请调阅明珠大厦的监控视频还有效吗？我想现在再进去看看，我要搞清楚芷兰究竟知不知道真相。”

这次轮到老肖犹豫了：“万一，要是……你和芷兰怎么办？”

我痛苦地低下头：“我不知道，但如果不查清楚，这件事真的会成为一个巨大的阴影横在我和她之间，就像谁动了封印一样成为万全的阴影，这就是我一次次决定不查最后又食言的原因。在我确定自己能给芷兰幸福之前，必须要知道真相。”

老肖站了起来：“那好吧，正好就在派出所，我进去帮你再申请下。”

“你找个别的什么理由，先不要提芷兰。如果芷兰真的跟案子有关系，我会劝她来自首的。看在你从小看她长大的份上，给她一个机会吧……”我拽住老肖恳求着。

老肖沉重地点了点头。

我没有问老肖找了什么样的借口，总之我们又一次查看了明珠大厦案发前后的监控视频。首先我们把上一次查看的部分包括78和79层的视频重新梳理了一遍，一直到警察进入79楼现场，都没有其他人从里面出来，如果芷兰真的在里面，那前来侦查的警察肯定能逮个正着。

我点着鼠标问老肖：“你觉得这个视频会不会被人动过手脚？比如司南……对，他和芷兰之间一直有某种默契，会不会是他帮芷兰修改了视频，所以拿这个要挟芷兰和他在一起？”

老肖摇头：“不可能，你也看到秘书处的视频了，一直到警察到79楼的时候，司南都在办公桌前呆着。安防监控系统是由一楼保安处管理的，警方到79楼的同时就有另一组人马去保安处调取视频了，司南根本没时间去保安处。”

“可是司南一直在电脑前啊，说不定那时他就已经入侵到安防系统了！”

老肖笑了：“司南可不是黑客，没那么大本事。据我所知，这套安防系统是修远花了大价钱请专业公司量身定做的，安全性非常高。”

“今天你可不像律师了，没有查证过的事不要下肯定的结论。”我不满地。

“好好好，我明天就去明珠好好查这事，可是我们确实没看到芷兰在办公室进出啊！”

“也许我们时间查错了，再往前翻翻吧！”我还是不甘心，因为我的心结没能打开。

其实我们不能确定芷兰从安家逃出来的准确时间，所以只能从案发前开始一天一天地倒过去查。要把一整天修远办公室人员进出的情况全部查清可真不容易，盒饭加瓶装水是这晚的晚餐，为了留在派出所加班，老肖腆着老脸出去请示了好多次。曙光再次来临的时候，老肖已经疲惫地倒在桌子上睡着了，而我，还黑着熊猫眼圈盯着屏幕。

终于，在查到案发前的第七日16点36分，芷兰抱着小乖背着一个包出现在了镜头里，我放慢了镜头，小乖伏在芷兰肩上，芷兰略低着头，看不到她的表情，但是能看到她头发凌乱的样子，在她从电梯走出来的同一时间，修远从办公室走出来，然后迎上去接过小乖，一手拍着芷兰的肩膀，边说什么边走进了办公室。也就是同一天的一小时后，一个保姆阿姨模样打扮的人进了办公室，15分钟后，阿姨抱着小乖出来，和她一起出来的是芷兰，不过芷兰把她们送进电梯，仿佛在嘱咐着什么，看着她们下去之后，芷兰又重新走进了办公室。这晚除了送餐车的员工来过一次，修远在晚上八点离开，而芷兰再也没有出过办公室。

老肖仿佛心灵感应一样，突然醒了：“怎么，找到了吗？”

我沉重地点了点头，老肖急切地挪动鼠标，把我的收获重新又看了一遍，然后慢慢地、沉思地靠在了椅背上。

“现在可以确认的是，芷兰是案发前一周进到修远的办公室，然后一直到案发后警察入场她也没有出来，她好像人间蒸发、移形换位了一样。”我心情沉重地总结。

“不可能人间蒸发的，她肯定是离开了，不过她离开只能有两个途径，要么是电梯，要么是消防楼梯，而进入这两个地方都必须先经过办公室外面的过道区，也就是你看到的监控探头的范围……”

我突然抓住了一根救命草：“有没可能是她在晚上离开了，所以监控不到？”

“不可能，这里是写字楼，晚上 12 点之后电梯就停运了。再说监控头是带红外夜视功能的，晚上如果有动静你也能看到。”

“太奇怪了，那几天她究竟在不在修远办公室？”我越来越糊涂了。

“我倒是还有个办法可以确认，去问下员工餐厅那些天负责给修远送餐的人，到底送的饭菜是一人份还是两人份，不过，这样一问就能确认芷兰究竟在不在了，你真的要查芷兰吗……”老肖忧虑地看着我。

这是认识老肖以来他最不像律师的时候，我转过头不敢看他：“查，或者不查，你都会怎么看我？”

“查，证明在你心里正义大于私情；不查，芷兰确实是被逼到绝路的，不管做了什么都可以理解。当然，事情还没有最后水落石出，还不能确定芷兰跟凶手之间的关系。所以不管怎样，你在我心目中都是条汉子。”

我苦笑：“别讽刺我，我没那么高尚，只是想搞清楚真相对爱情的意义到底是什么。”

老肖站了起来：“那我现在就去明珠确认。”

33

老肖去明珠调查的当口，我在派出所对面的咖啡厅打盹。虽然知道老肖不一定马上有结果，但我不知道现在回去怎么面对芷兰。刚承诺过她要全力创造共同的未来，也答应过不再调查这个案子，但我还是食言了，而且这次把枪口直接顶到了芷兰脑门上来。

我不知道自己是对是错。在咖啡厅一个直接可以看到派出所门口的位置，我一直半迷糊半清醒，内心也始终在翻江倒海。不知道究竟睡着了没有，只是某个瞬间我心电感应般地弹了起来，转头看派出所那边，一辆的士正在停车，从车上下来了一个白衬衫的高个子男人，正是这些日子我再熟悉不过的司南。

司南来派出所干什么？

我飞快地跑了出去："司南！司南！"

我叫住了正要走进派出所大门的司南，三步并两步跑到他跟前："你来这里干什么？"

司南淡淡一笑："我来自首的。"

"什么！"我的嘴巴可以塞进一个拳头了。

"李修远和安万全那桩案子是我做的，我决定来自首，你也可以消停了。"

我不惊反笑了："别开玩笑了，昨天我都说服戚秀来录口供了，修远在出事前就动了杀机要杀万全。警方都快结案了，你没有作案时间也没有必要杀他们，别胡闹了。"

司南脸上的笑意加深了："你不是一直在查我吗？现在应该也查出我父母的事了吧？没有人比我更有作案动机，至于作案时间和手段，刚才我给你录了一段视频发到你邮箱了，希望能解开你所有的谜团……”

我下意识地看了下手机，果然有个未读邮件，可我还是非常困惑：“为什么你现在才来自首？事情都过了这么久了，这件事都快平息了。”

司南淡笑：“我做事情从来没有理由，杀了就杀了，来了就来了。笑阳，芷兰就托付给你了。”

“不不，司南，你先看看这个……”我着急地拿出钱包那朵野菊花，这时它已经变成干花了，“这是你父母坟前的花，你还有没完成的使命，不能乱做决定。”

司南接过花，脸上有微妙的感动：“谢谢你。但我已经决定了。”

我不死心地拖住司南：“芷兰知道是你杀的吗？她知道你现在来自首吗？”

司南随便一抬手，轻松挣脱了我：“笑阳，你是个很好的人，但你跟安万全很像——眼睛里容不得沙子。爱，应该是无条件地接受，但你们的爱始终是建立在某条底线之上的。虽然得到芷兰的人始终不是我，但我比所有人都爱芷兰。”

司南深深地看了我一眼，然后头也不回地走进了派出所。

拖着沉重的步子回到咖啡厅，我下载了司南发给我的视频文件。

“笑阳你好，你知道我是一个自负的人，智商能超过我的人不多，能让我佩服的人也不多，但你是其中一个。潜伏在安氏和明珠十几年，我做了很多事，有很周密的计划，我也知道迟早会有人查出真相，只是没想到你来得这么快。虽然我也做了一些事情阻挡你的调查，但你还是离真相越来越近，这大概就是邪不胜正吧。和你斗累了，我也想清楚了，决定把事情从头到尾全部告诉你。”

镜头中的司南是在他的办公室，我看了下录制时间是 30 分钟前。

“该怎么说呢？你现在应该是这个世界上最了解我的人。14 岁那年我父母过世的那晚，原本那个单纯得像一张白纸的司南就一起死了，那晚我就发誓，一定要让毁灭我世界的人血债血偿。堂叔带我回老家要收养我，我却选择了去福利院，因为只有在福利院我的出身才会被彻底洗白，以后很难查到我真正的来历，没人联想到我的父母，而我的敌人也会因此放松警惕。考大学是我潜伏进安氏前的一次试刀，我想看看自己定下的目标到底能不能完成，很幸运我胜利了，虽然上大学之后我同样可以再进入安氏或明珠，那样起点还会高一些，但是了解敌人太慢太不全面，我没有耐心再等一个 4 年。”

镜头里的司南气定神闲得像个正在接受采访的影星，如果不是知道那么多血淋淋的前因后果，我真有种在看戏的错觉。

“18岁，我进入安氏当一个工人，在当车工、学雕刻、学切割的6年里，我把安氏的基层摸清楚了，也了解了安氏和明珠之间相互渗透的关系。从斯里兰卡回来那年，就是我的计划开始实施的时刻，我父母的两条命，不仅要车安两家两条人命偿还，还要拿下他们的城堡。但我研究了两家的人员结构和生活习惯之后，发现几乎没有能下手的机会，除非单个击破。我几次攀岩潜入车家海边的房子侦查，在芷兰的屋子里看到了她喜欢的《国家地理杂志》，于是我以那本杂志的名义给她寄了一份邀请函，只要她能出门，就会成为我第一个下手的目标……”

我想起了最初牵引芷兰和司南缘分的那份邀请函，没想到竟然是司南的精心谋划，不禁为芷兰感到了后怕。

“芷兰真的到了这个寨子，我的计划是去跟她搭讪然后骗到森林里杀她。不过计划赶不上变化，在跟踪她路过赌石坊的时候，看到他们在骗人，一下子想起了我父亲的事，一时冲动就上去揭穿他们，没想到惹了一场麻烦，更没想到芷兰来冲出来帮我。如我所愿认识了芷兰，也如愿到了原始森林，那天后半晚她都是靠在我身上睡觉的，我只要往她脖子上用点力，就可以帮我父母讨回一个公道。但是我下不了手，芷兰太美好了，我几乎就在那晚爱上了她。我不能想象，一个像车君那样铁石心肠的女人，怎么会有这么单纯善良的女儿。在云南那几天，我每天都跟自己说，这是你杀父仇人的后代，你要杀了她，另外一个声音又说，她是最美丽的天使，冤有头债有主，你不应该把父母的仇算到她头上。云南的最后那晚，我彻底放弃了杀芷兰的计划，无可救药地爱上了她。”

我长长地吁了一口气,同时也为芷兰从初恋就掉进一个可怕的阴谋感到心痛。

“从云南回来之后我暂停了谋杀计划，芷兰给我的一切安慰了我的心。安氏矿物园十周年那天，我看到她以安万全女朋友的名义穿梭在场内，真的非常痛苦。我是故意在她身边走过，把她引到花园的，没想到她竟然向我提出分手。在游艇上我救了安万全，也是对芷兰还抱着希望，不想让她觉得我是一个狠毒的人。我的目的达到了，夜里攀岩去见芷兰时她重新接受了我，那之后每周我们都会私会，那是我一生当中最快乐的时光。为了芷兰，我很努力在安家表现，就是想早点出人头地，好配得上芷兰，娶她为妻。不过你知道，我的梦想还是破灭了，当时我不知道芷兰会有那样一个婚姻，否则拼了命我也要抢走她的……”

镜头中的司南低下了头，显得有些黯然。

“她婚后的事情你已经知道得很详细了，那几年我在修远身边，根本不敢去打扰她。但是我经常晚上蹲在安家花园，所以她过的什么日子我最清楚，我也劝过她不要再抱幻想一定要离婚，但是她太弱小也太无力了，我必须要用一个外力来推动这件事情。于是借着一次去找安万全办事，问候他的健康然后谈到家庭，安万全对我讲了他对小乖血缘的担心，我建议他带小乖去做亲子鉴定，而且答应陪他一起去。陪他们去取样那天，安万全先取了样，我让他先抱小乖出去我来办后面的手续，然后跟医生说我也要取个样。其实那时我一直相信小乖是我的孩子，取了样之后我趁医生不注意，把我和安万全的样换了过来。我想赌一把，如果孩子是我的，那结果出来就会是安万全的孩子，至少芷兰能够过点安宁日子。我还是太自信了，小乖真的是安万全的孩子，所以两份结果单得出了相反的结论。当时是我去拿结果单的，看到之后我想将错就错也好，这下安万全该跟芷兰离婚了……”

我一边看一边摇头，这太让人震惊了，小乖本来就是安万全的孩子，那芷兰婚后那几年受的折磨真是太不值了。想到那天在城堡司南与芷兰见面，司南就是拿着那份假结果打败了我们，为了得到芷兰，司南还真是用心良苦。

“没想到得到了这样的结果，安万全还是不肯跟芷兰离婚。有一次我在花园听到他在楼上打芷兰打得特别狠，当时我急坏了，就顺着他家下水管道爬到了四楼，从他家窗台翻了进去。当时安万全正把芷兰按在床上打，芷兰已经看到我了，我拿起屋里一个高尔夫球杆，准备往安万全头上打，但是芷兰一脸着急地摇头。看到芷兰的眼神，我实在不敢违背她的意愿打下去，只能心如刀割地原路退回，我真的不明白芷兰还要忍受什么。出事前那个月，安万全每晚都在打芷兰，有时还看到他坐在窗户上，真想上去把他拉下来，但这样的话芷兰肯定脱不了嫌疑。所以我得想一个方案，把我一直以来计划拿回的两条人命一网打尽，而且要让我和芷兰安全脱身。”

看着司南平平淡淡地讲述这么恐怖的事情，我不禁打了个寒战。

“出事那天早上，是我给安万全打的电话，说修远约他谈芷兰的事情。很快安万全就到了修远办公室，他们谈话的过程中我借口送资料进去了一下。你们肯定从监控里看到我只在办公室呆了五分钟，不过这五分钟足够我做很多事情了，我用修远的高尔夫球杆先击倒了安万全，修远扑上来想跟我厮打，他俩哪里是我的对手，很快就都被我打晕了，然后我拧松了办公室和套房洗手间窗户的铆钉。我不怕打他们在身上留下伤痕，是知道他们会从楼上摔下去，摔成一摊泥，根本没办法验伤。”

怎么能做到让两个晕倒的大男人在司南不在场的时间掉下去呢？

“然后我下了 78 楼，我必须要在监控里有不在场的证据。到了 78 楼之后，我立刻从 78 楼洗手间爬到了 79 楼洗手间。笑阳，你知道这对我来说很简单。我通过 79 楼的套房回到了办公室，用绳索把他俩绑到了窗前，一半身子悬在窗外，然后系上活结，绳索另一头系在室内的柱子上。我知道他俩的体重会让绳索的活结逐渐松开，迟早会绑不住他们，这样他们就可以在我不在场的时间掉下去……”

我倒吸一口凉气，这样完美的谋杀方法即使酷爱悬疑片的我也闻所未闻。

“预设好现场后我又从 79 楼洗手间回到了 78 楼，就在我坐在办公桌前的时间里，李修远和安万全成功地走向了地狱之门。事后保安电话通知我去 79 楼查看，我很从容地清理完了现场，没有留下任何谋杀的痕迹。”

视频里的司南坐正了身子，认真地盯着我。

“笑阳，你一定会问，这场和警察的比赛，我已经赢了，为什么还要去自首吧？我是赢了全世界，但是我输了芷兰，我以为干掉了安万全，芷兰就是我的了，但没想到那几年痛苦的生活给芷兰阴影太深，出事之后她根本不想见我，而你适时地在我和她之间插了一杠子。说真的，我很想和你好好比试一下，甚至也想过干掉你，可是，爱情里不被爱的那个才是第三者吧？我不能再让芷兰痛苦了，如果我不出现，不做那些手脚，那她的生活完全会是另外一个样子。既然一定要有人为过去买单，那就让我为自己的行为负责吧。别再追问为什么了，把你眼里的沙子用爱磨成珍珠吧，祝你和芷兰幸福。”

司南露出了一个我从未见过的灿烂的笑容，屏幕跳了一下，他的影像消失了。

34

司南父母的惨死确实要归罪于车君和安老头。修远要杀万全。芷兰在案发现场。司南自首认罪。

短短一天时间好像过了三生三世。每一个真相都如此狰狞，让我猝不及防触目惊心，调查到此时，已使我的情敌如履薄冰。可是我一点都不开心。我想找一个人把心里这潭苦水倒出来，不知怎的，我想到了安老头。

佣人给我开门时，远远便看到安老头像个泥塑一样低头卡在他的红木沙发上，看到我进来，他也只是失神地瞥我一眼又低下头去，再也没有往日那种绵里藏针的神采。

我走到他身边坐下，想象中他一定会质问我的来意，但他始终那样沉默着，倒是我最后忍不住了："司南自首了，修远和万全是他杀的，您知道了吗？"

安老头呆若木鸡地点了点头。

"小乖是万全的孩子，司南父母就是当年那对自焚的夫妇，您知道了吗？"

安老头神色黯然地点了点头。

"那您满意了吗？纵容自己的儿子像疯子一样折磨芷兰，明明知道他有病还不送去治，把自己的亲孙女赶得到处流浪，您满意了吗？"

我的声调一句比一句高，安老头像个被训斥的孩子一样低头不吭气。

我环顾着这个奢华的家，悲愤地说："为了这些名贵木材、奇珍异宝，为了您明里暗里的女人，为了您的珠宝帝国，您这双手到底沾了多少穷人的血泪？"

安老头深吸了一口气，老泪纵横："报应，都是报应……"

看到安老头这个样子我反而骂不下去了。

“你知道吗笑阳，一直到昨天我都还问老天，倒霉的概率这么小，为什么偏偏轮到我头上，以后我再也不会问了，德不配位，必有灾殃……”

到这份上，指责的话已经没什么意义了，但我还是有想了解的情况：“司南在您身边潜伏了这么多年，您就一直没看出来吗？”

安老头苦笑：“不知道应该骂我老糊涂了还是司南隐藏得太深，从用他当我的秘书起，我就一直在观察着他，也给过很多机会试探他。但他这个人既不贪色也不贪财，24小时忙工作忙学习，好像从来不需要什么私人空间，我还以为我碰上了百年一遇的人才，哪知道他谋的是全儿的命啊！”

“那他跟芷兰的关系您和万全也没看出来？”

安老头怔了一下:“有一次司南跟着芷兰进了全儿的书房,在里头呆了几分钟，当时我有一点不舒服。但后来一想，芷兰不可能跟这么个穷小子有关系，这事儿我也没跟全儿说,他够糟心的了……至于全儿,他谁都怀疑过,就是没有怀疑司南。你不知道全儿这个人，他就修远和司南两个朋友，一旦相信一个人就死心塌地的，所以才会在发现芷兰背叛他的时候崩溃了。”

我顿时又生气了：“什么叫背叛！只要没结婚，跟谁交往都不能叫背叛！最多只能叫选择！”

“那就可以做着全儿名义上的女朋友，暗地里跟司南胡搞吗？”安老头也生气了。

“您没有资格说别人！您不也一样吗？家里红旗不倒，外面彩旗飘飘！”

这话戳中了安老头的七寸，他的气焰低了下去：“我们那个时候情况不一样，你婶婶信佛，吃长斋守戒律，我也是没办法。感情的事说不清楚，好在我也没影响家庭……”

“大错特错！就因为您和车董不明不白的关系，让万全从小觉得耻辱，才要求自己一定要做一个道德完美的人，也不允许他的人犯一点点错，所以才会在发现别人和自己的污点时精神崩溃！”

安老头愕然，半天都说不出话来。

“最让我想不明白的是，为什么万全折磨了芷兰三年，天天晚上这么闹，你们这些做长辈的不出来管一管？”

安老头叹了口气："你婶婶怎么没劝万全，但是万全这孩子认死理。我有时候也看不下去想帮下芷兰，刚一开口你婶婶就跟我翻旧账，说我是因为车君才袒护芷兰的，在全儿跟芷兰的问题上，我真是没资格插手。"

"那出事前万全已经在家闹跳楼了，怎么你们还没把他送医院？"

安老头一脸愁云地陷入了回忆："亲子鉴定结果出来之后，我们这个家已经陷入混乱中了。你婶婶原来特别喜欢小乖的，从那以后连看都不看她，万全白天上班晚上跟芷兰闹，那段时间芷兰连吃饭都不敢上桌，就和小乖躲在厨房吃……"

我的心难过得拧成了一团。

"那天我们三个人坐在餐厅吃饭，全儿拨了两筷子就说菜太咸吃不下，我跟着全儿到了四楼书房，想趁机劝劝他。我刚说了句：'全儿你这是何苦，芷兰她对不起你就离婚吧，这种女人不值得爱。'全儿吼了起来：'爱不爱是我的事，值不值是她的事！这世界太不公平了，我这么爱她，为什么她要这样对我！'我说：'全儿你没吃过苦，不知道这世上有很多事没办法公平的，你生下来锦衣玉食荣华富贵，也有司南那样从小在福利院长大的……'然后全儿就崩溃了：'荣华富贵是你们硬塞给我的，不是我求来的，大不了我现在就还给你们！'然后全儿像疯了一样冲到书房的飘窗上，一下就跨了一条腿到窗外……"

虽然知道是没有发生的事，我还是屏住了呼吸。

"我吓得大喊了起来，但是全儿不准我靠近。你婶婶、芷兰和小乖都跑到了前院，你婶婶在下面哭坏了求全儿千万别吓她，小乖也哭着在喊：'爸爸！爸爸！'全儿捂着耳朵尖叫了起来：'让那个丑陋的小东西住嘴！'你婶婶赶紧捂住了小乖的嘴。芷兰倒是一句话没说，咚地跪在了前院，全儿骑在窗沿上看着芷兰，什么话也没再说，我一直在屋里苦口婆心地劝全儿，他就好像没听见一样。大概过了半个多小时，太阳底下的芷兰晕倒了，全儿一看到赶紧撤回下楼，跑去把芷兰给抱进了屋里……"

"万全到底疯没疯？"我迷惑了。

"你们都说全儿最后疯了，但我真的觉得他没疯，一个疯了的人不可能还知道救人。那天他把芷兰抱回屋之后，又解领子又掐人中还亲自给芷兰刮痧，那不是一个精神病人能完成得了的连续动作。他对芷兰表现出来那种恨和他的爱一样强烈，我觉得他那么闹就是想引起大家注意，让芷兰爱他……”

“那也可能万全是间歇性的精神病？”我提出了一个新的设想。

安老头继续摇头：“你可以说我是护犊子，但这孩子我最了解，万全是有些心理缺陷，但他的精神没有那么脆弱，还不至于就这么被压垮。”

“您根本不知道最后那段时间万全经受了什么。先是那份假的亲子鉴定报告，接着修远女朋友为了让万全心理平衡给他下了春药跟他发生了关系，再接着修远在潜水的时候对万全动了杀机。是个正常人都要发疯了，这等于是众叛亲离啊，我觉得万全完全有可能崩溃……”

“这些事情我确实不知道，可怜的全儿。”安老头那副失神落魄的样子简直像个行将就木的重症患者。

突然间觉得，人这辈子最要紧的是学会和自己相处的能力。事业成功众星捧月也好，恩爱厮守朝朝暮暮也好，从生到死，人生的主线还是无尽的孤独。那些欢爱相聚，热闹喧嚣只是星点微光，若不能将自己妥善安置，扎地为依，便注定流离悲苦，特别是到病弱孤老时。在幽暗孑然的旅途，学会享受孤独才是惟一解救的法子。

我不恨安老头了，他的过错已经由老天惩罚过了，现在的他不仅失去了儿子赶跑了孙女还失去了左膀右臂，信任十几年的身边人竟然变成了敌人，他内心的震撼不比我小。我几乎觉得和他同病相怜了，我把司南录制的视频拿给了安老头看，作为受害人家属，他有必要了解整个案情。安老头拿着手机静静地和司南对视着，不知道为什么，他从头到尾都很平静，甚至在司南讲述怎么谋杀万全和修远时，他都显得非常镇定。

在司南的影像从手机屏幕上消失后，安老头还如老僧入定般一动不动。等得太久，我后来几乎是不忍心地推了推他：“安叔叔！您没事吧？”

安老头这才如梦初醒：“没事。我在想司南到底是怎么样一个人。”

“是啊，这个人是我见过最深沉最复杂的人，我永远都猜不到他到底在想什么。我找过很多人打听他，福利院老师、工厂师傅、肖律师，甚至还有您，所有人都口径一致夸他人品好有天赋又努力，但他又藏了那么多秘密，父母的死、跟芷兰的交往、亲子鉴定报告做的手脚、完美的谋杀计划和他强调还没在安氏明珠做完的事……”

“还要做什么？他不是做完了？两命抵两命。”安老头不解地。

“不，我觉得是吞并你们两个帝国。他有这个能力，也确实在一步步实现了。”

安老头想了一会儿，失笑：“不，不是这个。全儿过身之后我怒火冲天，不惜一切代价把明珠吃了下来又把车君送进了监狱，那之后我就做什么都提不起劲了，我把公司的大小事务几乎都甩给了司南。有一次我生病住院，司南每天晚上都来陪我，那么大个子一宿宿窝在病房沙发上。有一晚我问他对我这么好是不是因为我是他老板，他说不是的，在他眼里那时我只是个老人。我当时挺脆弱的，一时冲动说让他当我儿子，要他给我养老送终，我可以马上立遗嘱把所有家产都给他……”

“他同意没？”我急切地追问。

安老头摇摇头：“司南要我好好养病，别胡思乱想，他说会照顾我的，但是他有自己的父母，他们已经在遥远的天堂。还说他这种穷人出身的孩子花不了多少钱，钱多了没有意义……所以你说他除了谋杀还要吞掉我们两个企业是不对的，他要吞的话早就都是他的了，我对他没有过一丝一毫怀疑。”

“那我就不明白了，他在你们身边还没做完的事到底是什么？”

安老头沉思了一阵，想起什么似的拉开茶几抽屉，拿出里面一个资料夹递给我：“也许是这个。”

我好奇地打开资料夹一看，一行大字跳入视野：《关于关停安氏麾下营利性赌石坊的提案》。这份提案分为三个部分，首先提出了赌石坊已经沦为博彩性营利机构对社会造成的危害，第二部分是如何全部关停赌石坊的措施，或者部分关停并设置赌石人的行业门槛，第三部分是赌石坊转型后如何盈利的可行性规划。厚厚的十来页纸，前因后果司南都考虑得缜密周到，他花了多少心血在这上头可想而知。

“这个提案是司南昨天送来的，这一年他已经跟我提过三次了，每次都给我打了回去。赌石坊是国家允许经营的，我们现在已经很正规不再给石头下药了，如果关停的话等于是放弃一大片江山。原来我一直不明白司南这么有经营头脑的人为什么会提出这种建议，现在知道了……”

我激动地接过话头："司南是为了那些外行的百姓不再像他父亲一样血本无归，为了不再有像他那样的孤儿。"

"司南到明珠这一年做了很多事，员工福利他最重视，虽然我不赞同但也都批准了，现在终于知道他为什么要这样……"

我眼睛潮潮的："他不想再有员工治不起病铤而走险。"

安老头黯然低下头："我真的满身铜臭满手血腥吗？司南这个杀人犯真的情有可原罪能可恕吗？"

"不，司南是我见过最有爱、最有担当、最了不起的男人，没有之一！他不会是杀人犯，我可以肯定！"我斩钉截铁地下了结论。

"我也觉得这件事还有很多疑点，如果司南想要两命抵两命，完全可以从我和车君身上下手，我们才是有原罪的人。我和她都老了，杀掉我们对司南来说易如反掌。当然，杀了我们的孩子让我们生不如死，这种想法可能性更大……"

"所以您准备这件事怎么办……"我试探地。

"我会把司南取保候审先弄出来，相信他也不会逃跑，至于有没有罪，让警察来定案吧！"

我长松了一口气，我没办法阻止司南自投罗网，好在安老头现在也已经恢复理性，希望警方能给司南一个公正的判决。

35

上善若石，饰物不争。

回到广州的家，芷兰和小乖笑吟吟站在门口迎接我，她们身后是一片橘色的暖光，这是我们第一个家，有种唇齿相依的亲切，又有种恍如隔世的遥远。突然间觉得，在这个孤单的世界为自己找到没有血缘关系的亲人，替代终究会分离的父母兄弟，这才是婚姻的意义。

“阳爸爸！”小乖像往常一样扑进了我怀里，我抱起她亲了又亲不愿撒手。谨慎的安老头提出要和小乖再做一次DNA鉴定，以确保他们安家惟一血脉的准确无误，我却无法拒绝，只有这样才可以给芷兰噩梦般的婚姻一个说法，也能还受尽歧视的小乖一个清白。可是一旦验证成功，安老头势必要来抢小乖，那时我还能像现在一样拥有这个可爱的女儿吗？

这天我给小乖带回的礼物特别多，陪着小乖嬉闹的时间也特别长，惟独不敢和芷兰对视，我不想探知芷兰那温柔的双眸后面还隐藏着多少秘密，更怕那个爆炸性的谜底会把这么温馨的氛围炸得粉碎。等到小乖睡着了，我悄悄地把自己关在了洗手间，坐在马桶上发呆。不知过了多久，芷兰在外面轻轻敲门：“笑阳，你不舒服吗？”

我打开门：“没事。”

站在过道灯的阴影里，芷兰笑吟吟地看着我。我俯身下去给了她一个深吻，而芷兰也温柔地回应着我。这是一个不带欲念只有深情的吻，是不属于我们这个热血方刚的年龄却像一对相携白首老夫妻的吻。良久，芷兰终于松开了我，低低地问：“出事了，是吗？”

芷兰又把我看穿了，但我选择避而不答：“芷兰，如果你发现我没有想象中那么好，对，我真的没那么好，表面上大大咧咧，其实鸡零狗碎的事全记在心里，我是个小气的男人，你怎么办？”

芷兰微笑着在我鼻子上捏了一把：“那我就比你更小气一点。”

“我是说真的，将来你要是发现别人比我好得多，比如司南，他比我更爱你，又比我完美，你怎么办？”

芷兰脸上的笑容凝固了：“你好像对他特别感兴趣，为什么他在你心里这么好？你到底是爱我还是爱他？”

眼睛潮潮地，我却给逗笑了，一把把芷兰拥入怀里：“我真喜欢你为我吃醋的样子，如果你能吃我一辈子醋就好了。”

芷兰喃喃道：“你不是说不要随便说一辈子。一辈子太久，只争朝夕。阳，我只想好好爱你，就现在……”

我的血流静止了，我以为我听错了，推开芷兰仔细端详着她：“你再说一遍？你真的爱我吗？我不是最好的那个，也不是最爱你的那个……”

“但你是我最爱的那个……”芷兰的眼里闪烁着星光。

我们再次拥抱在了一起。如果可以的话，我真想这一刻时光永远凝固。

但是，该面对的始终要面对。虽然在把视频给芷兰看之前得到了这样的大奖，在电脑上给芷兰打开视频时我还是心跳到了200。

我对芷兰的了解也许真是太过自信。芷兰沉默地看着司南的视频，虽然眼里始终噙着泪，但是她没有吃惊也没有崩溃，甚至泪水也一直没有掉下来，我尝试着去搂她，但感觉她身体僵硬，不像平时那么需要我的拥抱和安慰。大事临头，她的镇定完全超出了我的想象。

视频结束，芷兰便站了起来：“笑阳，我必须见司南一面。”

之前芷兰一直在回避司南，预想了很多种她的反应，没想到此时竟然是要见他。我吃惊地瞪着眼：“为什么？你说过根本不想再看到他。”

“原谅我，这是生死攸关的事情，我必须马上去见他。”原来芷兰坚定起来是如此不可动摇。

“你和他到底有什么默契？！是你从头到尾根本就知道是他杀的人，还是他帮你从案发现场逃走的？别以为我不知道，案发前一周你就住到了修远的办公室！”失去芷兰的恐惧让我一下子爆发了，我忘了这些话每一句都是核弹，即使是最轻柔地放出来也会地动山摇。

夜灯下芷兰的脸色白得像一张纸，她一言不发地沉默着。这到底是默认还是否认？一直在猜测真相的我更愤怒了。“我没说错是吧？就是你让他帮你杀掉万全的，事前也得到了修远的许可，结果事到临头修远又心软了，他想去救万全，结果跟万全一起摔下去了。司南怕这件事牵连到你，不知道用了什么方法帮你从79楼逃跑了，所以你有一个最大的把柄在他手里，他像捏小菜一样控制你，对吗？”

芷兰的身子晃了晃，像张纸一样往门口飘去。我追上去从背后抱住了芷兰：“兰，对不起，我不是有心伤害你的，我好害怕失去你，告诉我该怎么办……”

芷兰的声音显得疲惫而厌倦：“刚才你的问题我要问回你，如果我没你想象中那么好，你怎么办？”

我更紧地抱住芷兰，耍无赖地说：“你说什么都行，反正我不让你走。”

芷兰把我的手臂给掰开了，她简直像吃了菠菜的大力水手一样。昏暗的过道中她的声音冷冷地传过来：“笑阳，好奇真的会害死人的，司南和我一次次阻拦你调查，你停下来了吗？查到这个程度是你自己选择的，一开始你就应该有心理准备，现在你只能让我去面对司南。”

“我承认最开始是因为好奇，但后面早就不是这个原因了。”我喃喃着。

“别告诉我是为了爱我。”芷兰第一次对我说话的声音冷得像冰，这样的她真让我害怕。

“我是真的爱你，爱到骨子里，可是我心里还有作为一个人的良知，虽然面对你所经历的痛苦，说良知太虚伪太道德婊，可我真的没办法看到了装看不到……”我第一次觉得做一个传统意义的好人如此痛苦而耻辱。

芷兰沉默了一会儿，轻轻叹了口气，伸手摸了摸我的脸：“对不起，笑阳，我不应该指责你，爱你也正是因为你的正正堂堂……我得走了。”

那个未知的真相会怎样左右我们三个人的命运？也许谜底马上要揭晓，我这时才真正恐惧起来，但此时显然没法硬留芷兰，只能是抓起车钥匙：“让我送你去见司南，行吗？”

有时我们生气时会冷战，和其他的小情侣没什么两样，我以为这趟送芷兰去见司南的路程也会是冰冷而尴尬的，但芷兰从一上车就跟我唠起了家常，爸爸妈妈喜欢吃什么菜，姐夫们都在做什么工作，姐姐喜欢什么品牌，她像一个一心想摸清婆家门路的小媳妇，体贴得让人心酸。在这样一段前程未卜的路程里，她聊这些话题反而让我心惊肉跳，她是许我未来还是临别秋波？什么时候芷兰也变得这样难以捉摸？还是我根本就没认识过真正的她。

路程过半后，芷兰也聊累了，拧开了收音机。一首熟悉的歌传来：城市一片漆黑，谁都不能看见谁，除非紧紧依偎……我说过我绝对不会后悔，寂寞是被原谅的罪。爱情怎么让每个人都心碎，怎么去安慰。爱情怎么让每个人都流泪，你的泪烫伤我的脸，从此就再也说不出，我爱谁……

她将过往大雪封疆，不过因为血泪如殇，我能否让她安然无恙？

到达明珠大厦的停车场时，恰好碰到司南开着他的路虎从外面进来，我们在停车场认出了对方的车，面对面停下了。芷兰很远就开始盯着司南，她看得那么专注，眼也不眨地解开安全带就要下车。

我拉住了芷兰，恳求地说：“兰，我陪你去。”

“让我单独跟他谈谈。”芷兰的声音温柔而不容改变。

“那，你们出去谈，我留在这里等你……”我的担心没有说出来，一千个一万个不愿意芷兰再回到那个办公室，那里藏着她最深的秘密，我害怕还会出什么事。

芷兰点了点头，用手指在她的嘴唇上按了一下然后印到我的唇上。不到半秒钟的幸福后，她给了我一个灿烂的笑容，然后转身离开。那个笑容跟司南在视频里最后一个镜头如此相像，如果我的预感没有错的话，那是一种自挂东南枝，举身赴清池的悲壮。

不好！

“芷兰！芷兰！”我跟着追出几步大喊着。

可是晚了，司南已经载着芷兰在转弯了，他闪了下灯以示招呼，那一瞬间他在朝我笑，那是一种发自内心的开怀的笑容。我有开车跟踪他们的冲动，但最后还是忍住了，无论人品还是风度我都输司南太多，也许是我多心了，司南那么爱芷兰，应该不会伤害她。

在明珠大厦前的喷泉池边，我像在刀尖跳舞一样坐立难安，手机上的时间每过一分钟都像死机般凝固，我恨不能跳进时间里帮它走字。在我的耐心快要到极点，就要拨电话给芷兰时，肖律师的电话进来了。

“笑阳，我有重大收获！”

“慢点老肖，先告诉我是好的还是坏的，我现在心脏真的受不住刺激。”

“有好的也有差的，关键是你到底想救谁？你是站司南这边还是芷兰那边？”

我脑子一下炸掉了，猛地拔高了嗓门：“我就不能一起救吗？他们两个我都不想有事！”

老肖在那头沉默了一会儿：“那我还是以律师的身份陈述事实吧。”

我在心里骂了一句娘。

“第一，我先找餐厅的员工确认了去年案发前的送餐单，没错，那几天一直送的是两人份的餐饮，包括案发那天早餐送的都是双人份，虽然送餐员工说没有见过芷兰，但有芷兰进入办公室的监控视频，可以肯定那几天她都在修远办公室……”

周围的嘈杂仿佛隐去了，我只听到了自己沉重的喘息声和老肖刻板的讲述。

“第二，我在明珠保安处调阅了案发后一楼大厅出入口的视频，发现在 12 点 20 分，芷兰戴着一个棒球帽从消防楼梯出来，然后从大厦后门出去了，因为消防楼梯里面没有装监控，现在还不知道她是怎么从 79 楼不经过电梯和消防楼梯的过道，进入到消防楼梯里的。但可以肯定的是，案发时间她确实在这栋大厦里。

这个我想到了，真的不意外。

“第三，明珠的安防系统绝对没有被黑过，可以排除司南在监控视频里做手脚的可能，我今天还去调了司南手机的通话记录，发现案发后司南接的第一个电话不是保安处，而是芷兰原来的手机号，这些证据虽然不能证明芷兰跟谋杀有关，但她肯定有问题……”

“你调查这些事情司南知道吗？”我突然想起一事。

“当然知道，我用律师身份跟他请示过才可以介入调查的。当然，如果他不同意的话，我也可以申请警方协助，他是个明白人，所以还算是配合的……”

“我让你悄悄调查的……”我的眼泪都要掉下来了，已经没有力气骂老肖了，“你逼得司南那么快就去自首了……”

“什么？司南自首了！”老肖的高音量差点把我的耳朵叫聋了。

“是的，他自首了，说修远和万全是他杀的，而且编了一个天衣无缝的谋杀方法。司南他，是为了保护芷兰，自己去送死……”

我哽咽了，再也说不下去了，颓然地跌坐在地上。来来往往的人们用怪异而怜悯的目光看着我。

世界是个巨大的黑洞，有的人却耀眼如彩虹，哪怕只为照亮瞬间的汹涌。

也许过了一个世纪，也许只有一秒钟，我的电话又急促地响了起来，这次是一个陌生电话，我麻木地放到了耳边。

一个粗嗓门的男声混在警车鸣笛中大声地喊着：“喂，你是郑笑阳郑先生吗？你有没有身份证叫车芷兰和司南的朋友？”

我如梦初醒般：“有有有！他们怎么了？”

“你朋友出车祸了，情况比较严重，你能过来一下吗？”

我目瞪口呆地张了几下嘴，但是一个字也没发出声来。

司南和芷兰殉情了吗？

36

他们是在通往海边城堡的山路上出的车祸。

车严重偏离车道撞向了山边一块巨石，车头稀烂，玻璃粉碎。没有追尾避让车辆，没有天气道路原因，那是一种自杀式的撞法。最糟糕的是我到现场的时候他们还在救芷兰，芷兰居然坐在驾驶位，而撞到巨石的位置在车的正中间，因为车门变形她卡在里面出不来，车里的她满面鲜血气息奄奄，看起来很不妙。让我最愤怒的是，司南虽然忙着和交警一起救芷兰，他看起来有些疲惫，白衬衫上沾了一些芷兰的血，但全身上下完好无损，和芷兰的鲜血淋漓如此鲜明反差。正因为这样他才不敢直接给我电话而是让交警联系我吧。

我气炸了，冲着司南大吼大叫：“司南！我把她好好地交给你，你就害她成这样！如果她有什么事我饶不了你！要死也应该是你死，不是她！”

司南一句话也没回答，倒是警察一把推开我：“这位先生，你要不是来帮忙就请让开！”

液压钳切割机全用上之后，芷兰终于被抬出来了，我和司南作为家属陪护上了救护车。在车上，我看清了芷兰脸上那些血的源头来自眼部，不知道那些扎进眼睛的玻璃会不会让她失明，这真是不幸中的最最不幸。一看这情形，我又情绪激动了，开始跟司南急：“要是芷兰失明了我会杀了你！”

医生瞪着我训斥：“闭嘴！先救人！”

我气呼呼地闭了嘴。

给芷兰做完简单清创处理后，医生注意到了司南：“这位先生，你也是一起出的事故吗？有没有哪里不舒服？”

司南脸色苍白地摇摇头，一言不发地沉默着。

救护车呼啸着飞奔，所有人都像在战场与生命赛跑。我生命中最漫长的半小时过后，我和司南一边一个帮忙把芷兰推进了手术室。

走廊里只剩下了我和司南两个人，司南像尊雕塑一样站在手术室前，仰着脖专注地看着“手术中”那几个字。我朝司南走去，满腔怒火终于爆发了，但还是尽可能地压低着声音：“司南！你这么想见芷兰，就是为了带给她这样的结果吗？你给我说清楚到底怎么回事！”

司南终于张嘴说话了：“把，我的眼睛，给，她……”

从车祸现场见到司南到现在，这是他说的第一句话，声音是非常低沉、非常困难地从他嘴里挤出来的。说完他像开闸的水龙头一样喷出了一口鲜血，然后，我眼睁睁看着司南像门板一样倒了下去。他离我只有两三米远，但我竟然没能扶住他。

我冲过去抱起司南，心如刀割，几乎是哭喊了起来：“医生！救命啊！救命！”

在我疯子一样的呼救中，医生和护士全跑过来了，医生给倒在地上的司南检查了一下，脸色难看地低喊：“快推车来！”

司南被抬上担架车之后路过了我身旁，忽然他拉住了我的手，嘴唇嗫嚅着在说些什么，我让护士们停下，俯身贴耳过去，终于听清了。司南说的是：“笑阳，朋友。”

司南说，笑阳，朋友。

司南说，把我的眼睛给她。

芷兰只是眼部受伤和脑部震荡暂时性失忆，手足脏器都安然无损。手术过后虽然她被蒙着眼睛等待恢复，但生命已经无碍。至于她的情绪……怎么说呢，最开始她是有点短时失忆，第二天就恢复记忆了。第一句话是：“我在哪？为什么看不见？”第二句是：“司南呢？”

“芷兰，你出车祸了，眼睛受了点小伤，过段时间就会好的……司南在另一家医院住院，你知道他现在是取保候审，不方便离开监视居住地。他只是骨折，慢慢会恢复的，你放心。”这是我想了很久之后才准备好的答案。

芷兰多时都在睡觉，她睡得那么香，像是要补回很多年失去的睡眠一样。我是在第四天得知出事那天的情况，那是交警来做事故笔录，芷兰平静地讲述了那天的经过。

“那天司南开车带着我从明珠大厦离开，我跟他说很久没有开过车了让我来吧，就和他交换了位置。在沿海公路上我们一直聊天，然后吵了起来，有一些事情我说服不了他，他也说服不了我，于是我想到了死。我踩下了油门往山上撞，我看好了那里有一块突出的大石头，只要把我坐的这边撞过去，我就能解脱了。但是司南拼命来抢我的方向盘，我俩争抢着，好像车子最后撞的位置是在中间……警官，我朋友现在到底怎么样了？”

芷兰看不见我拼命朝交警摆手的样子，于是听到的是交警公式化的回答：“这个我们不清楚，我们只是负责做事故笔录的，具体你问医生吧。”

所有的医生护士我都打过招呼了，但我还是不放心，我得带芷兰离开。也是为了方便照顾，我把芷兰转院到了广州。我好像突然变成了无敌金刚和超级奶爸，我学会了做饭煲汤，公司医院两头跑，周末还要照顾小乖，当然，老四帮了我很多忙。芷兰住院期间，二姐来看过她一次，对芷兰眼睛的恢复程度和是否留下后遗症向医生咨询了很久，然后悄悄告诉我，其实是父母让她来的，安老头已经给老爸打过电话，说清了小乖的身世和芷兰那几年的委屈，父母已经有些松口，说希望我带芷兰回家，但能否允许我们结婚还需要一段时间的考查。

芷兰解下眼部绷带那天是她的大日子。很幸运，她能看见我了，虽然视力完全恢复还需要 3-6 个月，但她复明了。那天我捧着她的脸，久久凝视着这双美丽的眼睛，我看到的不仅仅是芷兰，还有人世间的至美、至善和至爱。

把芷兰带回家后的生活是平静的，她再也没有问起过司南，我也没再提起过她的过去。我以她的眼睛还需要恢复为由收走了她所有的电子产品，没有特别重要的事情我都不出门，尽可能不让芷兰离开我的视线，芷兰也很依恋我，像个相处多年的妻子一样。在这个平淡而安心的同居生活里，妻子、丈夫和女儿，我们能像童话故事里的结局一样，幸福地生活在一起吗？

那个真相无论是怎样我都不再追问，老天爷已经给了我很多，再多一分是福分没有什么是应分，人生岂可月圆又花好。

那天我要去一个合作商户那里续合同，临走前我亲了又亲芷兰的脸颊，嘱咐她在家好好听音乐，等我回来。合同刚签完我就接到了办公室小妹惊慌失措的电话："郑总，你快回来！你女朋友，你女朋友……"

"她怎么了？"我一把抓起合同就往外跑。

"刚才她来办公室聊天，我们聊得很开心，她说她的眼睛现在看东西还很雾，请我帮忙查一个人的资料，一个叫司南的人。我把查到的前两条新闻念给了她听，一条是'明珠集团总经理司南潜伏十余年策划完美谋杀'，另一条是'天网恢恢车祸丧命，捐出眼角膜还孽债'。你女朋友听完之后像疯了一样又喊又哭，我从来没见过一个人能哭得那么凶，她哭着哭着就往外跑了，我追她追到下面来，怎么也找不到人了……"

我一点都不意外，真的，我一直用尽方法阻拦这一天到来，但在这样一个资讯社会里，怎么可能瞒得住司南的死讯。其实我非常理解芷兰，如果我是她，可能现在比她还要崩溃。

和老四徒劳地在附近大街小巷游荡了几圈之后我们回了家。老四倒是很体谅地给我又一次规划芷兰可能会去的路线，我却摆摆手："不找了。"

老四非常惊讶："为什么？每次你找她都找得没鼻子没眼的，不是每次也都让你找到了吗？真不找，你就不怕她出事？"

我摇摇头不说话，因为已经说不出话了。我把头埋在膝盖上，突然像个孩子一样哭了起来。

司南死后我一直忍着。但在这一刻，一种深埋在生命里的疼痛和感动彻底崩盘了，我需要一个释放，用眼泪来祭奠心里的那个朋友。

司南说，笑阳，朋友。

司南说，把我的眼睛给她。

老四后来说那天我像吃错药了一样哭得不能自已，好不容易停下来，过一会儿又开始大哭，直到后来一脸红肿地倒在沙发上睡着了。在我睡着的时间里，老四打了无数个电话，发动了很多人去寻找芷兰，但他一直守着我，怕我也出事。不知道过了多久，我被老四推醒了："笑阳，你有个邮件进来，快看下是不是芷兰发来的！"

"兰"。一看邮件主题我立刻醒了。是芷兰发来的一个视频文件。我颤抖着双手点了下载，打开。镜头中芷兰坐在一堵白墙前，看不出在什么地方，她的眼睛红肿得由双眼皮变成了单眼皮，但此刻对着镜头，她仍是微笑的。

“笑阳，原谅我，又一次没经过你允许我就离开了，不过我保证不会有下一次了……面对你的时候，真相总是很难说出口，我真的很在意你的爱，我努力地想抛开过去，在你面前活出一个崭新的车芷兰，但是我失败了……那个真相该从何说起呢？就从亲子鉴定结果出来之后吧，万全总是整宿整宿在闹，出事前一周他还拿刀架在我脖子上说要同归于尽，当时我一点都不怕，心想死了正好解脱，不过他只闹了一阵突然扔下刀睡了，半夜我习惯地惊醒了，发现他脸朝外坐在窗户上，那么硌他都不怕疼，也不怕摔下去。我悄悄地起来走到了他身后，我看到自己双手颤抖地朝他的背上推过去，当时我好像脑子是空白的，后来才想明白我是想把万全推下去。不过刚碰到万全的肩膀他就转过身握住了我的手，那会儿他笑得很开心，他说：‘芷兰，你看月亮多干净多好看啊！’吓得我半天都说不出话来……”

我也吓得不轻，替芷兰心悬着。

“第二天白天万全当着全家的面闹了一次跳楼，我在院子里跪了半个多小时，我对他彻底绝望了。下午，趁着他们去上班，我抱着小乖说去散步，终于逃了出来。不过我在街上转来转去发现自己没地方可去，只好给哥哥打了电话，他让我立刻去他办公室。几天前我跟哥哥稍微提了下小乖的身世，直到这天才把这几年在安家的生活状况全告诉他，哥哥都快气疯了，骂我为什么不早说，哥哥让我住在办公室，说有他在别人找不到这里来，而且他把小乖暂时托给了一家幼儿中心，因为小乖有时候会哭，怕引起别人注意。”

原来这就是芷兰刚到修远办公室那天的情况。

“住在哥哥那边我是感觉暂时安全了，但每天还是没办法睡，我根本就不敢睡着，我已经崩溃了，跟哥哥说一定要杀了万全我才能活，而且我那天几乎快杀成了，我要再回安家去杀他，哥哥拼命安慰我说这件事交给他来办。有一天万全突然跑来找哥哥要人，哥哥劝了他老半天，当时我就躲在套房里发抖，后来哥哥把万全带去玩潜水去了。第二天哥哥告诉我，他差点就杀了万全，只是准备不足功亏一篑。哥哥说反正万全已经疯了，在家也闹跳楼，不如把他引到办公室来，他不跳的话就推他下去，我担心会让哥哥事后很麻烦，他说最危险的地方反而是最安全的，警方会想：没有人会蠢到在自己的办公室杀人。万全在家跳楼的事不少人都知道，会让哥哥顺利脱身的。我想想就同意了。”

竟然真的是修远谋杀，而且芷兰是同谋，这结果还是超出了我的想象。

“为了那一天，我和哥哥做了很多准备，哥哥那天早上把通风窗的铆钉拧下来了，我还搬了一张条柜靠近窗子。这样万全可能会以为是家里的飘窗，习惯性地坐上去，只要到时候激怒他就行了，反正那时候他已经疯疯癫癫。那天一大早，哥哥就给万全打了电话，说要为我的事跟他谈谈，要万全到办公室来……”

看到这里，我突然站了起来，着急地冲老四喊：“快，我们现在赶去深圳，芷兰在海边城堡！”

“你怎么知道？她不是坐在一堵白墙前吗？”老四纳闷地。

“她身上穿着那件白色睡袍是她以前的衣服，放在海边城堡里的。我们快点去找芷兰，迟了真会出事！”

这次是老四开的车，他说我心神恍惚会出事，而我坐在副驾驶上，接着看芷兰后面的视频。

37

在飞奔向海边城堡的路上，我始终举着手机看芷兰的视频。

“那一天终于来了，我按哥哥安排的先躲在套房里。万全很快到了，一来就问哥哥到底把我藏到哪里去了，哥哥最开始还是很耐心地劝万全跟我离婚，他一直在道歉说我们全家都对不起万全，但是万全不怎么说话，光是笑，那种特别不正常的令人毛骨悚然的笑。当时我被他笑得都快要疯掉了，就按下开关从套房里跑出去了。我冲到万全面前吼：‘你笑够没有！笑够了就赶紧去死！’万全看着我出来好像一点都不意外，倒是显得有点伤心，他用那种心碎的眼神看着我：‘芷兰，我这么爱你，你真的那么想我死吗？’我几乎是歇斯底里地喊：‘是的，我从来都没有爱过你！现在每一天我都想着你为什么不死？你死了我就能解脱了！’就在这个时候，司南拿着文件进来了，看到我在办公室，他非常吃惊……”

原来司南是那时才知道芷兰在办公室。这才是真相，司南描述的那个完美谋杀只不过是他臆想出来的剧情，他是个天才的行为艺术家。

“我看到司南进来，顺手把他拖到了万全面前。‘安万全，你不是一直想知道跟我相好的那个男人是谁吗？就是他！’然后我原原本本把怎么在云南遇到司南，怎么跟他在海边房子里密会，怎么决定嫁给万全的事全说了出来。万全当时的表情好像被雷击了一样，整个人都傻了。司南在中途好几次打断我让我别再说了，我对他大吼让他闭嘴。最后哥哥让司南先下去，没有他的吩咐不要再上来，司南挺不情愿地走了。他下去之后，万全还是像被施了定身术一样在原地一动不动。哥哥悄悄跟我说，司南已经看到我在办公室，今天不能干掉万全了，不然会引火烧身的。我虽然很着急，但也只能同意了，哥哥安慰我以后还会有机会的。”

看到这里我困惑了，如果修远和芷兰放弃了谋杀，那怎么会有那样的结局？

“就在我和哥哥小声商量的时候，万全摇摇晃晃地站了起来，走到了那扇窗户边，突然间开始说话了：‘芷兰，修远，司南，你们三个人是我这一生中最信任的人，也是让我付出全部心血的人，但是你们全部都欺骗我、背叛我、憎恨我，甚至计划杀我，是吗？’我和哥哥当时惊呆了，万全当时说话的样子完全不像个疯子，他甚至比我还正常。他拍了拍那个从来不摆在那个位置的条柜，推了推松掉的窗子，原来他心里什么都明白。他笑了，笑得比哭还凄惨：‘瞧瞧你们这处心积虑的，修远，那天在海里你不是可以干掉我吗？为什么事到临头心又软了？在那里干掉我是神不知鬼不觉，为什么狠不下心，要拖到今天？’哥哥走过去对万全说：‘是我对不起你，你跟芷兰离婚吧，你肯放过她的话我们也不会有这么可怕的想法。’万全又笑了起来，一边笑一边说：‘好，我成全你们，我放过她，我现在就去死！’说完万全就跳起来往窗子外面一扑，哥哥离他站得很近，那一瞬间也跟着扑过去想抓住万全，他喊了一声：‘不要！’虽然，虽然哥哥抓住了万全，可是把自己也一起带出去了，事情发生得太突然太快，等我跑到窗边的时候，只能眼睁睁看着他俩掉下去……”

镜头里的芷兰情绪激动、泪流满面地讲述着，还好是老四开车，不然我现在一定会稳不住。

芷兰哭了很久才平静了一些，声音沙哑地继续讲述：“出事之后我整个人都吓瘫了，只想到给司南打电话，司南马上就上来了，他问清情况之后说我绝对不能留在这里，否则一定会被当成杀人犯，我说本来就是杀人犯就让我给他们偿命吧。司南骂了我，说我要是被认成杀人犯那哥哥也逃不了，不能让哥哥出了事还背上那样的名声。司南把我带到套房，把洗手间窗户的铆钉也卸了，说只能从这里爬到隔壁窗户进入消防楼梯，才会不被监控拍到，当时我全身都是软的站都站不住别说爬窗户。司南从更衣室拿来一顶帽子和几捆哥哥小时候的玩具跳绳，他给我带上帽子，把我整个人绑在了他背上，他背着我爬出窗口前问我相不相信他，我说信。其实那时候对我无所谓了，要是掉下去正好我就去陪哥哥，但是司南顺利地背着我落在了消防楼梯里，他让我呆在这里等他，然后又从窗口爬回了套房……”

匪夷所思的行为，但我知道这的确只有司南才做得到。

“我瘫在消防楼梯里的时间，司南回办公室清理完了现场，然后下到 78 楼，从 78 楼同样的位置爬到了消防楼梯，他扶着我下了十几多层楼梯，然后告诉我接下来的路要我自己走了，他要回去善后。那天我走走停停，不知道过了多久才从 79 楼下到了一楼。出来之后司南告诉我去一家酒店等着，正好那几天公司有会议接待订了几间房，让我到时跟警察说这几天一直住在酒店，这就成了我的不在场证据。”

这时镜头里的芷兰已经从悲痛中平静下来了，凄美地笑着。

“出事后我住回了妈妈家，我忘了办丧事的时候是怎么过来的，也不知道妈妈为什么突然就抓了。天下大乱的时候，我带着小乖悄悄离开了，我没有力量救妈妈，也改变不了一切，只想找个没人认识的地方躲起来。走之前我见了司南一面，让他答应别找我，等我什么时候能想通了忘了过去，会回去找他。”

“我以为我活不下去的，但是我还是活过来了，而且遇到了你……你现在知道我和司南之间的秘密了吗？其实司南的身世我也是从你这儿才知道的，但我清楚他不是坏人，因为真正的坏人是我。你带我回海边房子和他见面那天，他并不是要我跟他走，而是担心你一直在追查这个案子，如果有一天查到真相，以你的脾气一定接受不了事实，我告诉他，和你在一起的日子是我有生以来最快乐的时光，能多呆一天算一天，反正我每一天都是偷来的。他无可奈何地接受了，但要我答应万一和你分手就回到他身边。”

“车祸那天完全是我造成的，从握到方向盘那一刻我就拿定了主意，不可能让司南给我背黑锅顶罪，我要去自首，如果他不同意，我就威胁他撞死自己。他不肯让我去认罪，说已经替我解决好了，只要万一警方再盘问到我的时候咬死不承认就行。我们吵来吵去也没有结果，我看到前面山边有块巨石，就踩下油门往前冲，司南发现了我的用意，过来跟我抢方向盘，他力气太大了，本来我只想撞死自己的，结果却连累了他，真的不是我的本意……”

说到这里芷兰并没有哭，倒是下意识地抬手摸了摸自己的眼睛。

“笑阳，你觉得吗？我是个不懂爱的人，应该坚持的时候没有坚持，应该放弃的时候也没有放弃。在司南面前，我很自私，很羞愧。我是爱他的，但我从来没为他做过什么，我也是爱你的，但我也从来没为你做过什么。所以我现在要做一件事——离开你，是我惟一能爱你的方式，去找他，是我惟一能爱他的方式。原谅我，忘了我……帮我还司南清白，帮我把小乖还给安家，帮我跟妈妈说对不起……再见笑阳。”

视频闪了一下黑了，芷兰的影像消失在手机上。

这时我们的车刚好停在海边城堡门口，我奔下车狂拍门铃，一个第一次来城堡时见过的保安过来开门。“先生，你怎么来了？”

“芷兰有没有来？”

“来了，她说要去原来的房间看看，我请示了安总，已经同意她进去了……”

我一把推开保安往里狂奔，保安追着喊：“先生，我还没请示安总你们能不能进去……”

“都要出人命了！别烦了！”老四在后面吼保安。

芷兰的房门反锁着，我拧了下没拧开，用肩膀猛地一撞，门开了。屋里朝海的窗子大开着，身着白棉长袍的芷兰面朝里地坐在窗子上，脚搭在飘窗，一看到我进来她就尖叫起来：“不要过来！”

我和随后赶到的老四吓得都站在原地不敢动。我调整着狂奔后的喘息，声音尽量轻柔地放出来：“兰，咱们回家吧，老爸老妈说要我带你回家，你要有思想准备，潮汕人的媳妇不好做哦，你要照顾我，还要给我生孩子，你说我们先给小乖生个弟弟还是生个妹妹呢……”

芷兰摇了摇头：“不可能了。你会有很多孩子，但不会是跟我。”

我五内俱焚却不敢写在脸上：“兰，我不是你最爱的人吗？跟我在一起不是你最开心的日子吗？这些都是你自己说的。”

芷兰凄笑着：“没错，我是很爱你，可是我怎么可以爱你！一个背着这么多爱和债的人，我没有资格爱你。我要去找司南，找哥哥，找万全，把我欠他们的全都还回去。”

“不不不！”我急了，“千万不要，如果他们在，也都会允许你跟我走的，司南走之前把眼角膜捐给你，也是希望你替他继续看这个世界。”

芷兰仍然笑着，但一滴眼泪掉了下来：“我是可以假装什么都不记得好好活着，好好做小乖的妈妈、笑阳的妻子，可如果我是那样的人，也不配得到你的爱……”

“配不配要我说了才算，你下来，咱们回家吧，小乖还等着你给她讲故事呢。”我柔声哄着。

“阳，你知道我为什么要选择在这里结束吗？”芷兰的声音此刻很平静。

我试探地问：“因为这里是你从小长大的地方？”

芷兰点了点头：“也因为我要像哥哥和万全一样走，这是我欠他们的，那天我就应该跟着他们一起跳的。我活着，却比死还痛苦，那是向生而死，现在我要做另一种选择，离开，但是安心，向死而生。”

“兰，别胡思乱想，他们俩那是命运的安排，不能怪你，你这么痛苦，上天已经惩罚你了，我问过修远和万全了，他们说已经原谅你了，真的……”我多想自己有个如簧巧舌啊，这样就可以劝住芷兰了。

“不过，死，真的是太需要勇气了。”芷兰充耳不闻地微微侧头看了一下身后，“我在这里坐了两个多小时了，一直都不敢跳下去，因为太怕，我都不敢朝外面坐着。我不知道哥哥和万全受了怎样的折磨，也不敢想象司南是怎么走的……”

“是啊，死很可怕，也很疼，你下来吧，到这里来……”我看到了一点希望，张开臂膀慢慢朝芷兰那边挪步子，“到老公这里来吧，我会让你安心，给你幸福……”

“可是，死会是我这辈子做的，最勇敢的事。”

芷兰突然闭上了眼睛，放开抓着窗框的手，轻轻往后一仰。

在老四的惊呼声中，我扑上了飘窗探出了大半个身子，但还是太慢了，我只抓到了芷兰一片破碎的衣角，眼睁睁看着她像片白云一样飘向山崖。

她确实很勇敢，没有发出任何声音地飘落了。

老四扑过来比我慢半秒，他扑在了我身上，死死地钳住了我不放，我像个疯子一样在他的铁臂下挣扎着：“放开我，你抱着我干什么！”

老四哭出声来：“我不放，你不能跟着她去！”

我们在崖底的沙滩上找到了芷兰。她的样子一点也不可怕，只是脑后出了一点血，她像平时躺在我们的床上那样睡着了，脸上还挂着一个恬静的微笑。这让我略微有一点安慰，也许她选择的路不是那么糟糕。我抱着她在原地坐了很久，一直努力想把她逐渐冷下去的身子暖过来，只是，一切都是徒劳。

残阳如血，幽兰凋缺，碎玉决绝。

那是我这辈子看过最凄美的落日，只是所有美丽都比不上，我勇敢的兰。

尾声

繁星落幕归途难猜，最终只留我独扫亭台。

关于司南的最后一篇报道是安老头请枪手写的，据说写得极其煽情，读者没有不落泪的，不过我没看。安老头完成了司南的梦想，关停了安氏麾下所有赌石坊，突然转型又失去司南的把控，安氏经济损失不小。我把芷兰和司南合葬在了司南父母身边，这是我能为他们做的最后一件事。立好墓碑那天，我看到他们坟边有一株野菊花开得正艳，摘了一朵夹进了钱包。

小乖在验证了 DNA 之后被安老头夫妇接回，尽管小乖哭得一塌糊涂非要跟她的阳爸爸一起生活，但法律上我对收养她完全无能为力，把小乖还回去是芷兰的心愿，相信那是给万全的最后一个补偿。

我和戚秀去看过一次车君，讲述了事情前后缘由，也把芷兰的视频放给她看了。我是提前出来的，因为我走之前，车君发出了撕心裂肺的号啕。

安老头几次托老爸来说道，希望我能去帮忙接管明珠和安氏，但我都拒绝了，我没那个能力，也没那个兴趣。九块九包邮的路上，我还会奋斗很久，但所有一切都是我自己的，我安心，且自由。

很长时间我都活得像一具行尸走肉，但我从不跟人说痛苦，因为跟真正的苦难比起来，我的痛苦不值一提。生活回到了芷兰出现之前，只是我好像变成了一个清心寡欲的苦行僧，对任何女人都提不起兴趣，老爸隔一段时间就会过来没鼻子没眼地骂我一顿，主题永远是着急我的婚事。

芷兰曾经说过，每个人都会经历一个人，哪怕当时特别快乐，最后也会希望那是一场梦，希望不是真的遇到过她，因为，把她留在心里太痛苦了……而芷兰就是我的命中注定。但我希望从未相遇并非因为失去了她，没有我，那件事也许会永远尘封，而芷兰会和司南幸福地生活在一起。说到底，我是个刽子手。

有一天，我毫无征兆地想通了，取下了一直以来随身的几样物件：司南送我的“一念之间”，芷兰的《月光下的凤尾竹》设计稿和坟前摘下来的野菊花。我把它们装进一个锦盒，放在了保险柜的最深处，从今往后，它们将永永远远封存。

缘分终将泯灭，只有爱和思念是永世轮回的唱咏。

我要重新出发。就在这晚，我要去久违的天光墟。

我到得稍迟了点，天光墟的档口全都摆满了。我没有目标地闲逛着，直到看到一个女孩安静地坐在地摊旁。女孩就着身边一盏节能灯双手飞快地穿梭着，她在用玉线和散珠编吊坠绳，节能灯让她苗条的轮廓半明半暗，如同一幅美丽的剪影。

我恍神了一下，确定自己不是在做梦。

我走了过去。

2015 年仲夏完稿于北京明居